執手偕老不行嗎

4

完

風文創 711

暮月 著

風文創 711

目錄

第三十一章

過得小半個月，留在村中負責保護她的一名兵士前來向她稟報道，將軍奉陛下之命領軍攻打長洛城，長洛城破指日可待。

她頓時又驚又喜，為的是終於等來了程紹禟的確鑿消息。

長洛城的戰況如何，凌玉每日也只是從村民的閒話中得來，也不知真假，只知道新帝下了旨，不惜一切代價要全力攻陷長洛城，如今長洛城中人人自危。

程家村也有人家的親戚在長洛城中，每每提及長洛戰事，都是一副憂心忡忡的模樣，又忍不住一陣破口大罵，罵攻城的、罵這混亂的世道，只是每一回看到凌玉的身影時，又立即將話給嚥回去。

長洛戰事一起，凌玉在村裡的處境就比較尷尬了，村民們便是消息再閉塞，也知道領兵攻打長洛城的，正是他們村裡的程紹禟。

再過得一個餘月，兵士帶來了捷報，朝廷大軍攻破長洛城，齊王帶著妻妾兒女倉皇出逃，定遠將軍程紹禟奉旨追堵。

「這便是說，他一時半刻還不能前來接我，是不是？」凌玉問。

「雖是這樣，不過夫人請放心，齊王如今身邊只得數百人馬，根本逃不了多久。」

「是嗎……」凌玉喃喃說著，心裡不知為何卻有些不安。

讓程紹禟前去追堵齊王……也不知唐晉源有沒有跟在齊王身邊？若是連他都在的話，新帝或許作了一個錯誤的決定。她用力咬了咬唇瓣，但願一切都不過是她多心了才是。

可一想到程紹禟的性情，她又不禁嘆了口氣。

一輪圓月漸漸爬上柳梢，月光柔和地鋪灑地面，似是給大地披上了一層銀紗。

趙奕妃坐在圓石上，微微仰著頭看著天上的明月，夜風輕拂而來，拂動她的衣帶翻飛似蝶。

「妳在想什麼？是不是後悔當年嫁了本王？」

趙奕低沈的聲音忽地在她身後響起，她還來不及說些什麼，又聽對方似是嘆息道——

「洞房花燭那晚，妳臉上的抗拒便是那樣明顯，又哪是如今才後悔這門親事的。」

她沈默片刻，輕聲回答：「事到如今，殿下還執著這些又有何用？」

「有用的。阿苒，在妳心裡，我當真便不及那段廣林嗎？」

阿苒……齊王妃怔了怔，為著這個記憶深處的小名。

「他不過是凡夫俗子，如何能及得上殿下半分？」良久，她垂下眼簾，淡淡地回答。

「事到如今，妳還不願意與我說些真心話嗎？如今朝廷大軍步步進逼，說不定程紹禟明日便會追殺而至……阿苒，我只是想要妳一句實話，當真便那般難嗎？」趙奕苦澀地勾了勾嘴角。沈默縈繞在兩人身邊，久久等不到她的話，趙奕終於失望了，搖搖頭，正想要離開，忽地聽到她一如既往的清冷聲音。

「廣林，是我讓他前去投奔你的。你貴人事忙，想來不會記得，曾經有那麼一個年輕人，懷著對你的敬仰與對前程的期待，投奔你而來，可你卻活生生地打破了他的希望。」說到過往，齊王妃喉嚨一哽，眼中瞬間便湧上了淚。「趙奕，你不願收下他便罷，何苦還要出言相諷？你可知道，因為你的那番嘲諷之話，他受盡了嘲笑，嘗夠了折辱，最後連死也尋不到凶手！」想到當年那個人的死狀，她終於崩潰，猛地朝他撲過去，一下又一下地往他身上打著，發洩著積累多年的悲憤。

趙奕臉色一白，緊緊地抿著雙唇。那是他此生唯一做過的一件悔事。

當年他在宮中再度遭受趙贇等兄弟們的羞辱，回府時，在府門遇到一名前來投奔的男子，當時他心中充滿了憤怒與不忿，又哪裡聽得進那男子的一番高談闊論？當下毫不留情一一反駁回去，最後直接讓下人把他轟出門。

再後來，他便聽聞那男子在與人的爭執中，出了「意外」而亡。

懷中女子的動作漸漸弱了下去，最後只是緊緊地揪著他的衣角，放任自己痛哭出聲。

他一言不發地摟著她，直到懷中人哭聲漸止，才啞聲道：「妳只道當年他是與那些貴家公子起了爭執，不知被何人失手推至路中，教他被失控的馬車撞死，到後來官府抓不到凶手便不了了之，哪裡知道，當日此事並非意外，他是被人刻意謀殺，設局害了他的，不是別人，正是妳的嫡親叔父，如今的靖安侯爺！」

齊王妃的哭聲頓止，在他懷中不敢相信地抬頭。良久，她忽地笑出聲來，笑著笑著，眼中又再度泛起淚光。「原來如此、原來如此，我早該想到的……早該想到的……」

也不知過了多久，她才拭了拭眼中淚水，藉著月光望向身邊的男人，意外地對上他有幾分憐憫，又有幾分柔和的眼神。隨即，她便聽到趙奕輕聲問她。

「當年妳讓段廣林前來投奔我，是不是說明我在妳心中也不是那樣不堪的？」

她輕輕抿了抿雙唇，在他隱隱帶著期盼的眸光中，終於緩緩地回答：「當年的齊王殿下，是世人眼中光風霽月般的人物，禮賢下士，謙和有禮，又哪會是不堪？」

趙奕怔住了，片刻，臉上綻開了喜悅的笑容，忽地握著她的手，啞聲道：「阿苒，得妳此話，便是明日就死在程紹禟等追兵手中，我也毫無遺憾了。」

齊王妃輕輕掙開他的手，低著頭，再不說話。

遠處的映柳抱著趙奕的外袍，怔怔地望著那對相對而立的璧人，月光下，男俊女俏，同樣是掩不住的滿身風華，她忽地生出幾分自慚形穢感來。

只有王妃這樣出身世家大族的嫡女，才能配得上他吧……

她輕咬著唇瓣，低頭掩飾滿臉的黯然，緩緩地回了屋。

程紹禟帶著追兵，有如天降般出現在趙奕敗軍面前時，不只趙奕，便連晏離的臉色也變了。

尤其是晏離，他素來自負神機妙算，對五行八卦、奇門遁甲之術尤其精通，本以為追兵會被他設下的迷局擋下數日，不承想半日時間不到，程紹禟便已經帶著兵馬追殺而來了。

「齊王殿下，是你們束手就擒，還是本將親自動手？」程紹禟勒住韁繩，持著長劍擋住趙奕等人的去路，沈聲問。

「程將軍好本事，敗在你的手上，本王也沒什麼好說的了。只是，本王縱是戰死，也絕不會投降於趙贇那侵占了趙氏江山的野種！」趙奕「噌」地一下抽出腰間長劍，厲聲喝道。

程紹禟皺眉。「殿下慎言。陛下乃神宗皇帝長子，生母孝惠皇后，世人皆知，殿下何苦做那長舌婦人之事，無事刻意詆毀陛下名聲？」

「本王從不打誑語！趙贇並非孝惠皇后所生，當年孝惠皇后生下的本是死胎，卻不知從宮外何處抱來一個孩子，假充父皇嫡子。本王母妃當日便在鳳藻宮中，親眼看見孝惠皇后身邊之宮人抱著死嬰離宮，豈能有假？只恨本王至今找不到先太醫院正楊伯川留下的那本手札，否則早就向世人揭穿趙贇的真面目了！」趙奕冷笑道。

程紹禟的臉色有幾分變了。

趙奕卻不待他再說，一揮長劍。「趙贇生性殘暴，視人命如草芥，程紹禟，本王敬你是一條錚錚漢子，卻不想你助紂為虐至此，既如此，本王也不欲再多費唇舌，今日便與你決一死戰！」說罷，雙腿一夾馬肚子，揮劍便朝程紹禟衝過去。

「殿下！」唐晉源連忙策馬而上，緊緊護在他的身側。

程紹禟擋下趙奕刺來的一劍，兩方人馬頓時便陷入混戰。

齊王妃、晏離、映柳母子等毫無自保能力之人被侍衛緊緊護著，往後退去。

齊王妃不時回頭，望向身後浴血奮戰的趙奕，看著他好幾回險些被程紹禟挑下馬，驚得心跳都快要停止了。

聲。

「殿下！殿下——」映柳又驚又怕，眼睜睜地看著趙奕胸口中劍，終於忍不住哭叫出聲。

「你們不用管我們了，快去助殿下退敵！」齊王妃厲聲朝身邊的侍衛道。

那幾名侍衛想也不想地拒絕。「殿下有命，王妃在，屬下便在！」

齊王妃愣了愣，就這麼一瞬間，看到趙奕左臂又中了一劍，遂尖聲喝道：「殿下若不在了，我們哪還有命！快去！」

幾名侍衛也看到趙奕的危急，又聽齊王妃這般說，當下再不猶豫，立即持劍飛身而去，很快便加入戰局。

晏離想了想，亦緊緊地跟著而去。

「晏先生，你……」齊王妃一時不察，看著他驚險地衝上前，再一看身邊的映柳母子與那名嚇得雙腿直打顫的奶嬤嬤，一咬牙，喝道：「還不快走，等死嗎？」說完，率先便往後退去。

那邊，程紹禟賣了個破綻，趁趙奕中計之時，揮著長劍「咻」的一下，便將他挑落馬下。

立即有兵士上前，欲將他生擒，卻不想唐晉源動作更快，暴喝一聲衝殺而來，與幾名侍衛急急把趙奕救下去。

程紹禟一夾馬肚子便要追殺而去，忽地聽到有人大聲喝道——

「程將軍，難道你不顧當年青河縣大牢，齊王殿下對你的救命之恩嗎？」

程紹禟急急勒住戰馬，長劍一舉，制止了欲殺上前的兵士，看到一身狼狽的晏離疾步從混戰中而來。

藉此機會，趙奕手下的殘兵立即把趙奕緊緊地護在當中，嚴陣以待，滿是肅殺之氣。

晏離來到兩軍當中，努力平復幾下呼吸，才緩緩道：「程將軍可還記得當年青河縣大牢之事？鏢局丟失重鏢，眾鏢師入獄受盡嚴刑拷打，危在旦夕，若非齊王殿下親自出馬，將軍當日便已經死在青河縣大牢。大丈夫立世，當懂知恩圖報，當日齊王殿下與將軍等人素不相識，只因吳總鏢頭求救上門，便仗義出手相助，如此大恩，難不成便是換來今日將軍的窮追不捨嗎？」

「程大哥，當日鏢局眾兄弟結義，有福同享，有難同當，可惜你我各為其主，終於兵戎相見，宋大哥等兄弟九泉之下若是得知，只怕亦是痛心不已。」唐晉源亦從人群中緩緩走出。

程紹禟緊緊抿著雙唇，手中長劍仍在滴血，一滴又一滴，滴在地上，滲入泥土中，再不見蹤跡。

他望向滿身血污的趙奕，毫不意外地對上了他複雜又不甘的視線；再望向趙奕身邊的齊王妃，想到查探而來的那些關於齊王妃多次襄助凌玉之事。最終，視線落在唐晉源身上。

曾經一起出生入死的兄弟，無論何時何地，均能毫不猶豫地將自己的性命交託的兄弟，可此刻，自己在他的眼中，看到的卻是防備與警惕。

也不知過了多久，他緩緩地一揚手，薄唇吐出兩個字。「退開。」

「將軍?!」和泰大吃一驚，想要勸說幾句，可看到他面無表情的模樣，終是一咬牙，揮起手上令旗。「退開！」

話音剛落，兵馬齊刷刷地退往兩邊，讓出當中一條路來。

「他日相見，便是決戰之時，晉源，你我兄弟緣盡於此！」程紹禟翻身下馬，緩步來到唐晉源跟前，忽地手一揮，長劍割下袍角一處。

唐晉源眼中複雜難辨，亦不遲疑。「程將軍，再會！」

趙贇作夢也沒有想到，程紹禟竟然罔顧他的旨意，私自將齊王放走，以致最終功敗垂成，當下龍顏大怒，「噌」地一下拔下掛在牆上的寶劍，欲將跪著請罪的程紹禟斬於劍下。

在場眾將見狀，大呼著「陛下開恩」，齊刷刷地跪在地上不停求情。

唯獨程紹禟一言不發，仍舊直挺挺地跪著。

趙贇見狀更為惱怒，額上青筋頻頻跳動著，眼中充滿殺氣，從牙關擠出一句。「程紹禟，你便是這樣對待朕的信任?!」

程紹禟呼吸一窒，深深地朝他拜倒。「請陛下責罰。」

「你以為朕不敢殺你不成？」

「臣絕無此意。臣自知此番犯了不可饒恕之大錯，不敢求陛下寬恕，願承受陛下一切責罰。」程紹禟回答。

「陛下，此番實因那晏離奸滑，他當著兩軍將士之面，讓程將軍回報齊王當年救命之恩，若是將軍執意不許，一個連救命大恩尚且不管不報之人，他日如何能讓將士們信服？一個得不到同袍信任的將領，又如何能征戰沙場、平定內亂，替陛下分憂？」和泰鼓起勇氣，大聲道。

「和泰此言，亦是末將等心中所想。請陛下開恩！」李副將、孟副將等人異口同聲伏倒求情。

一時間，偌大的屋子裡，眾將的求情聲不絕於耳。

一直站在一旁不言不語的龐信終於走過來，亦跪在趙贇身前，誠懇地道：「請陛下聽臣一言。臣雖非能征戰沙場之將士，可亦清楚戰場上刀槍無眼，同袍之間若不能全身心信賴，軍心渙散，必乃敗軍之象。程將軍違抗聖旨，私放齊王實乃大罪，罪不容恕，若不處罰，難以服眾。只是請陛下念在他多番救駕有功，朝廷又值用人之際，從輕發落，容他一個將功折罪的機會。」

趙贇的臉因為憤怒而脹紅著，胸口急促起伏，聽著龐信此言，亦想到了程紹禟幾次三番的救駕有功，怒火便不知不覺地滅了幾分，可到底心中意難平，遂咬牙切齒地下令。「奪去程紹禟統帥之職，降為八品宣節校尉。脫去他的戰袍，拖下去重打一百棍，若是仍有命活下來，朕便給你一個將功折罪的機會！」說完，拂袖而去。

一百棍？眾將臉色都變了。

軍中的一百棍可不同官府裡的一百棍，那力道不知要重多少倍，如今這一百棍打下去，還能有命活下來嗎？

李副將等人還要求情，可程紹禟已經沈聲道：「臣，領旨謝恩！」趙贇一聲冷笑。

立即便有兵士進來，依旨脫去他的戰袍，把他拖下去行刑。

聽著外頭軍棍打在人身上發出的悶響，眾將頓時心口一緊。

一直留在營中養傷的小穆聞訊趕來，看到校場上正受刑的程紹禟，臉色大變，猛地衝進來，一把拉住龐信的袖口。「龐大人，你素來足智多謀，快想個法子救救程大哥！」

龐信捋著鬍鬚，忽地微微一笑，意有所指地問：「陛下可是軍中人？」

「自然不是！」小穆迫不及待地回答。

「陛下乃是天子，實稱不上是軍中人。」和泰遲疑片刻，也回答道。

「陛下既非軍中人，那這一百棍自然不是指軍棍，既如此，何須再言『重』打？」

眾將稍一思忖，立即明白他的意思，當下大喜。

小穆率先衝了出去，對著正在行刑的兵士一陣耳語。

那兩名兵士遲疑片刻，再落手時，力道已是削減不少。

幾十棍打下來，程紹禟已經有些承受不住，只是憑著一股毅力強忍下來，忽然間，覺得再落下的力道輕了許多，趁著軍棍舉高之際，他掙扎著沈聲道：「你們連如何執行軍棍都不懂了嗎？用力！」

「將軍……」行刑的兵士欲解釋。

小穆忙將方才龐信那番話道來。

「君無戲言，君不可欺！用力！」程紹禟只覺得視線有幾分迷糊，用力一咬唇瓣，喚回幾分神志，低聲喝道。

「大哥！」小穆看著行刑的兩名兵士已經硬著頭皮再度下重手，一時又氣又急，卻又拿他半點辦法都沒有。

「唉，這個耿直傻子，莫怪晏離要在兩軍面前逼問，分明是瞧準了他這等性子。」龐信將一切瞧在眼裡，長嘆一聲道。

他身邊的眾位將領沈默地看著，只是誰也不敢上前相勸，只能眼睜睜地看著那一下又一下有力的軍棍打在程紹禟身上。

遠處的趙贇靜靜地看著這一幕，良久，低聲罵了一句。「榆木腦袋！蠢貨！」

「程將軍……程校尉這是心裡內疚，覺得愧對陛下、愧對諸位將領，心中過意不去呢！」他身邊的貼身內侍大著膽子道。

趙贇冷笑一聲，卻也沒有再說出什麼話來。

程家村裡的凌玉，一直苦苦等候著程紹禟的消息。日子一天天過去了，她閒來無事養下來的雞崽子都已經長大，可那個人卻一直沒有來。

這日，她正做著針線，想要給程紹禟做一身中衣，可不知為何，一直有些心神不寧，終於無奈地放下針線。

怎地這般久還沒有回來？難道出了什麼意外？不是說齊王身邊只得數百人馬，不成什麼氣候的嗎？論理都這般久了，不管成與不成都該有個結果才是啊！

正這般想著，忽聽一陣急促的敲門聲，她連忙起身。「來了來了，莫要再敲。」

那「砰砰砰」的響聲，只這般聽著，她都不禁懷疑下一刻門板要被來人給敲爛了。

「吱呀」的一聲打開了門，卻意外地看到小穆的臉龐。「小穆？你怎地會來？」

「嫂子快快讓開，讓他們把程大哥抬進屋去。」小穆沒有心思回答她的話，連忙道。

凌玉才注意他的身後還有兩名抬著軟轎的兵士，當下大驚失色。「怎麼回事？他受傷了嗎？」

小穆含含糊糊地說了一句什麼話，她也沒有聽清，急急讓開路，看著那兩名兵士抬著程紹禟走進來，這才關上門，快步指引著他們把人抬到東屋裡。

「你這是怎麼了？傷在了何處？可要緊？讓我好生瞧瞧！」見程紹禟趴在軟轎上一動也不動，她又急又怕，想要掀開他身上的薄毯看個究竟。

小穆佯咳一聲制止了她。「嫂子，妳不必擔心，程大哥身上的傷已經好了許多，我還帶著軍醫賜下的良藥，只要好生休養，不用多久便能痊癒了。」

凌玉欲掀薄毯的動作一頓，終是鬆開了手，狐疑地望了望小穆，又瞧見正側過頭來，衝她討好地笑了笑的程紹禟。

他啞聲道：「小玉，我不要緊，妳莫要擔心。」

「所以呢？你此番回來是要接我離開，還是要一起留下來養傷？」她問。

「自然是先養好傷再離開。」小穆搶著回答。

凌玉點點頭，意味深長地在兩人臉上來回看看，片刻後，往外走去。「你們想必餓了吧？我去給你們做些吃的。」

「多謝嫂子！」

身後響著小穆響亮的道謝聲。

直到天色將暗，小穆才起身告辭，而他帶來的那兩名兵士，則是與早前留下保護凌玉的那兩位一般，同樣留了下來。

待屋內只有夫妻二人，凌玉才虎著臉道：「你且老實告訴我，你到底做了什麼事？為何會被陛下打了軍棍？」她怎麼也沒有想到，程紹禟的傷居然是因為受刑。

他如今身為一軍統帥，除去如今仍身在長洛城的新帝外，只怕也沒有誰能打他的板子。

程紹禟沈默良久，終是一五一十地將他放走齊王之事細細道來。

凌玉聽罷，久久說不出話來。所以，齊王妃這一回算是撿回一條性命嗎？

她心裡說不出是什麼滋味，只是不得不承認，還是有幾分慶幸的。

見她怔怔地坐著不出聲，程紹禟猜不透她的心思，斟酌著又道：「如今陛下命李副將率兵前去追尋齊王下落，而聖駕亦不能再久留長洛城，必須儘早啟程回京。我身上帶著傷，不宜遠行，又放心不下妳，故而便拜託龐大人向陛下求情，准我歸家養傷。」

凌玉嘆了口氣，替他捋了捋鬢邊，忽地用力往他額上一戳，沒好氣地道：「你這榆木腦袋！若是人家以救命之恩相挾，要你休妻棄子，你是不是也要答應了？」

「這自然不能！大丈夫有所為，有所不為，豈能答應此等荒唐之事！」程紹禟正色道。

凌玉又是一聲長嘆。「那日後呢？此番你放過他們，陛下只是責打你一百棍，可若下一回呢？下一回你再這般行事，陛下又會如何處置？」

「沒有下一回了。經此一事，恩義兩斷，再相見，便是生死決戰之時。」程紹禟平靜地回答。

聽到「生死決戰」四字，凌玉有幾分恍神，想到唐晉源曾經對自己的相救之恩，雖說早前便曾想過，這對結義兄弟或有一日會走到兵戎相見的地步，可這一日當真到來，並且發展到需要生死決戰時，她的心裡著實稱不上好受。

「齊王若是肯退讓投降，或許不需要到生死決戰的地步。」她忍不住道。

程紹禟搖搖頭。「齊王殿下若是肯投降，如何會走到如今這地步？」

他想起陣前齊王那番關於新帝並非趙氏皇室血脈的話，當時只以為齊王不過信口開河，有意在陣前詆毀陛下名聲，可如今仔細回想，他當時的神情實在不像是說謊。

難道陛下當真不是趙氏皇室血脈？眉頭不知不覺地擰了起來。

若陛下當真不是趙氏皇室血脈，這便能解釋早前陛下為何對先帝留下來的那幾名年紀尚幼的皇子態度突然變了。是因為陛下也知道自己的身世，所以要想方設法鏟除趙氏皇室血脈，如此才能永無後顧之憂？他揉揉額角，將這些匪夷所思的念頭統統抹去。

陛下對他有知遇之恩，他怎能輕易被人挑撥，相信陛下果真不是皇室血脈，甚至因此做出一連串骨肉相殘之事來？

凌玉不知他所想，見他皺著眉頭，不禁伸出手指輕輕抹平他的額角，嗔道：「再這般擰著眉頭，瞧著越發像個老頭子了。」

程紹禟啞然失笑。「我若是成了老頭子，妳豈非也是老太婆了？」

凌玉啐了他一口。「什麼老太婆？如今我走出去，還有不少人以為我是未嫁女呢！」

程紹禟笑了笑，明智地不與她爭論這個問題，遲疑片刻，還是小心翼翼地坦白。「其實……其實陛下並非僅是打了我一百棍……」

「我也覺著奇怪，以陛下的性子，你犯下這般大的錯，他居然僅是打你一頓板子，著實不像他平日所為。」凌玉倒不意外，隨即又問：「他還罰了你什麼？」

「陛下奪去我的統帥之職。」

「應該的，你這統帥失了職，哪還能把大軍交給你？」凌玉點點頭。

「還降我為八品宣節校尉。」

「……所以，你這是一仗被打回了原形？」

程紹禟望向她的眼神越發小心。

凌玉又是一聲長長的嘆息，隨即悶悶道：「我這聲夫人還沒聽幾日呢……」

程紹禟越發愧疚了，猛地伸出手去，輕輕握著她的。「對不住。」

凌玉定定地望著他，沒有錯過他臉上的愧疚，片刻，忽地展顏一笑。「罷了，我本就不是什麼大家女子，那一聲聲夫人聽著也不自在，倒不如還如以往一般。」

她越是這般，程紹禟心中便越發難安，想要再說幾句，卻發現千言萬語都抵不過實實在在的行動，唯有又將那些話給嚇回去。

程紹禟歸來，家裡的粗重活又有那四名留下來的兵士幫忙，凌玉只一心一意照顧著他，看著他的傷勢漸漸好起來，總算落下一塊心頭大石。

其間也有不少村民上門，打算瞧瞧村裡最出息的男兒，可聽聞程紹禟受傷，又見四名威風凜凜的兵士守在門處，到底不敢打擾。

這日，凌玉拿著空空如也的藥碗從屋裡出來，打算拿到灶房去洗，忽地聽到小菜園裡隱隱傳來說話聲——

「……齊王當真如此說？陛下不是趙氏皇室血脈？」

「確實如此，齊王在兩軍陣前大放厥詞，著實可恨可惱！」

「你說齊王說的會不會是真的？」

「不可能！陛下自小便被先帝冊為太子，深受先帝寵愛，又怎可能不是先帝血脈？那不過是齊王不忿落敗，有意詆毀罷了。」

「你說得也有道理，只是……」

「好了好了，這些話不要再說，若是讓將軍聽到了，只怕吃不了兜著走……」

說話聲漸去漸遠，凌玉緩緩從牆後走出，不知不覺間，秀眉便蹙了起來。

原來關於新帝的身世已經傳揚得這般厲害。齊王在兩軍陣前叫破，雖說大部分將士都認為這不過是他垂死掙扎所為，但也不乏有聽進去之人。

可是，新帝明明確實是神宗皇帝與孝惠皇后之子……

她一時陷入掙扎當中。

天底下只怕除了當事人，再沒有比她更清楚真相的了，地窖裡的那本手札，清清楚楚記載了前因後果，可是，她要拿出來嗎？

拿出來之後必又會引起一場軒然大波，到時候引發的後果，她能承受得住，程紹禟能承受得住嗎？

可若是不拿出來，任由新帝陷入這種流言蜚語中，她的良心又當真過得去嗎？主上遭受質疑，下屬又豈能獨善其身？

思前想後，她猛地轉身，大步往地窖方向走去。

她又把那個箱子挖出來，找出那本手札，再把餘下的金銀珠寶放回去，這才拿著手札回到屋裡。

程紹禟正掙扎著緩緩靠坐在床頭，就這麼一個簡單到不能再簡單的動作，便已經讓他痛得直冒冷汗。

一百軍棍打下來，縱然他是鐵打的，也已經承受不住，能撿回一條命，還多虧了軍醫們的全力救治，以及龐大人送來的上等傷藥，否則，能否活著回來還真的不好說。

他長長吁了口氣，抬手抹了抹額際上的冷汗，便見凌玉步伐匆匆地走進來，而後掩上門，神情緊張地走到床前，定定地望著自己。

「怎麼了？可是有什麼事？」他納悶地問。

「那個……有件事我得跟你說，只是你聽了之後可不許生氣，也不許惱我。」凌玉有些不安地嚥了嚥口水。

程紹禟詫異，難得見她這般緊張兮兮，還一副心虛的模樣，不禁有幾分好笑，連忙忍住，清清嗓子道：「妳且先一一道來。」

「當年小穆不是拿了一個箱子過來嗎？後來你把它藏到地窖裡，此事你可還記得？」凌玉想了想，決定豁出去了。

程紹禟的臉色漸漸變得凝重。事隔多年，他都險些快要忘記此事了。當年因為那只箱子，滿鏢局的兄弟無端入獄，吃盡了苦頭，險些把命都丟了。

雖然不知那箱子裡放著的是什麼東西，可直覺告訴他，必然不會是什麼好東西，故而當小穆把它交給他時，他想也不想便把它封存了，就讓裡頭的秘密長埋地下。

「妳為何突然提起此事？」他皺著眉問。

「我……我前、前段時間把、把它翻出來了……」凌玉硬著頭皮坦白。

「妳把它翻出來了？好端端的妳翻它做什麼？」程紹禟吃了一驚，一見她心虛得不敢望自己，心裡頓生一個不好的念頭。「妳不會還把它打開了吧？」

「好、好像是呢……」凌玉結結巴巴地回答。

「什麼?!妳、妳讓我該說妳什麼好！」程紹禟又氣又急，音量也不知不覺地拔高。

凌玉縮了縮脖子，小心翼翼地把藏在身後的那本手札遞到他跟前，小小聲地道：「還、還發現了這本東西，看到裡頭一個天大的秘密。」

程紹禟的臉色都變了。

當年因為那只箱子，賠進了整間鏢局，甚至連新任的總鏢頭之死也與此物不無關係，那時的他們甚至連箱子裡是什麼東西都不知道，便能遭此大罪。如今開了箱子，還發現了裡頭一個天大的秘密，這豈不是代表著又要惹上麻煩了？

他接過那本手札，深深地呼吸幾下，恨恨地瞪了凌玉一眼，想要訓斥她幾句，可一想到事已至此，再多說什麼也無用，便乾脆作罷。

「你不看看嗎？」見他只是拿著那手札，卻沒有翻看的意思，凌玉低聲問。

程紹禟皺著眉頭，片刻，動手拆開包著手札的布巾。

罷了罷了，她都已經看過了，他若是不看，萬一將來有什麼事，豈不是做了糊塗鬼？倒不如看個分明，若真有什麼萬一，他一力承擔下來便是。

只是，當他看清楚裡面所記載的內容時，不禁大吃一驚，總算明白方才凌玉為何說是一個天大的秘密了。

這何止是簡單的秘密，根本是皇室醜聞，更是先帝的罪孽！萬一落到有心人手中……

他「啪」地一下合上手札，正色道：「小玉，妳且答應我，不論什麼人問妳，妳都不知道有這麼一本手札的存在，更不知道裡面記載的是什麼內容！」

凌玉不解，細一想，便明白他是打算獨力將此事承擔下來，惱得用力跺了跺腳。「明明已經看過了，怎能當作沒看過？況且，當日齊王便是為了得到這東西才擄了我去，我甚至還跟陛下提起這本手札，如何能反口說自己不知道有這東西的存在？那豈不是此地無銀三百兩嗎？」

程紹禟大驚。「陛下和齊王都知道這手札的存在?!」

「這是自然！」凌玉當下又一五一十地將趙奕為了得到這本手札，幾次三番到楊素問家中遍尋不著，後來便將她挾持而去，逼著楊素問交出手札等事告訴了他，末了又道：「當日我與陛下從齊王府逃脫時，途中也曾與他說過這些，他也知道了手札的存在。」

程紹禟的眉頭都快擰到一處去了，久久說不出話來。

所以，齊王是從麗妃口中得知陛下身世存疑，後來又查探到先楊太醫手中有這麼一本手札，以為這裡頭必有著能證明陛下非皇室血脈的關鍵證據？

陛下想必也對自己的身世起了疑心，說不定還真的以為自己是孝惠皇后從宮外抱進來假充嫡子的，故而才會不惜一切代價要除去齊王，同時軟禁先帝諸子於宮中。

他忽地覺得有些頭疼。

陛下必定也會想要得到這本手札，而他也不能任由世人拿著陛下的身世說項，故而這手札定要想方設法交到陛下手上。但是，這當中牽扯之事著實匪夷所思，他不能隨意把它交出去，必須想個兩全的法子才行。

見他久久不說話，凌玉有些不安，忍不住輕輕在他手背戳了戳。「哎，你倒是說話啊！你心裡是怎樣想的？」

程紹禟望向她，默默地把手札收好，平靜地道：「過幾日咱們便啟程回京。」

「回京？可是你的傷仍未痊癒，如何能趕得了路？」凌玉頓時便急了。

「不要緊，不過是些皮肉傷。」程紹禟不在意地道。

御駕已經啟程回京，只要陛下一日得不到真相，便會一直放不下心中執念，屆時會不會對先帝留下來的諸子做出些什麼事來，他也不能肯定。

凌玉雖然也急於回京見兒子，但是同樣放心不下他的傷勢，聞言不禁勸道：「雖說是皮肉傷，只是傷得這般重，如何能等閒視之？不如再多養幾日，待傷勢更好些再上路也不遲。」

程紹禟搖搖頭。「我意已決，妳不必多言。要帶上京的東西都收拾妥當，三日後咱們便回京。」

凌玉見勸他不下，一時便急了，恨恨地道：「偏你好逞強，若是在路上傷勢加重，我瞧你能得什麼好！」只是她也清楚，這人若是打定主意，不管是誰都勸他不住。

既然準備回京，凌玉便抽了時間收拾行李。

蕭杏屏上門拜訪時，她剛好把回京要帶的行李收拾妥當，看到她來，連忙笑著上前相迎。「來得可真是時候，我也不必再特意跟妳告別了。」

「告別？你們這是打算回京了？紹禟兄弟身上的傷可都痊癒了？」蕭杏屏詫異。

「哪能就痊癒了？」凌玉嘆了口氣，又道：「後日便啟程，他想是另有要緊事，故而也不能久留。」

知道程紹禟今時不同往日，是個大忙人，蕭杏屏也沒有多問，只無奈地道：「原以為還能與妳再多聚聚，沒想到妳卻是來去匆匆，來得突然，去得也是這般突然。」

凌玉歉意地道：「我也是沒有想到。」

蕭杏屏笑了笑，又與她閒話一陣，神情便有些遲疑，一副欲言又止的模樣。

「可是遇到了什麼麻煩事？」凌玉擔心地問，下一刻，想到一個可能，臉色當場便沈下來。「難不成那程大武又去打擾妳了？」

上回在青河縣嚇走了程大武後，凌玉也一直讓人留意他的舉動，想著尋個適合的機會徹底替蕭杏屏解決這個麻煩。不承想那程大武許是顧忌她仍在村中，這段日子一直安安分分，連程家村也沒有出去過，教她一時倒不好下手。

「不，這倒不是，自從上回被妳嚇跑後，他便一直不曾再來過。我只是想著妳上回跟我說過的那些話，想請妳幫我一個忙。」

「有話但說無妨。」

「我想拜託妳幫我尋個人。」蕭杏屏猶豫片刻後，小聲道。

「什麼人？是男是女？何方人氏？」凌玉好奇地問。

「是個男的……」蕭杏屏聲如蚊蚋般回答著。「我也不知道他住哪裡，只是聽他的口音，像是京城人氏，此番你們回京，若是遇到了……」

凌玉若有所思地望著她，儘管相當好奇她尋人的目的，但是見她這般模樣，到底沒有多問。「那他身上有何特徵？」

蕭杏屏從袖中取出一條劍穗遞給她。「這是從他身上掉下來的東西。」

凌玉接過來細看，臉色頓時變得有幾分古怪，只是也沒有說什麼，把劍繐收好。「好，回京之後我便幫妳找找。」

「其實也不是什麼重要的，妳也不必特意讓人去找，總之、總之便順其自然吧！」

「我明白了，妳放心。」凌玉笑著應下。

蕭杏屏有些不自在地挪了挪，忙轉移話題，又與她說了會兒話，才告辭離開。

凌玉親自把她送出門，看著她上了馬車，目送著馬車遠去，才低聲朝身後一名兵士吩咐幾句。

那兵士頷首應下。

離開程家村這日，凌玉起了個大早，侍候著程紹禟梳洗，又替他換藥，待上了特意佈置過的馬車，見他動作緩慢地坐到舒適柔軟的墊上，神情亦不似前幾日那般痛苦，凌玉才稍稍鬆了口氣。

「你身上有傷，此番還是走水路。」凌玉替他整了整衣裳，柔聲道。

程紹禟皺了皺眉，正想要說話，凌玉便打斷他。「行程我都安排好了，這會兒便是坐車到碼頭，再改坐船上京，你若是不同意，那咱們哪兒也別去了，就留在程家村。」

程紹禟抿抿嘴，縱是滿心不願，可一聽她這話也不能再說什麼了。

他也沒有想到，他的兵士竟然「叛變」，投向了夫人，硬是改了他的行程安排。

馬車駛至村口，忽聽一陣吵鬧聲，程紹禟皺眉，聽到外頭有人放著狠話——

「程大武，有種你這輩子就窩在家裡別出來，否則下一回便不是僅僅打斷一條腿這般簡單！」

「出什麼事了？」他問。

凌玉若無其事道：「那程大武是個什麼性子你也不是不清楚，得罪的人多，想是被人上門尋仇了。」

見他似乎想要掀簾望個究竟，凌玉生怕他看出這一切是出自自己的手筆，連忙拂下窗簾。「外頭風大，你傷勢未癒，不宜吹風。」

所幸程紹禟也沒有懷疑。

各地水路並不太平，但相較於陸路還是要好上許多。凌玉託人尋的是一條上京的商船，走的也是近路，船上還有主顧請來的一批鏢師，聽聞一路上也打點好了，故而才放心些。

凌玉走進來的時候，見程紹禟正翻著那本手札一臉若有所思，連她叫了他好幾聲也沒有聽到。

終於，程紹禟回過神來，歉意地朝她笑了笑，她才無奈地道：「你在想什麼呢？」

「小玉，妳可記得庚相爺一家自二十餘年前離開京城後，搬往了何處？」他忽地問。

「自然是返回原籍青州，據聞陛下逢年過節還賜下不少東西，可見對母族還是很照顧的。」凌玉疊著換洗的衣物。

「咱們在青州碼頭便下船吧。」程紹禟思忖片刻，又道。

「青州？你……難道你想去找庚府之人？」想到這個可能，凌玉心口一跳，壓低聲音問。

程紹禟點點頭。「若我沒有記錯的話，庚老夫人仍健在，孝惠皇后是她唯一女兒，先庚夫人又是她的兒媳，想來對當年之事更是了解，若能請得她老人家上京，向陛下說明一切，並請她代呈此手札於陛下，許是會更適合些。況且，陛下既為孝惠皇后親兒，如今又深陷身世的流言中，庚老夫人若是知道了，想必不會坐視不理。」

「言之有理，只不過……假若連她也懷疑陛下並非親外孫呢？畢竟庚相爺當年可是在陛下出生不久便辭官歸隱，雖可能是因為對先帝的失望與憤怒，但何嘗沒有也懷疑陛下身世的原因所在。」凌玉卻不太樂觀。

「若是如此，這手札交給庚老夫人，她自會明白一切。」

「交給她，豈不是相當於告訴她、告訴陛下，咱們知道了庚府與皇室當年的那樁醜事嗎？」凌玉不贊成。

「無妨，她若是為了庚家後代著想，自然會想法子替咱們掩護。」程紹禟淡淡地道。

他的語氣雖然平淡，可卻又帶著一股篤定，甚至還有幾分隱隱的、不容侵犯的威嚴氣勢，讓凌玉不禁微瞇起雙眸，彷彿有些不認得他了。

「你既有了主意，我聽你的便是。」

第三十二章

雖說此番親征大敗趙奕，並一舉攻下了長洛城，可未能將趙奕置於死地，又或是把他生擒，趙贇心中到底不痛快。

此刻，他正翻著手中密函，眸光大盛，臉上閃現著幾絲嗜殺的激動。好，很好，貴太妃那對母子終於按捺不住要有所行動了，他等的便是今日！

「傳令下去，加快回京！」

「是！」立即便有兵士領旨而去。

「離此處最近的城池是何處？」他靠著椅背，問身旁的內侍。

「回陛下，是青州城。」

青州城？青州庚氏……趙贇有幾分怔忡，很快便緊抿雙唇。

曾經他想不明白為何外祖一家會在自己正需要他們的扶持時，選擇拋棄京中一切，避世青州城，如今他總算明白當中緣故了。

一切只不過是因為他老人家知道自己不是母后所出，身上並無庚氏血脈。

母后當年想來是瞞著外祖做下此事，米已成炊，外祖縱是再惱怒也於事無補，畢竟此事一旦讓父皇知道，庚家面臨的結局，必然是他所承受不起的。

可是，那又如何？他是不是母后所生又怎樣？他說是，那便只能是！

他緩緩將手中密函點燃，看著它瞬間被火吞噬，嘴角緩緩勾起一絲冷笑。

新帝並非皇室血脈一事，原本只是民間傳言，可隨著齊王在兩軍陣前叫開後，漸漸地也傳到了官員耳中。

曾經的貴妃，如今的貴太妃，天熙帝第五子安王生母，聽到這個傳言後大喜。她就知道自己的懷疑是正確的！當年先皇后那個病弱模樣，如何能順利生下孩兒？必然是她為了固寵，偷龍轉鳳，從宮外不知何處抱來孩子假充自己所生，瞞騙先帝，瞞騙世人。好了，如今終於真相大白，那個野種又有何資格占據皇位？這皇位合該是自己兒子的！

「母妃，妳到底在做什麼?!」正在此時，十三歲的安王氣憤地走進來。

「我做了什麼？」貴太妃眼眸微閃。

「妳讓舅舅私底下籠絡朝臣，暗中圖謀皇位，以為能瞞得過皇兄嗎？您怎不想想另幾位皇兄的下場！」安王氣得身體都跟著顫抖起來。

聽他提到魯王、韓王與齊王，貴太妃瞳孔微縮，只轉念一想便又坦然了，壓低聲音道：「你這孩子懂什麼？那一位根本就不是你的皇兄，不是你父皇的孩兒，有什麼資格占據那張龍椅。」

安王聽畢更惱了。「母妃竟也聽信那些荒謬之言！那不過是四皇兄存心往皇兄身上抹黑罷了！」

「你懂什麼？所謂沒有不透風的牆，更何況我也早就懷疑他的身世了。」貴太妃冷笑。

安王不可置信地望著她，喃喃道：「都瘋了，為了那個位置，二皇兄、三皇兄、四皇兄，如今連母妃您亦是如此……」他一咬牙，忽地轉身大步離開。

貴太妃也沒有理會他，沈思著想個什麼法子把此事鬧大些，好教更多人知道，如今帝位上坐著的根本不是皇室貴胄，而是不知打哪兒來的野種。

程紹禟順利見到了白髮蒼蒼的庚老夫人。

庚老夫人不明他的來意，只是縱然避世多年，也知道這位是朝廷新貴，今上的左臂右膀。

然而，當她聽著程紹禟緩緩道明來意時，臉色驀地一變。「你如何得知此事?!」

當年之事，是她親手置辦，知情者無幾，他又怎會知道？

「老夫人難道不曾聽聞民間關於陛下身世的流言嗎？」程紹禟不答反問。

庚老夫人的臉色又變了變。「什麼流言？到底發生了什麼事？」

程紹禟詫異。竟是當真不知道嗎？

「大郎，你說，到底發生了什麼事？」庚老夫人厲聲問著沈默不語的長子。

庚家大老爺抿著雙唇，少頃，冷漠地道：「民間四處傳言陛下並非妹妹所生，更非皇室血脈。」

「他是不是皇室血脈，難道你不知道！」庚老夫人大怒。

「他自然是皇室血脈，可是，確實非妹妹所生，與咱們庚府毫無瓜葛。」庚大老爺的語氣更加冷漠。

「混帳！他確確實實乃是你妹妹親生孩兒！徐氏的孽種，一生下來便死了，是你妹妹故意假作一齣偷龍轉鳳，讓那昏君誤會瓚兒是徐氏所出。」

這一下，不只庚大老爺，便連程紹禟也是大吃一驚，隨即，他便聽到庚大老爺問出了他也想知道的問題。

「妹妹為何要這樣做？」

庚老夫人冷笑。「昏君無道，姦淫臣妻，又妄想將孽種記在嫡妻名下，假作嫡子，殊不知徐氏那狀況，根本不可能生下孽種。是我與你妹妹合計，故意讓昏君以為徐氏胎兒無恙，而你妹妹腹中胎兒許是不保。」

「我不明白，妳們這樣做是為了什麼？」庚大老爺喃喃。

「為了保證瓚兒的地位！」庚老夫人平復了一下怒火，瞥了一眼沈默的程紹禟，緩緩又道：「妻不如妾，妾不如偷，偷不如偷不著。昏君惦記了徐氏那般久，若徐氏又是因為替他生下孩兒才亡故，死在他興致正濃的時候，此生此世，昏君都會忘不了她，對她所出的孩兒，必然寵愛至極。可笑他一聽你妹妹肯將孽種養在膝下，竟是當真撒手不理，全然把事情交給你妹妹，否則，我們也不會這般順利，一瞞便瞞了他大半輩子。」說到此處，她又望向兒子，嘆息道：「只我卻沒有想到，連你竟也相信了，以為宮裡的皇長子乃徐氏所出孽種。」

昏君對皇長子越是寵愛，便相當於越往她女兒心口上插刀，有時候便連她也不禁想，若昏君不是誤會皇長子是徐氏所生，是不是對他便不會如此寵愛了？

「程大人，我隨你上京。」良久，她望向程紹禟，沈聲道。

「母親，我陪您去吧！」庚大老爺眼眸微紅，深吸一口氣後，啞著嗓子道：「我也該盡盡舅舅之責了。」他視為恥辱、厭惡了大半輩子之人，原來竟是他的嫡親外甥，這教他如何心安？

程紹禟大喜，沒想到此行有此收穫，自然是連連應下。

庚大老爺讓長子引著他到客房歇息後，才有些不贊同地對庚老夫人道：「這些醜事，母親不應該在那程紹禟跟前說才是。」

庚老夫人不置可否。「他既然敢來，除了說明他確實對陛下忠心不貳外，還因為他其實早就知道了內情，不過是希望借我之手，還陛下清白而已。大郎，你若是想要重返朝堂，此人會是一大助力；而我也瞧得出，他是個聰明人，知道什麼話該說、什麼話不能說。」

「他知道內情？他如何會知道？」庚大老爺更覺詫異，連他也被瞞了這麼多年，那程紹禟又如何會得知？

「若我沒有猜錯，當年那楊太醫的手札，許是落到了他的手上。」

「楊太醫？當年替妹妹與徐氏保胎的那位太醫？」

庚老夫人點點頭。「這也是你妹妹留下來的一個後著，萬一將來不只昏君誤會陛下的身世，也能有個人作證。否則，那楊太醫知曉這般多秘密後，如何還能安全離開京城？」

「原來如此，妳們當真是瞞得我好苦啊！」庚大老爺長嘆一聲道。

「此事本就是知道的人越少越好，只有連自己人都瞞過去，才更容易瞞住那昏君。」庚老夫人道。

庚大老爺沈默不語。

待庚府打點好一切準備啟程時，已經是三日後之事了。程紹禟的傷雖仍未痊癒，但已經好了許多，加上急著回京，最後還是同意走陸路。一路上有庚府的人，他又如此堅持，凌玉也不好說什麼，只是再三檢查他的傷，確定無礙後，這才稍稍放心。

庚大老爺本以為他是在戰場上受的傷，可細一觀察，卻又覺得他傷的部位有些不對勁。程紹禟自然也不會將自己被新帝打了板子之事嚷得人盡皆知。

庚大老爺雖然避世多年，但因為心中始終懷著對皇室的怨恨，故而這些年來其實一直暗中關注著朝中事，自然也有他的消息渠道，很快便打探到長洛城戰事實情。

得知齊王竟是被程紹禟放走的，而程紹禟因此受刑降職，大好前程毀於一旦，不禁驚訝得久久說不出話來。世上竟然真有這樣忠直的傻子……

「我沒有看錯，此人確實是位磊落君子，陛下若是好生利用，不失為手中一把最鋒利的長刀。如今看陛下對他的處罰，足以看出，陛下已將他視作心腹重臣。」庚老夫人微微頷首道。「若想重振庚府往日輝煌，大郎，此人你必須好生拉攏。雖說你是陛下至親，但是若論及在陛下心中地位，未必及得上此人。」

「孩兒知道了，多謝母親提點。」

回京的路上雖然不太平，但因為打點得好，倒也沒有遇到太大麻煩，即使偶爾遇到的小賊，庚府的家丁也能對付，根本無須程紹禟擔心。

凌玉不得不佩服這庚家人的體貼周到。知道程紹禟身上帶傷，還特意帶了一名大夫上路，連吃穿用度等方方面面都考慮到程紹禟的傷勢，卻又不會讓人覺得突兀無禮。

便是庚老夫人，瞧著威嚴，但與凌玉說話時，卻是慈眉善目，讓人極易生出好感來。

只是凌玉卻也不敢真視她如尋常人家的老婦人，畢竟這位可是曾貴為丞相夫人，女兒是中宮皇后，外孫又是當今聖上，隨便哪個身分，都不容小覷。

因為有長者和傷患，哪怕程紹禟再急著回京，也不好太過催促，故而一個月後，他們才終於抵達京城。

馬車駛抵京城那一刻，凌玉激動得快要坐不住了，只恨不得肋下生出雙翼，好教她立即歸家去，看看將近一年未曾見過的兒子。

程府門口，凌玉被程紹禟扶著下了馬車，夫妻二人謝過了庚氏母子，看著庚氏的車馬漸漸駛上大路，忽聽身後響起開門的聲音。凌玉回頭一望，便對上了楊素問又驚又喜的臉龐。

「妳可算是回來了，真真把我給擔心死了！若不是聽聞妳回了青河縣，身邊有人保護著，我便自己回去找妳了。」楊素問拉著她的手又笑又叫。

凌玉同樣激動不已，連聲音都有幾分顫抖。「家裡一切可好？」

「除了整日擔心你們以外，其他都好。」

「好了，有什麼話進屋再說吧，在這兒成什麼樣子。」凌大春勉強按捺著激動，低聲提醒。

「大春兄說得對，有什麼話進屋再說吧。」程紹禟亦沈聲道。

凌玉與楊素問這才回過神來，攜手往前走了幾步，便見得到了侍女稟報的程紹安扶著王氏急急走了過來，而跑在兩人身前的，是一個小小的身影。

「娘——」小石頭一陣風似地跑過來，直接撲進凌玉懷裡，摟著她的腰哇哇大哭。

凌玉下意識地抱著他，聽著小傢伙的哭聲，眼睛也微微泛起了濕意。

「都長這般大了，怎地還像小時候一樣這麼愛哭？」她輕輕拍著小石頭的背脊，柔聲道。

小石頭打著哭嗝反駁。「哪裡、哪裡就、就長大了，還小呢！」

「是是是，小石頭還小呢，還不曾長成大石頭。」凌玉有些好笑。

「菩薩保護，你們可總算平安歸來了。」另一邊，王氏拉著程紹禟也抹起了眼淚。

「害娘日夜擔心，是我的不是。」程紹禟的眼眶也不禁泛紅。

久別重逢的喜悅縈繞周遭，凌玉好半晌才安撫住小石頭。看著已經長高不少的兒子，想到自己錯過了他將近一年的成長，心裡又是歉疚、又是心疼。

小石頭依偎著她，眼睛滴溜溜地望著被王氏抓著不放的程紹禟，相比娘親，他對爹爹的陌生感卻是更多些。

程紹禟還記掛著要進宮之事，並不能久留，好言勸慰著王氏，一直到王氏平靜下來，才脫身前去沐浴更衣，準備進宮。

「這才剛回來，有什麼事不能明日再去嗎？」凌玉帶著一條名喚「小石頭」的小尾巴跟在他的身後，有些不贊同地道。

「事情緊急，怕是等不得了。方才進城時，我便發現有些不對勁，不立即進宮覲見陛下，心中總是難安。」程紹禟憂慮地回答。

「進城時有什麼不對勁？」進城的時候，凌玉的心思全部放在即將與親人團聚的喜悅中，並沒有留意周遭有什麼異樣之處。

程紹禟無暇與她細說，換洗過後，輕拍她的手背以示安慰，又捏了捏小石頭的臉蛋，大步便往外走。

「爹爹！」

走出一段距離，忽聽身後響著小石頭帶著幾分嗚咽的叫聲，他止步回身，對上兒子要哭不哭的臉，不禁好笑。「好好在家中，幫爹爹照顧阿奶和娘，爹爹去去便回。」

「好！」小石頭抹了一把眼睛，響亮地回答。

凌玉牽著兒子的手，憂心忡忡地看著他的身影漸漸遠去，直到小石頭撒嬌地搖著她的手喚。

「娘……」

她低下頭去，溫柔地輕撫著他的臉蛋，觸手比記憶中少了幾分肉乎乎的綿軟，一時大為心疼。「跟娘說說，娘不在家的這段日子，你都做了什麼？」她柔聲問。

小石頭頓時來了興致，當即將別後種種道來，聲音清脆響亮，再不復初不見娘親時的委屈與害怕。

孩子的忘性總是大的，尤其對不開心、不愉快的記憶，很快便會抹去。

凌大春與楊素問還沒有離開，看到他們母子走過來，凌大春率先皺眉問：「紹禟才剛回來，怎地又要進宮？」

「許是有要緊事不能耽擱吧！」凌玉含糊地回答，忽地想起程紹禟離開前的那句話，忙問：「近日京城裡有什麼不對勁之事嗎？」

「不對勁之事？」凌大春不解，好一會兒才道：「要說不對勁之事可就多了。你們不在京裡的這段時間，京城裡亂糟糟的，後來褚大哥帶著鎮國將軍的人馬回京，與五城兵馬司四處抓賊剿匪，加緊巡邏，這京城的治安才慢慢地回復原樣。只妳若是想問朝廷之事，我一個平民百姓，倒不怎樣清楚了，只覺得近來有個什麼貴太妃娘娘的娘家兄弟，瞧著挺威風的。」說到此處，他的語氣略帶嘲諷。確實挺威風的，不知道的還以為他才是名正言順的國舅老爺呢！

「貴太妃？哪裡有什麼貴太妃？」凌玉一時有幾分懵。她記得先帝朝時，宮裡位分最高的是淑妃，如今怎地冒出個貴妃來？

「妳忘了？陛下登基後不久，把先帝留下來的妃嬪都晉了位，原先的淑妃晉了貴妃，便是貴太妃了。」凌大春提醒。

凌玉恍然大悟，終於想起了此事。

趙贇此舉同樣讓他遭受極多非議，民間更加認定了他逼死麗妃，為堵天下人悠悠之口，這才晉了其他妃嬪的位分。

此時，意欲聯合朝廷重臣給予趙贇背後一擊，不承想還未起事便被趙贇殺回來的貴太妃，正臉色蒼白、搖搖欲墜地癱軟在地，顫著雙唇，倒是沒有說什麼求饒的話。證據確鑿，落在新帝的手中只有死路一條，她又何必多費唇舌。

「朕本想著，若你們安安分分，便養著你們母子在宮裡，好歹也讓你們富貴一生，算是全了這皇族情分。可你們卻是人心不足，偏要覬覦不屬於你們的東西，還想著讓朕腹背受敵，那就不能怪朕心狠手辣了。」趙贇睥睨著她，不緊不慢地道。

「什麼叫不屬於我們的東西？你是講皇位嗎？你一個不知打哪兒來的野種，竊取了趙氏江山，竟還有臉說這樣的話，不怕天下人恥笑嗎？」自知必死，貴太妃什麼也不在乎了，啐了他一口道。

「妳說什麼？妳膽敢再說一次試試！」趙贇陡然起身，滿臉煞氣，陰惻惻地盯著她道。

貴太妃被他臉上的陰狠嚇得打了個寒顫，可下一刻卻又不怕死地道：「我有什麼不敢說的？你根本不是皇室子弟，是庚皇后不知打哪兒抱來的野——」最後一個字未能說出口，脖頸驟然被人死死掐住，她劇烈掙扎著。

趙贇臉上布滿了殺氣，手上力道越來越緊，大有把她當場掐死的意思。

「皇兄！求皇兄饒我母妃一命、求皇兄饒我母妃一命！」突然，不知從何處跑出來的安王撲跪在地上，不停朝趙贇磕頭求饒。

本是垂死狀態的貴太妃一見兒子撲了出來，也不知打哪裡生出的一股力氣，掙扎得竟是更厲害了。

「皇兄，求您開恩、求您開恩！」安王跪著上前，抱著趙贇的腿，哭叫著求饒。

趙贇一時不察，被他抱了個正著，身子一晃，手上的力道便鬆了幾分。

「快、快走……」貴太妃極力掙扎著，終於得到機會，死命從喉嚨裡擠出這麼一句。

「母妃，我不走！我不走！皇兄開恩、皇兄開恩……」安王越發求饒得厲害。他怎麼能拋下親生母親，自己逃走。

「你們還愣著做什麼？把他拖開！」趙贇被安王抱著雙腿，一時大怒，厲聲喝斥著周遭的侍衛。

那些侍衛回過神來，連忙上前，硬是把安王從趙贇身邊扯開來。

「皇兄開恩、皇兄開恩……」安王尖聲叫著掙扎，眼看著趙贇再度掐緊貴太妃的脖頸，叫得更厲害了。「放開我！母妃！放開我！母妃──」見貴太妃掙扎的力道越來越小，安王心神俱裂，大聲尖叫著。

「陛下！程校尉求見、程校尉求見！」夏公公急急忙忙地走進來，尖細的聲音快要壓住安王的尖叫聲了。

趙贇動作一頓，手上力道一鬆，貴太妃便軟軟地滑倒在地。

「放開我！母妃——」安王乘機掙脫侍衛，哭叫著朝地上無知無覺的貴太妃撲過去。

殿外候旨的程紹禟與庚家母子聽到這聲淒厲的哭叫，臉色頓時一變。程紹禟再也按捺不住，抬腿就要往裡頭衝去。

「程將軍不可……」庚大老爺想要阻止他，可他的速度太快，只能眼睜睜地看著他進了殿門。「母親，您瞧這？」他遲疑地望向庚老夫人。

庚老夫人臉色凝重，拄著枴杖道：「咱們也進去吧！」

殿外的侍衛認出欲闖進來的是先前的定遠將軍，欲制止的手不知不覺便縮了回去。

程紹禟衝進殿內後，便看到一臉殺意的趙贇，而十三歲的安王正哭喚著地上毫無知覺的貴太妃。當他發現貴太妃脖頸處的異樣時，臉色陡然大變，急急走過去，仔細一探貴太妃的氣息，正想說她還有救，卻被安王用力推開。

「滾，不准碰我母妃！」

「太妃還未死。」程紹禟穩住身子道。

安王一聽，先是一愣，隨即大喜。「你救救她、你救救她！我給你磕頭了、給你磕頭了！」

「臣承受不起，殿下休要如此。」程紹禟避開他。

那廂趙贇已經厲聲喝住他。「程紹禟，你要做什麼！」

程紹禟恍若未聞，對貴太妃一陣急救，直到聽見她發出一陣咳嗽，才緩緩轉過身來，對上趙贇那吃人的目光，跪下先是一通請罪，而後才道：「太妃娘娘縱是罪該萬死，也不該由陛下親自動手，今日之事若傳出去，陛下縱是無錯也變成有錯了。」

死裡逃生的貴太妃緊緊靠著兒子，好半晌才勉強緩過氣來，可再沒敢對上趙贇的膽子，甚至望向他的眼神還帶著畏懼。那是個暴君，殺人不眨眼的暴君！

趙贇胸口急促起伏著，也知道自己是氣急了才會做出這樣的事來，可那一聲「野種」，就像是戳到他心底最痛之處，教他如何能冷靜？

「程將軍說得對，陛下方才所為，實是大大不妥啊！」突然，老婦人溫和的嘆息聲在殿內響了起來。

趙贇猛地回頭，就見一名白髮蒼蒼、慈眉善目的老婦人，被一名中年男子扶了進來。

他當即便怔住了，尤其當他的視線落在神情微微有幾分吃驚的中年男子臉上時，同樣有些驚訝地微張著嘴。這人，好生面善……

「陛下，這是青州庚老夫人與庚大老爺。」程紹禟低聲提醒。

趙贇心口劇震。「外、外祖母？舅舅？」

庚大老爺鬆開了攙扶著老夫人的手，跪下行禮。「微臣庚毅宗，參見陛下！」

「舅舅不可！」趙贇下意識地伸手去扶他。

「都說外甥肖舅，此話當真不假，陛下容貌，乍一眼望去，確實與老身這不肖子有些相似。」

縮作一團的貴太妃母子，聞言齊刷刷地望向庚大老爺，當下便怔住了。

確實有些相似之處，難道……貴太妃心口一突，不可置信地瞪大眼睛。

趙贇同樣被庚老夫人此話震住了，腦子裡突然變得一片空白，怔怔地看著庚家母子，久久說不出話來。

「只老身也沒有想到，太妃娘娘竟相信了民間流言，以為陛下身上流著的並非皇室與庚氏一族的血脈，以致做出如此大逆不道之事來。」庚老夫人所言雖是衝著貴太妃，可眼神卻是望著趙贇。

御書房內，庚老夫人將當年秘事毫無保留地向趙贇一一道來。

庚大老爺沈默地坐在一旁，眼神始終望著趙贇，眉頭卻不知不覺地皺起來。這孩子的性情……竟似是有幾分暴君之相？

趙贇沈默不語，不禁想到幼年時母后待自己的種種。

只要沒有父皇在跟前，母后便總是很溫柔、很疼愛自己，可是一旦父皇出現，她的態度就會變得很奇怪、很矛盾，彷彿想要親近，卻又被什麼阻礙著一般。

相反地，她越是如此態度，父皇待自己便越發寵愛，簡直到了有求必應的地步。

這麼多年來，他一直想不明白，母后待自己為何是人前人後兩副完全不一樣的態度？前段時間，他將之歸於自己不是母后親生之故。可若真的不是親生，更應該是人前表現得很疼愛，人後冷漠相待才是，但她偏偏卻是相反。

直到此時此刻，他才明白了當中真正的緣故。

「……你莫要怪你母后多此一舉，當年初知此事時，她怒氣攻心之下動了胎氣，引致大出血，還是楊太醫才好不容易保了下來。生產那日又連痛了一日一夜，雖最終平安地生下了陛下，可她卻耗了大半條命，楊太醫斷言，恐壽元有限。她只是擔心萬一自己不在，先帝身邊又有了新人，年紀尚幼的陛下您又該如何自處？故而才想出這麼一招來。」庚老夫人嘆息著道。

昏君當年沒能得到徐氏，一直念念不忘，好不容易得手了，轉頭徐氏卻又沒了，心裡只怕是記得更緊，不見他在徐氏死後不到一個月便提了徐氏父兄的職位嗎？

趙贇仍是沒有說話。

母后此舉，不過是摸清了父皇的性子，算準那徐氏在父皇心中的地位。她一切都算計得很好，這些年來，便是他沒有生母支持，父皇對他的寵愛始終遠勝其他兄弟。

她唯一算漏的，只怕是當時仍留在宮裡的麗妃，故而才會招致如今這些麻煩事。不過這大概是因為那時候她並沒有把麗妃當作外人吧！

庚老夫人見他始終一言不發，一時猜不透他的心思。雖說血緣親人，可畢竟多年未曾見過，祖孫間的感情並不深，有些話還是要適可而止。

她想了想，將一直藏於袖中的那本手札取出，交給他。「這是當年楊太醫的手札，裡面詳細記載了你母后懷上你之後的身子狀況。」

趙贇接了過去，卻沒有打開看，只是緊緊地握在手中。

殿外的程紹禟站得筆直，一直到看見庚家母子從御書房離開，他才終於聽到傳召聲。

他邁著沈穩的步伐走進去，對著御案後的趙贇行禮，卻始終沒有聽到叫起聲，唯有一直單膝跪著，一動也不動。

「程紹禟，你可知罪！」

良久，他才聽到趙贇一聲喝斥。

「微臣愚鈍，請陛下明言。」

趙贇冷笑。「你未經傳召擅闖宮門，當著朕的面便敢袒護那對大逆不道的母子，難不成竟還覺得自己沒有錯嗎？」

程紹禟微微抬頭。「若為擅闖宮門一事，微臣知罪。只是救下太妃娘娘……若是再給微臣一次機會，微臣一樣會作出同樣的選擇。」

「放肆！程紹禟，你好大的膽子！」趙贇陡然一拍御案，怒聲喝道。

「陛下息怒，微臣還是堅持認為，太妃娘娘縱然有罪，罪該萬死，也不該由陛下親自動手。她畢竟是先帝妃嬪，若以民間輩分來論，應是陛下庶母。」

趙贇冷漠地道：「一個不知所謂的婦人，她也配？」

「不管配與不配，這都是事實。」

趙贇又是一聲冷笑，倒也沒有再與他執著於此事，靠著椅背，緊緊地盯著他，不疾不徐地問：「庚家母子，是你請來的？」

「雖說清者自清，可民間謠言四起，於陛下而言，卻是大大不利，故而微臣才自作主張，親自到青州城請來庚老夫人。」

「如此說來，你認為朕亦如貴太妃一般，相信了民間的流言？」趙贇又問。

程紹禟沈默著，久久沒有回答。

「說！」見他不說話，趙贇沈下臉。

「陛下自登基以來的種種行事，無一不證明了這一點。先麗妃娘娘與齊王殿下的那些話，到底還是影響了陛下，甚至讓陛下漸漸也相信了。」程紹禟乾脆地回答。

「既如此，庚老夫人手上那本楊太醫的手札，也是你交給她的吧？」趙贇不緊不慢地道。

程紹禟心裡一聲「咯噔」，袖中雙手無意識地握了鬆，鬆了又再度握緊，最終，還是老老實實地回答。「是。」

「果然如此，朕沒有猜錯。如此說來，你此番提前回京，便是為了此事？」趙贇並不意外地又問。

不待程紹禟回答，他又緩緩道：「你不知從何處得到了這本手札，看到了裡面的內容，知道了朕的身世，但是因為這當中牽扯了皇室秘辛，你生怕因此給自己帶來不必要的麻煩，故而便轉道青州城，請來了庚老夫人，打算借她的手告知朕當年內情。如此一來，你既可從中脫身，亦能讓真相大白於朕跟前，朕說得可對？」

程紹禟的臉色有幾分發白，低著頭，好半晌才回答：「陛下所言分毫不差。」

「自來知道得越多，死得便越快，尤其是還涉及皇室與朕母族的醜聞，更加不能為外人所知。而在這世間上，只有死人，才能永遠保守住秘密。」趙贇從寶座上站起來，緩步行至程紹禟跟前，看著他張了張嘴，似乎想要說些什麼解釋的話，可最後還是什麼也沒有說出來。無話可說，便代表自己方才那番話正是說中了他的心思。

趙贇冷哼一聲，道：「若非知道你此舉亦是為了朕，更念在你數回救駕的功勞上，朕必不會饒了你！」

「謝陛下恩典！」程紹禟不失時機地謝恩，便算是正式揭過了此事。

「你且別忙著高興，趙奕那廝帶著殘兵敗將逃到了離島，中原各處紛爭未平，鎮寧侯、鎮國將軍先後受傷，短期內不適宜再領軍。只是紛爭戰亂一日未定，百姓流離失所，實非朝廷之福。朕給你三年時間，三年內你若不能平定各地紛爭，朕便與你算一算總帳，數罪並罰，屆時誰求情也沒用。」

程紹禟毫不猶豫地應下。「臣必將全力以赴，為陛下分憂。」

「既如此，你便退下吧，不日朕便下旨。」趙贇回到寶座上，開始翻閱那本手札，再不看他。

程紹禟卻仍有幾分遲疑，想要問問他如何處置安王母子？可轉念一想又作罷。貴太妃及其家族有不臣之心，的確是事實，要怎樣處置都要看陛下的心思，以自己如今的身分，確實不該再多事。

只是可惜了年紀尚小的安王殿下，生生被生母給連累了。且瞧他早前所為，即使陛下有意饒恕他，只怕他也會主動要求與貴太妃一起受罰。

隔得數日，新帝下旨從重處置了意圖竊位的貴太妃一派，凡參與其中的官員，無一不鋃鐺入獄，或是處斬，或是抄家，或是流放。

事隔一年有餘，朝臣們再度體會到那種頭頂懸著一把刀的驚恐，唯恐下一刻，那把刀便會落下來。

西街菜市口再度血流成河，一時間，人心惶惶。

而宮裡的貴太妃與安王母子，卻被新帝寬大處理，母子二人，一個僅是被降為太嬪，一個被降為郡王。

儘管如此，從前的貴太妃、如今的太嬪，卻總覺得新帝不懷好意，必然有更狠毒的招數在等待著自己。甚至每每夜深人靜之時，她都感覺脖頸似是被人用力掐住，掐得她驟然驚醒，摸摸彷彿隱隱作痛的脖子，對「新帝不安好心」這個想法更加深信不疑，以致惶惶不可終日，神智不知不覺間也出現了混亂。

這一夜，她再度從惡夢中驚醒，尖叫著用力揮著雙手。「滾開！別殺我、別殺我……」外間值夜的宮女聽到動靜，急急推門而入，卻見她披頭散髮，連鞋子也沒有穿，瘋了一般揮動著雙手，似乎在驅趕什麼東西。

宮女們連忙上前勸阻，可她卻不知打哪裡生出的一股力氣，那兩名宮女竟是拉她不住，硬生生地被她推開，眼睜睜地看著她就這樣穿著中衣跑出去……

很快地，便連凌玉也知道宮裡的太嬪娘娘瘋了。

「朝野上下只怕對陛下又有話說了……」她長長地嘆了口氣。

太嬪瘋了不要緊，關鍵是，她縱是瘋了，口中也不停說著諸如「不要殺我」、「他是暴君，殺人不眨眼的暴君」此類的話，哪怕皇后再怎麼雷厲風行地封閉消息，可又哪能當真便能掩得密密實實？

縱然朝臣畏懼新帝的手段，可私底下幾句遮遮掩掩的抱怨也是有的，不管有意還是無意，民間關於「暴君」的議論卻是不曾平息過。

程紹禟對此也有些頭疼。新帝的名聲當真是越來越不好了，至少，「暴君」這頂帽子，短期內必是無法摘掉。

偏新帝對民間這些議論彷彿全然不在意，儘管各地戰事未平，但還是頒下旨意，對因傷退下戰場的鎮寧侯、鎮國將軍及部分將領論功行賞。其中，鎮寧侯被晉為寧國公，鎮國將軍封為平陽侯。

而在西南戰場上功勞最大的前定遠將軍程紹禟，旨意上卻是提也不提，讓程紹安、凌大春、小穆等人憤憤不平。

朝臣們同樣對新帝的封賞旨意大惑不解，只是很快便又被另一事吸引了注意，那便是新帝母族、曾經顯赫一時的庚府重回京城了。

庚相爺早已作古，如今的當家人是他的嫡長子。當朝臣們頭一回看到這位庚大老爺時，均不禁怔了怔，覺得此人好生面善，再細一看，竟是隱隱與陛下有幾分相似。

當日庚老夫人那句「外甥肖舅」不失時機地又被人提起來，一時間，關於新帝的身世又有了猜測。

有的說外甥肖舅，可見陛下確實是孝惠皇后所生；有的說誰養的孩子像誰，陛下養於孝惠皇后膝下，與庚家人有幾分相似不是什麼奇怪之事；還有的說根本一點都不像，不過是有人睜著眼睛說瞎話。

種種傳言越演越烈，公說公有理，婆說婆有理，誰也不服誰，偏趙贇對朝臣和民間這些議論彷彿全然不知，從不曾理會。

一時間，民間議論的風向又變了，有人認為陛下的不理會，是因為清者自清；有人覺得新帝不過是明白這種事無法自辯，這才掩耳盜鈴。

爭得正熱烈間，有人指出，朝野上下種種非議，陛下都不曾理會，可見其心胸之廣，行事坦蕩。這言論一出，不少人細一想，竟也覺得有幾分道理。

只不管是哪樣，隨著時間流逝，關於新帝並非皇室血脈這樣的流言，已經不似初時那般讓人相信了。

御書房內，趙贇居高臨下望著結結巴巴地背著書的趙洵。

皇后坐在一旁，看得直嘆氣。這孩子昨日對著自己還背得好好的，到了他父皇跟前，卻又成了這樣子。

趙贇臉上雖是瞧不出有什麼表情，倒也難得有耐心地聽著，一直到趙洵背完最後一個字，脹紅著臉不安地揪著衣角，也不敢看他。

皇后微不可聞地嘆息一聲，清清嗓子，柔聲道：「雖說有些不怎麼流利，但好歹一字不錯，可見確確實實用了心。陛下，您看……」

趙瓚若有所思地輕敲著御案，好一會兒才道：「今日便到此結束吧！」

既不說好，也不說不好，皇后也猜不透他的意思，只是見他並沒有發怒，心裡也暗暗鬆了口氣。看著趙洵如蒙大赦一般急急行禮跪安離開，突然覺得頭更疼了些。這孩子真是……

趙瓚倒是一副不甚在意的模樣，反正長子畏他如虎，他又不是如今方知。

「今日該是到了給皇后請平安脈的時候了吧？」趙瓚忽地問。

皇后打起精神，笑著回答：「煩陛下記著，今日確實是太醫院給妾身把平安脈的日子。」

「那可曾把過脈了？」趙瓚又問。

「已經把過了。」皇后不解他為何突然問起此事，不過對他的關心倒也覺得受用。

「喔……」趙瓚臉上有幾分失望。已經請過了平安脈，可太醫院卻是安安靜靜的，可見並沒有喜訊傳來。

皇后看出他的失望，先是疑惑，細一想便明白他是想問自己是否有喜，一時臉上也有了幾分黯然。

她得到的恩寵是這後宮裡的頭一份，可偏偏一直不見有孕，如今後宮除了她這個皇后，便只有從太子府中帶進來的舊人，位分最高的便是皇長子趙洵的生母謝嬪，和另一位府中舊人蓉嬪。至於其他幾位府裡的侍妾，因一直不得寵，故而也只是給了個貴人的位分。

「陛下登基早滿一年，如今後宮空虛，也是時候進些新人了。妾身想著，如今各地紛爭未平，倒是不宜選秀，不如從京中官員府中挑選品貌上佳之女進宮？」皇后定定神，含笑說道。

「這些事妳抓主意便是。」趙贇並無不可，隨手翻開一本奏摺便開始批閱起來。

也不知過了多久，趙贇才從那堆奏摺中抬起頭來，卻發現皇后不知什麼時候早就離開了。

他合上最後一本奏摺，想到方才趙洵磕磕絆絆的背書模樣，濃眉不知不覺地皺緊。到底是庶出，哪裡及得上嫡出正統之子。只是皇后的身子……

他的眉頭擰得更緊，不知為何，卻想到了當日庚老夫人交給他的那本楊太醫手札，猛地坐起，又把那本手札找了出來，開始仔細地翻閱。

當夜，新帝再度宿在了鳳藻宮。

皇后被他翻來覆去地折騰，也不知新帝打哪兒學來了新的招數，把她羞得臉蛋都彷彿能滴得出血來，到後來被折騰得太厲害，累得她連動動手指的力氣都快要沒有了。迷迷糊糊間，彷彿聽到身上那個人嘀咕著——

「這姿勢應該更容易受孕才是……」

她一下子便清醒過來，透過氤氳的雙眸望著賣力在身上聳動著的那人，不知不覺間，輕輕咬了咬唇瓣。

原來是這樣，這些奇怪的姿勢都是為了讓她更容易受孕。撇開是否有效用不說，只陛下的這份心意，已是著實難得，教她心裡生出一股難言的滋味來。

連陛下都還沒有放棄，她又憑什麼死心呢？

她也不知打哪兒生出來的一股力氣，突然伸出雙臂，緊緊地環著那人的脖頸，主動開始迎合他的動作。

趙贇被她抱得身子一僵，隨即動作得更狠了。

他就不信自己再加幾把勁，再配上那什麼聖手太醫的方子，還生不出一個嫡子來！

程紹禟亦如他一般的想法，自從起了想再生一個孩兒的心思後，每日都把凌玉折騰得死去活來。反正兒子長大了，再不能似以前那般跟著爹娘睡，再不濟還有娘親在府裡，總是有辦法把小傢伙哄走的。

「你的傷好了，便來折騰我，也不想想你受傷這些日子，我是如何衣不解帶地侍候你的！」凌玉恨恨地瞪著正替她穿衣的程紹禟。

「如今我不正在侍候著娘子嗎？」程紹禟知道自己最近確實折騰得狠了些，見她臉上難掩倦意，頓時便有些心虛。

凌玉輕哼一聲，乾脆別過臉去不再理他。把人折騰夠了才假惺惺地來侍候！

程紹禟也不惱，好脾氣地侍候她穿好衣裳，又替她穿上鞋襪，最後乾脆把她抱到梳妝桌前，一副打算侍候她梳妝打扮的殷勤模樣。

「難不成程校尉還學會了替婦人梳妝？」凌玉透過銅鏡望向他，戲謔地問。

「娘子若是不介意，我倒是想體會一番文人騷客所言的畫眉之樂。」程紹禟笑道。

凌玉啐了他一口。「連筆都用不好之人，我是瘋了才讓他替我描眉。」

程紹禟輕笑，倒也隨她，坐到一旁，看著她熟練地綰了個簡單大方的髮髻，又給自己畫了個淡雅宜人的妝容，最後從妝匣子裡挑了支金步搖，對著銅鏡比了比，這才插進那如雲般的髮髻中。

「我竟是不知，原來僅是看著娘子這般梳妝打扮，也覺得賞心悅目至極。」程紹禟笑道。

凌玉拿著桃木梳子輕敲了敲鏡裡的他，嗔道：「我竟也不知，你什麼時候學得這般油嘴滑舌了！」

程紹禟又是一陣輕笑。

在出征聖旨下來之前，若非必要，他都不會外出，只想把更多時間留給家人，尤其是妻兒。

想起自回到京城後，夫妻聚少離多，父子間相處的日子更是越來越少，他便是一陣愧疚。

唯一讓他值得慶幸的是，他的家人，給予他最大的體諒與支持。

除了程紹安會不時嘀咕著，他好不容易讓人刻好的「定遠將軍府」橫匾才掛沒多久便換下來，白費了他的一番心思。

對程紹禟想要再生個孩子的心思，凌玉自然是知道的，其實不管是他，便是她自己，也希望能再生幾個孩兒，至少讓家裡變得更熱鬧些。

故而，當王氏苦惱地將小石頭那番「不想要弟弟妹妹」的言語告訴她時，她頓時有幾分哭笑不得。那小壞蛋可真是……

婆媳二人正說著，小石頭便如一陣風似地從外頭跑進來，直直撲進凌玉懷裡，哇哇地叫著。「娘，您快些給我生個弟弟……不，要好幾個才行！」

凌玉笑著摟緊他，在王氏又驚又喜的神情下問：「為什麼又想要弟弟了？」

「兄弟可以有難同當，有了弟弟，爹爹就不會只盯著我唸書習武了……」小傢伙癟了癟嘴，有些委屈地回答。

凌玉沒忍住，笑出聲來。

「兄弟還要有福同享呢，那你的點心和小馬分不分給弟弟呢？」便是王氏也是忍俊不禁，強忍著笑意問。小傢伙之前才因為這件事而堅決反對過呢！

小石頭苦惱地皺了皺鼻子，好半天才勉強道：「好、好吧，有福同享就有福同享。」

在決定想要個有難同當的弟弟後，小石頭只要一得空，便圍著凌玉嘰嘰咕咕地問「娘您懷了弟弟沒有」、「娘您什麼時候給我生個弟弟」、「最多日後我不讓他代我抄書，您讓他早些來」諸如此類的話，讓凌玉哭笑不得。

待程紹禟回到屋裡時，她沒好氣地問：「你到底對小石頭做了什麼，讓他這般急於要個弟弟來有難同當？」

程紹禟也聽聞了兒子最近之事，笑道：「也沒什麼，他如今長大了，功課自然得抓緊些，再不能似以前那般。」

「到底還小呢，你莫要訓得太過，若是有個什麼差池，娘只怕頭一個便不會饒你。」凌玉沒好氣地道。

「放心，我心中有數，自己的兒子，再怎麼也懂得分寸。」

得知在她和程紹禟不在京城的這段日子，皇后始終關照著家人，凌玉心中甚是感激，想要親自向皇后表示謝意，卻苦於尋不到機會進宮。

畢竟皇后已經貴為國母，深宮內苑不似以前的太子府那般輕易進出，而她如今又不過是個小小的八品校尉娘子，連進宮向皇后請安的資格都沒有，自然也就更難見皇后一面了。

正為無法進宮之事頭疼著，突然就從宮中傳來皇后召見的旨意。凌玉一喜，又聽來傳懿旨的內侍說，娘娘還想見一見府上公子，忙又讓茯苓去喚小石頭。

此時的小石頭正苦哈哈地舉著小凳子紮馬步，程紹禟坐在一旁的長凳上盯著他，不時指出他姿勢上的不標準。

茯苓來請時，程紹禟還未說什麼，小石頭的眼睛頓時一亮。

太好了，進宮的話，今日便不用再跟著爹爹習武了！

程紹禟瞥了他一眼，無奈地搖搖頭，取下他舉著的小凳子，拍拍他的肩膀。「跟你茯苓姊姊去換洗，進了宮不能淘氣。」

「知道了！」小石頭響亮地回答，隨即高高興興地拉著茯苓的手離開了。

程紹禟親自送他們母子二人進了宮門，看著皇后派來的宮女內侍迎了他們進去，這才折返家中。

第三十三章

凌玉還是在新帝登基後頭一回進宮來，先帝朝時在宮中遭受過一回的不好記憶，此刻已隨著這煥然一新的後宮散去了。

到了鳳藻宮，便看到彩雲含笑著迎上來。

「娘娘一直念叨著夫人與小公子，如今可總算把你們給盼來了。尤其是小公子，咱們大殿下方才還問著呢！」

誰也沒有提凌玉離京之事，彷彿她這段日子不過是一直深居簡出。

凌玉同樣笑道：「得娘娘記掛著，實是妾身之福。」

說笑間，已是進了正殿。

乍一看到含笑地坐在長榻上的皇后時，凌玉還有幾分恍神。這位真的當了皇后，而不是上輩子那個地位尷尬，只一心吃齋唸佛、不理世事的「成禧太子妃」。

待她行過禮，皇后賜了座，早就按捺不住的趙洵便跑過來，拉著小石頭的手脆聲問：

「小石頭，你怎地這般久沒來找我了？」

「小叔叔說，你們搬了新家，不能隨隨便便找你，要你讓人來叫了才可以。」小石頭噘著嘴回答。

「那你搬來和我一起住吧！我屋子大，床也多，隨便你挑哪一張都可以。」

「那可不行，我還有爹爹、娘、阿奶和小叔叔呢！」

「那也不要緊，你們都搬來，我家屋子最多了，住得下。」趙洵不在意地道。

皇后與凌玉忍笑看著這兩個「久別重逢」的小傢伙，聽著他們的童言童語，險些沒忍住地笑出聲來。

「不如你們便如了洵兒所願，一家子都搬進宮來？」皇后打趣道。

凌玉笑著回答：「這敢情好，就怕到時宮裡被小子鬧得雞犬不寧，娘娘恨不得拎起掃帚把我們轟出去呢！」

皇后終於沒忍住，笑出聲來。「宮裡如今冷冷清清的，正是需要熱鬧些。」

凌玉抿著嘴只是笑。這後宮確實冷清了些，不過想來也只是暫時而已，新帝登基早已滿了一年，說不定再過不了多久，便要開始登基後的頭一回選秀了。不過這些都與自己無關便是。

彩雲引著兩個小傢伙到外間玩，皇后這才問起凌玉當日迫不得已離京的情況。聽罷，她忍不住長長地嘆了口氣。

「四弟妹此人，雖瞧著冷漠不易親近、得理不饒人，其實是個軟心腸。只盼著四皇弟念在她生死追隨的分上，好歹善待她。」

「娘娘放心，妾身聽聞當日齊王逃走時仍不忘帶上王妃共乘一騎，可見心裡還是在意王妃的。」凌玉道。

皇后搖搖頭。「她此去，無親無故，若是僅憑著四皇弟的心意過活，這漫漫長夜如何能熬得過去？畢竟她只有四皇弟一人，可四皇弟身邊卻不止她一個。若想餘生有所依靠，只怕還得要有自己的骨肉。」忽地又想到齊王如今是叛臣，皇后又是一聲嘆息。「如今他們的情況，說不定沒有孩子也是好事，免得將來再打起來，大人尚且顧不上，孩子就更不必說了。若是擁有了再失去，倒不如從一開始便不曾擁有過。」

見她神情有幾分黯然，可見同樣是為著孩子一事傷神，凌玉一時不知該如何勸慰？

卻說小石頭與趙洵二人在院裡玩了一會兒後，趁著明月等宮女沒察覺，手拉手一溜煙便跑了出去。

「大公子，你家裡真的很大，捉迷藏的話肯定不會那般容易讓人找著。」小石頭在宮道上跑來跑去，一會兒戳戳路旁隨風擺動的花朵，一會兒又追著不知從哪兒飛出來的大彩蝶，最後才跑到趙洵身邊道。

趙洵正要說話，忽聽身後不遠處傳來趙贇的叫聲——

「那隻胖猴子，給朕過來！」

他驚訝地回頭，便見小石頭蹦蹦跳跳地朝父皇跑過去。

「殿下你叫我嗎？殿下你怎地不是孤是朕了？朕是什麼意思？好像沒有孤好聽哩！」

趙贇難得被他一迭連聲的話問住了。

夏公公強忍著笑意道：「小公子，這是陛下，不是殿下。」

「殿下你改名了嗎？」小石頭撲閃撲閃著眼睛又問。

趙贇嘴角抽了抽，片刻之後，終於沒忍住伸出手去，用力在他臉蛋上掐了一把。「你個笨蛋！程紹禟到底有沒有請人教你基本禮節稱謂！」

小石頭被他掐得哇哇叫，揮舞著手臂拍開他，捂著被掐得很疼的臉蛋，生氣地瞪他。「疼死了！我不跟你玩了，壞蛋！」

趙贇冷笑一聲。「自己笨還不能讓別人說了不成？」

小石頭揉著被他掐疼的半邊臉蛋，一聽他這話，立即大聲道：「我才不笨！」

趙贇嗤之以鼻，順手又在他另一邊臉蛋上掐了一把，滿意地看著他雙手捂臉，氣哼哼地瞪著一雙圓溜溜的眼睛，卻是一副敢怒不敢言的模樣。

那邊，趙洵遲疑了片刻，還是跑了過來。「父皇。」

趙贇見他的臉蛋紅撲撲的，整個人瞧著也比他見過的每一回要有活力，有些滿意地微微頷首問：「今日的功課可做完了？」

「回父皇的話，都做完了。」趙洵恭敬地回答。

「不錯。」趙贇心情頗好地隨口誇了一句，瞬間便見趙洵眼神一亮，一張小臉當即溢滿了歡喜之色，他納悶地皺了皺眉頭。不過隨口說的一句好話，他高興什麼？又有什麼值得高興的？

「大公子，咱們走咯？」小石頭揉了一會兒臉蛋後，伸出手來拉著趙洵，又瞪了趙贇一眼，這才脆聲道。

「御膳房前段時間新來的廚子不錯，做的點心香糯軟綿，今日不知做的是哪幾款？」趙贇忽然慢悠悠地問身後的夏公公。

夏公公強忍著笑意，一本正經地回答：「有松子百合酥、棗泥糕、芙蓉糕、青團子，陛下若有其他喜歡的，奴才立即便吩咐御膳房準備。」

「聽著倒是不錯！走吧，洵兒，你溫習功課這般久，想是也餓了。」趙贇背著手轉過身去，邁著不緊不慢的步子，往清涼殿的方向走去。

趙洵向來便怕他，一聽他這話中意思，彷彿是打算叫自己與他一起用點心，既期待又害怕，下意識地反拉著小石頭的手。「小石頭，你也一起去吧？」

小石頭嚥了嚥口水。僅是聽著那些糕點的名字，他便覺得肚子開始咕嚕叫起來，有心想要跟著去，可方才自己才說過不再與殿下一起玩的，這會兒如果又巴巴地跟著人家去，怎麼想也覺得彆扭。因此如今一聽趙洵的話，他頓時便搖頭晃腦地回答：「你叫我才去的，若是別人，我才不管他呢！」

趙贇彷彿沒有聽到他們的對話，繼續背著手踱著步，聽著身後小傢伙們「咚咚咚」的腳步聲，嘴角不知不覺地輕揚起來。

小石頭拉著趙洵，繞著他跑前跑後，清脆響亮的稚嫩聲音響在宮道上。「殿下殿下，你怎走得這般慢？走得慢，點心都快要涼了！」一會兒又鬆開趙洵的手，嘰嘰咕咕地問：「殿下殿下，你真的改名了嗎？可是陛下沒有殿下好聽啊！還是叫殿下更好些。」

趙洵聽到這兒，終於忍不住，小聲糾正道：「小石頭，父皇不叫陛下，陛下不是父皇的名字。」

「啊？你不叫陛下也不叫殿下嗎？那你叫什麼名字？」小石頭驚訝地瞪大眼睛。

趙贇輕哼一聲。「黃毛小兒真是膽大包天，也敢問朕的名諱？」

小石頭也不在意。「不說就不說。」隨即又高興地道：「我跟你們講，我爹爹說，等我紮馬步紮得更穩了些，就帶我去騎馬啦！」

「小石頭你這般厲害，已經開始紮馬步了嗎？」趙洵有些驚訝地問。

「當然啦！我還會打拳呢！我打給你們看。」小石頭得意地咧著小嘴，隨即加快腳步，「咻」地跑到他們前面好一段距離，這才停下來，似模似樣地給他們表演打拳。

「胖猴子，你這是在打拳嗎，是在耍把戲吧？」趙贇皺著眉頭。這架勢，連花拳繡腿都稱不上。

小石頭一聽便不服氣地道：「我阿奶和小叔叔都說我打得好極了！」

「隨意哄你兩句倒還當真，真是幼稚。」趙贇嗤笑。

小石頭氣鼓鼓地又瞪著他。「你自己什麼都不會！」

正想不再理會他繼續前行的趙贇停下腳步，眉頭緊皺著，望向他緩緩地道：「我什麼也不會？」

趙洵不安地揪緊了小石頭的袖口，飛快地瞅了趙贇一眼，見他板著一張臉，有幾分害怕地往小石頭身後縮了縮。

「你會的話就打給我們看啊！」小石頭又道。

趙贇冷哼一聲。「朕為何要像你這隻胖猴子一般耍拳給別人瞧？」說完，一拂袖口，背著手，目不斜視地從兩人身邊走過。

小石頭拉著趙洵跟上去，繼續開始繞著他跑前跑後，咯咯的笑聲聽入趙瓚耳中，當真是惱人至極。

「你不會，你就是不會！」

「小石頭，不要這麼說，我父皇很厲害的。」趙洵搖了搖他的手，相當厚道地道。

「就是不會、就是不會！」

「我父皇真的真的很厲害的！」

「吹牛、吹牛，明明就是不會！會的話早就打給我們看了……」小石頭笑得更大聲了。

趙瓚面無表情，足下步伐卻是越來越快。

夏公公忍著笑意，小跑著跟上去。

凌玉在鳳藻宮與皇后說了一會兒話後，皇后便問起趙洵與小石頭兩人。

明月遲疑了片刻，回道：「大殿下與程小公子被陛下帶到清涼殿去了。」

「被陛下帶去了？」皇后驚訝地道。

凌玉心中一突，想到前幾回小石頭遇上趙瓚時的種種膽大妄為之事，頓時有些坐不住了。

那搗蛋鬼沒大沒小、沒輕沒重，在家裡人人均讓著他、慣著他，越發讓他膽大包天起來。早前她便打算讓陳嬤嬤好好教教他規矩，至少讓他對著那一位時不要再沒大沒小，可後來卻出了齊王擄人之事，生生便被耽擱下來，而回京這段日子，她每日應付程紹禟便已經力不從心，哪裡還想得起此事？

皇后倒是笑了。「也行，讓洵兒與他父皇多接觸也是好事。」有個膽大的同齡孩子一起，相信再對著嚴肅的陛下時，那孩子不會再那般畏畏縮縮。

「娘娘，犬子、犬子性子跳脫、不知輕重，唯恐衝撞了陛下，不如、不如娘娘還是讓人把他們喚回來吧？」凌玉坐立不安，想了想，還是硬著頭皮道。

皇后也想到了前幾回小石頭所做之事，忍不住笑出聲來，好一會兒才忍笑地吩咐彩雲。「妳去清涼殿那兒瞧瞧，看看兩個孩子在那兒做什麼？」

彩雲笑著應下，出門去了。

不過一炷香左右的時間，彩雲便回來稟道：「奴婢去時，陛下正在舞劍，大殿下與程小公子拍手叫好呢！」

「難為陛下竟有這般興致，只可惜本宮卻沒有這眼福。」皇后笑嘆道。

見兒子只是看人舞劍，凌玉這才稍稍鬆了口氣。只要沒再做出些沒大沒小之事便好，畢竟那一位可不是什麼好性子，真惱起來，誰都擔當不起。

約莫半個時辰後，小石頭便與趙洵手拉著手回來了，兩人的臉蛋均是紅撲撲的，小肚子也是脹鼓鼓的。

凌玉急忙拉過兒子，摸摸他的小肚子問：「吃了什麼東西？肚子都鼓起來了。」

「好多好吃的，有青團子、棗泥餡的糕、像朵花似的甜甜糕……」小石頭扳著手指頭一樣一樣地數。

皇后接過彩雲遞過來的濕帕子，替趙洵擦拭著小手，望著他彷彿會發光的清澈眼眸，因為興奮而顯得越發紅通通的臉蛋，微微一笑。

看來孩子還是要有個伴才是，往常何曾見過他這般活潑的模樣？

待凌玉牽著兒子告辭離開時，已經是半炷香之後的事了。

「你今日跟著陛下到清涼殿做什麼去了？」回府的路上，她問兒子。

「殿下……陛下打拳給我們看了，還舞劍，跟爹爹一樣厲害。娘，我長大了也像爹爹和陛下這樣。」小石頭眸光閃閃發亮，興奮地道。

「就這樣？陛下好端端的為什麼要打拳舞劍給你們看？」凌玉狐疑地又問。這可不像是陛下那種性子之人能做之事。

小石頭調皮地伸伸舌頭，捣著小嘴只是笑，怎麼也不肯再說了。

凌玉一見，哪還有什麼不明白的？必然又是這小壞蛋幹的好事。

「你說不說？說不說？」她伸出手去呵他的癢。

小石頭咯咯笑著避開她作惡的手，卻被她牢牢地困在懷中動彈不得，笑得快要岔氣了。

凌玉逗了他一會兒後，掏出帕子替他拭了拭額上的汗漬，在他的臉蛋上輕輕戳了戳，教訓道：「在陛下跟前可不許沒大沒小的，他是皇帝，是這世上最尊貴之人，誰見了他都是要恭恭敬敬的，若是不小心惹惱了他，連……」想了想，略有幾分猶豫，最終還是將餘下那番話給嚥下去。或許陛下就是喜歡小石頭在他跟前沒大沒小呢？

「連什麼？」小石頭靠在她懷裡，仰著腦袋瓜子問。

「連很多官老爺都怕他。」凌玉隨口回答。

小石頭似懂非懂地點點頭。

回到府中，一早得知消息的程紹禟迎了出來，伸出手去把小石頭抱下馬車，正想要把他放下以便去扶凌玉下車，不想小石頭調皮地環著他的脖頸，像隻靈活的小猴子般攀著他，爬到他的背上硬是不肯下來。

程紹禟無法，唯有一手托著他的小屁股，一手伸出去扶凌玉。

「都多大的孩子了，還硬纏著要爹爹揹，也不害臊！」凌玉取笑道。

小石頭笑呵呵地用臉蛋去蹭爹爹的頸窩，撅著小屁股道：「就要揹、就要揹！」

程紹禟好脾氣地看著他們母子二人鬧。

前廳裡的一陣嘈雜聲遠遠地傳了過來，凌玉停下腳步，詫異地問：「是有什麼客人上門嗎？怎地這般熱鬧？」

「不是，是娘請了幾位媒婆上門，請她們給紹安介紹適合的姑娘，如今她們正爭先恐後地說著各自的人選呢！」程紹禟無奈地道。

「原來如此，不過紹安也的確應該再續娶一房了。」凌玉恍然。

她早前被齊王擄去，王氏整日憂心忡忡，哪還有心情理會旁的事？如今他們夫妻平安歸來，一家團圓，看著形單影隻的次子，王氏這才又起了念頭。

都這麼多年過去了，程紹安的親事確實不能再拖了。

對他的親事，凌玉還是比較在意的。程紹禟正是拚前程的關鍵時候，家裡可不能出現拖後腿的人物。

「你與小石頭先回去吧，我去聽聽她們都給紹安選了什麼樣的姑娘？」

「也好，妳也幫幫眼，不拘家世如何，只要人品上佳便可。」程紹禟點點頭，揹著身上的小猴子先回屋。

凌玉加快腳步往花廳而去，裡頭的嘈雜聲便越發清晰了。

「噯，老夫人，我說的這姑娘絕對會是位賢妻良母，模樣長得俊，又做的一手好飯菜，真真可謂是出得了廳堂，入得了廚房。」

「哎喲喲，妳說的那位打量著我不知道啊？瘦得跟竹竿似的，一瞧便知道必定不會是個好生養的！老夫人，還是我說的這位好，她們家幾個姊妹，個個都生了三、四個大胖小子，她自己也有三、四位一母同胞的兄弟，娶了她，沒準兒也能給您生下三、四個大胖孫子呢！」

「去去去，妳講的那位又能好到哪裡去？圓潤得跟個球似的，踢一腳，不定還能打幾個滾呢！我說的這位，不只做的一手好針線，模樣更是俏，最重要的，她還識字！這才真正叫入得了廚房，出得了廳堂！」

「老夫人，還是我說的這位好！」

「別聽她的，我這位更好……」

裡面的爭吵聲此起彼伏，妳一言、我一語各不相讓。門外的凌玉聽了一會兒，只覺得頭都大了，遲疑一陣後，果斷地轉身走了。

算了算了，她只怕是應付不來，還是交給婆母吧！

「怎樣，母親心中可有了人選？」正捏著小石頭胳膊的程紹禟回頭見她進來，遂問道。

凌玉清清嗓子，含含糊糊地道：「娘大概現在一時也打不定主意吧，畢竟人選聽來並不算少。」

「這倒也是，娘只怕還要認真想一陣子。」程紹禟笑了笑，倒也不在意。

「不過此事也要看看紹安他本人的意思，畢竟事關他的一輩子，再怎麼樣也要挑個合他心意的才好。」凌玉接過朝她撲來的小石頭，拿著帕子替他擦了擦臉，回答道。「要不，你尋個機會問問他的意思，看看他有沒有什麼想法、想要選個怎樣的人才好？」凌玉建議。

程紹禟想了想，便也點頭應下。「也好，等他回來我再問問他。」

今日一大早程紹安便去尋凌大春了，如今留芳堂的生意好轉，而程紹安也打算在京城裡做些小生意，故而趁這日得空便去問問凌大春的意思。

他這般上進，不管王氏還是程紹禟，均覺得欣慰。

程紹安從凌大春家中回來時，還帶了一個好消息，那便是楊素問懷了身孕。

凌玉聽罷又驚又喜。素問有喜，便是凌家有後了，爹娘還不定會高興成什麼樣子呢！

她喜不自勝，親自到庫房收拾了好些孕婦或能用得上的東西，不知不覺間，便已收拾出滿滿兩大箱，讓走進來尋她的程紹禟好笑又無奈。

「妳收拾的這些東西，都夠她懷好幾回了。」

「那有什麼要緊？反正總會用得上的。」凌玉不以為然。凌家有後，爹娘有了依靠，這區區一點東西又算得了什麼？

程紹禟笑了笑，倒也沒有再說什麼話。

對王氏滿腔熱情要給自己娶親一事，程紹安雖然不太積極，但也沒有說什麼反對的話，畢竟他覺得自己也確實該續娶一房妻室了。

此刻，他正認真地聽著王氏向他介紹她覺得不錯的幾位姑娘。

小石頭坐在太師椅上，一雙小短腿不停晃啊晃的，眼睛骨碌碌地望望這個、又望望那個，忽地出聲。「小叔叔要給我娶小嬸嬸了嗎？」

王氏怔了怔，這才想起屋裡還有孫兒的存在，又聽他這話，當下便笑了。「對啊！小叔叔給你娶一位小嬸嬸，然後再生幾個弟弟妹妹陪你玩，好不好？」

小石頭點點頭，又搖搖頭。「給我娶小嬸嬸就好了，弟弟妹妹我娘會給我生的。」

王氏好笑地捏了捏他的臉蛋。

程紹安對著他招招手道：「小石頭過來。」

小石頭當下蹦蹦跳跳地跑到他身邊。「小叔叔叫我做什麼？」

「瞧瞧喜歡哪個，小叔叔便娶回來給你當小嬸嬸。」程紹安隨手打開桌上的畫冊，笑道。

王氏見狀，不贊同地皺眉道：「如此重要之事，怎能這般輕率地讓小孩子來替你決定？」

「娘選的這些必是好的，一時半刻我也說不準選哪個，乾脆便讓小石頭幫幫眼。都說孩子的眼睛最透澈，必定能幫我從中選一個最好的。」程紹安笑著回答。

王氏見他執意如此，倒也不好再說什麼了。

小石頭歡歡喜喜地翻著那些畫冊，一會兒說這個好看，一會兒又說那個更好。程紹安摟著他，笑著附和他的話。

王氏看得直搖頭。這一大一小當真是……她嘆了口氣，乾脆眼不見為淨，起身走了出去。

小石頭翻過最後一幅畫像，小胖手在上面拍了拍，一副小大人似的模樣道：「小叔叔，這些都沒有宮裡的小嬸嬸好看呢！」

「宮裡？什麼宮裡？」程紹安一時沒有反應過來。

「小叔叔真笨，宮裡就是大公子的家啊！娘說他們家叫做皇宮，所以家裡要稱為宮裡。」小石頭笑嘻嘻地道。

「那宮裡的小嬸嬸又是誰？」程紹安心口一緊，想到那個人，便連臉色都有幾分發白了。

「就是小嬸嬸啊！」小石頭隨口回答道，說完便打算跑出去，卻被程紹安一把抓住小胳膊。

「是不是以前咱們家裡的那位小嬸嬸？」他抖著嗓子問。

「是啊！不過她好像不喜歡我叫她小嬸嬸，所以我都不這樣叫她了。」小石頭皺了皺鼻子，有幾分納悶地道。

程紹安的腦子一片空白，整個人如同被雷劈中一般，久久無法回過神來。

這麼多年來，他心裡像是要與誰較勁一般，拚了命地賺錢，就是想讓那個人知道，他也有本事讓家人過上富貴日子。

可後來家裡發生的一連串事，讓他再也沒有心思去想這些，也漸漸淡忘了那個人的身影，自然更無意去打探那個人的下落。

可就在他打算徹底放下這些過往，過上新日子時，那個人卻又突然出現了。

「宮裡？怎會是在宮裡？她在宮裡做什麼？」他喃喃地道。

小石頭不知自己隨口一句話，給自家小叔叔心裡帶來一陣驚濤駭浪，蹦蹦跳跳地出去玩耍了。

程紹安久久坐著無法反應，腦子裡更是一片混亂。

片刻之後，他陡然起身，邁著大步走出去。

連小石頭都知道的事，兄嫂必然也清楚，可他們這些年來卻是隻字不提！

程紹禟正擦拭著寶劍，見他急匆匆地尋過來，皺眉道：「這急急忙忙的樣子，可是有什麼要緊事？」

程紹安胡亂地點點頭，快步行至他跟前，一把抓住他的袖口道：「大哥，你們瞞得我好苦啊！」

程紹禟的眉頭皺得更緊了，一時不明白他這話。「我瞞了你什麼？」

「巧蓉就在京城，甚至就在皇宮裡頭，為何你們卻從來不曾跟我說過？」程紹安的臉色相當難看，恨恨地道。

程紹禟沈下臉。「誰告訴你的？」

「你的意思是說，這是真的？她當真在宮裡頭?!」程紹安白著臉，不敢相信地睜大眼。

程紹禟冷笑。「是或不是又如何？與你有什麼關係？與咱們家又有什麼關係？」

「你明知道、你明知道……為什麼要瞞著我！」程紹安抖著雙唇，便連身子也跟著顫抖起來。

「你錯了，我並沒有刻意瞞著你，一個毫無瓜葛的陌生人，我為何要特意向家人提起？」程紹禟冷著臉道。

程紹安的身體顫得更加厲害，用力攥緊雙手，良久，才啞聲道：「她縱然不再是咱們家的人，可到底也是表姑親自帶大的養女，與咱們家怎會是毫無瓜葛？」

「你錯了，她只怕恨不得與咱們家把界線劃得更清，免得咱們阻礙了她的前程。你可知道，她如今成了陛下的蓉嬪，在宮中地位僅次於皇后娘娘。」

謝嬪雖育有皇長子趙洵，可早就遭新帝厭棄，若非看在趙洵的面上，只怕根本不會讓她進宮，更不用說還會給她位分了。

蓉嬪雖然也不怎麼得寵，可她卻是個聰明的，打從在太子府開始，便一直緊緊跟著皇后娘娘，故而如今在宮中也是有些地位的。

雖說早有了這個心理準備，可當從兄長口中聽到確切答案時，程紹安身體一晃，臉色又白了幾分。蓉嬪，宮裡頭的那位蓉嬪竟然是她……

程紹禟見他如此，不禁嘆了口氣，拍拍他的肩膀道：「都已經過去這般多年，如今各人有各人新的生活，你也不必再多想，一切便讓它過去吧！」

「原來這些才是她想要的，難怪、難怪……」程紹安喃喃地道。她要的，自己縱是窮其一生都給不起，難怪當年她毫不猶豫地選擇離開。

程紹禟看著他失魂落魄離開的身影，眉頭不知不覺擰得更緊了。

難不成這麼多年了，他還不曾放下？若是一直耿耿於懷，如何能徹底邁過去？

待程紹禟將此事告訴凌玉時，凌玉卻有些不以為然。「若是再早幾年，或許我還會擔心，可都過去這般久了，紹安乍一聽聞此消息，心裡震驚自是難免，只不過他到底不再是當年的程紹安，那一位也不再是當年的金巧蓉，如今又是身分有別，自然懂得分寸。再說，紹安如今也在京城，而宮裡那一位前程似錦，他便是這會兒不知，將來總也會有知道的時候，與其日後娶了新人過門才知道，倒不如如今便知道的好。若覺得仍是放不下，這新人也不必再娶了，免得娶進門還對前頭那位念念不忘，這對新人未免不公。」

程紹禟想了想，也覺得有幾分道理。

若是仍在程家村便罷，如今人都在京城了，便是不用刻意，該知道的總也會知道，確實是瞞不住的。

凌玉本以為以程紹安的性子，只怕這娶親之事要暫且擱置，不承想兩日後王氏問他可曾挑好了合心意的姑娘，她也好準備讓人提親之事時，他居然真的說出了挑中之人。

凌玉訝然，認真地打量他的神情，見他神色坦然，瞧來並無勉強的意思，一時倒有些糊塗了。「你真的選好了？要知道，婚姻大事非同兒戲，兩家若是定下了，便不會容許有出爾反爾之事。日後媳婦過門，也要一心一意地待人家，可不能幹那些不厚道之事，否則，莫說你大哥，便是我也不會輕饒了你。」

「大嫂放心，我既娶了人家，必會一輩子誠心誠意相待。這些年來一直讓娘與兄嫂為我的事操心，是我的不是。如今我也早不是當年那個什麼都只會依賴兄長、一事無成的程紹安，知道該要承擔自己的責任了。」程紹安迎向她探究的視線，坦然地回答。

凌玉見他不似作偽，便也稍稍放下心來。

「老夫人、夫人，又有媒人上門說親了。」正在此時，茯苓進來回稟道。

王氏一愣，隨即笑道：「咱們都有了人選，便不用再麻煩了，我去回絕了吧！」

「我陪妳一起去吧！」凌玉見左右無事，乾脆道。

待王氏將已定好人選，不日便會遣人上門向女方提親的意思向那媒婆道來時，那人卻笑了。

「這不是還不曾定下嗎？老夫人若聽了我提的這位姑娘，保管會改變主意。」

凌玉見她言之鑿鑿，也起了好奇心。「哦？不知妳要提的是哪一位？」

「我要提的這位姑娘姓蘇，正是即將入選皇商的那個蘇家之女，與宮裡頭一位娘娘還是親戚呢！」

凌玉呼吸一窒。

姓蘇？蓉嬪生母不就是姓蘇嗎？當年也是她那位姓蘇的舅舅把她從程家村帶走的。

「宮裡的娘娘？不知是哪位娘娘？」她試探著問。

那媒婆見她起了興致，心中一定，更加信心滿滿了。「具體是哪位娘娘，我也說不準，只是我一個尋常婦人，若不是十拿九穩，可不敢拿這樣的事來瞎說，亂攀皇親可是大罪。夫人若是不信，大可去打探打探便知，畢竟以夫人的身分，更容易了解貴人之事。」

凌玉笑了笑，又道：「如此出身的姑娘，只怕我們小門小戶的高攀不上。」

「夫人說笑了，人家既然有意，還主動請了老婆子我來，便已經表示了誠意，確實有意結成這門親事，哪還說什麼高攀不高攀的話來。」

「既如此，妳且說說那是位怎樣的姑娘？」凌玉挑了挑眉，又跟著問。

「那姑娘姓蘇，年方十六，長得那個俊啊！不是老婆子我誇口，真真像個仙女一般，比夫人您也差不到哪兒去。不但人長得俊，這性子更是柔得跟水似的，能寫會畫，針黹功夫更是了得……」

凌玉聽著對方滔滔不絕，臉上始終帶著淺淺的笑意，只是笑不及眼底，眉間甚至隱隱聚著幾分憂色。

若當真是那個蘇家，他們打的又是什麼主意？當年那般乾脆俐落地把外甥女帶走，如今又主動要送一個女兒過門？怎麼想怎麼覺得此事有些古怪。

「……老夫人與夫人若是不相信，咱們可以挑個時間，好歹讓妳們見一見，看老婆子我可曾有半句誇大之話？」末了，那婆子信心十足地道。

王氏想要說些什麼，可凌玉輕輕按著她的手背，率先含笑回答：「如此也好。」

「行，我這便回去跟他們說。」那婆子倒也乾脆，一拍大腿便應下來。

「如此便麻煩了。」凌玉又是一番客氣。

「老大家的，妳這是做什麼？難得紹安都已經把人選給定下來了，何苦還要費那個功夫？」那婆子離開後，王氏不贊同地道。

「不過是瞧瞧，又有什麼要緊？若果真是個極好的，娶回來不好嗎？」凌玉隨口道。

「這世上哪有什麼極好的？但凡沒有得到的，都覺得是好。這人哪，只要找一個適合自己的便是。」王氏搖頭道。

凌玉笑了笑。「娘所言極是，不過既已經與那婆子說了，見一見未嘗不可。況且，那樣的富貴人家如此瞧得起咱們，便是成不了親事，認識認識倒也無妨。」

王氏知道她素來是個極有主意的，行事也有分寸，既如此說便作罷。「既如此，一切聽妳的便是。」

待程紹禟回來，凌玉便將此事告訴了他。

「我倒是想瞧瞧，這個蘇家到底是不是當年把人帶走的那個蘇家？若是，倒要看看他們打的什麼主意？難不成當年帶走了紹安的娘子，這會兒便想還他一個娘子？」

程紹禟取過架上的布巾擦了擦手，淡淡地道：「不用瞧了，確實是當年那個蘇家，她的那個舅舅已經找上我了。」

凌玉驚訝地望向他。「找上你了？便是當年拿著銀子來換人的那位？他這是圖什麼啊？真的想把自己的女兒嫁給紹安？」

「確實是他沒錯。不管他圖的是什麼，這門親事都不能答應，難不成紹安便只能娶他們家的姑娘？」程紹禟冷著臉道。「妳也不必相看了，我已經回絕了他。既然無意，還是沒必要費那個功夫。明日便請娘找人上門，把紹安的親事定下來吧，免得夜長夢多。」

凌玉聽他說已經回絕了蘇家，便也作罷。反正她初時提出相看，不過是想藉此機會探清楚這個蘇家是不是宮中蓉嬪的母族。「我倒是沒想到，他們家還真有本事，入選了皇商。」

「不過是搭著宮裡那位的東風罷了。況且只是入圍的諸多商家中的一位，最終是不是能中選，還是個未知數，否則他也不會急急忙忙地找上咱們家，不過是想著多添些助力罷了。」程紹禟不置可否。

若當真是萬無一失，便不可能會搭上一個女兒給程家。既然走了這步棋，足以證明對手中有來頭比他們更大的，這皇商的頭銜，估計真未必能讓他們得了去。

凌玉稍一思忖便明白這當中的彎彎繞繞了，笑道：「原來如此，要用一個女兒來搭上你這個小小八品校尉，可見這蘇家的底氣並不足啊！」

「寧家早已敗落，不但不能給他們半點助力，還會是他們的累贅，寧、蘇兩府，在京城裡唯一靠得上的，便只有宮裡的那位。可那一位，也不過是個小小的嬪位，如今因為宮中無人，這才顯了出來，一旦進了新人……總而言之，但凡與那位沾邊之事，咱們都不能碰便是。」程紹禟斬釘截鐵道。

凌玉聽他左一句「宮裡那位」、右一句「宮裡那位」，連一聲「蓉嬪」都不屑喚，可見心裡至今還記恨著當年之事，有些無奈地輕輕戳了戳他的額角。「這麼多年過去了，紹安瞧著都已經放下，怎地你卻仍舊不曾看開？」

程紹禟冷哼一聲，卻沒有回答她此話。

看開？怎可能看得開！他唯一的胞弟如此遭人厭棄，他這個身為兄長的，不能為他做什麼便罷了，難道還要給那一位好臉色？

此刻的程紹安，怔怔地望著眼前這張熟悉又陌生的臉龐失神。

蘇貫章見狀一喜，心中當下大定，有些得意地想：程紹禟不同意那又如何？只要程紹安瞧上了，堅持要娶，難不成他還能強壓著不讓娶？

他清清嗓子，使了個眼色示意姪女上前斟酒。

蘇凝珊又羞又恨，低頭掩飾臉上的怒氣，盈盈上前，取過桌上的酒壺給程紹安添了酒，這才福了福，退下去了。

直到再也看不到那個身影，程紹安才垂下眼簾，聽著對面的蘇貫章開口說話。

「聽到程兄弟至今未曾娶親……唉，說起來也怪我那外甥女兒任性……」

程紹安一言不發地望著眼前的酒杯，彷彿沒有聽到他的話。

蘇貫章也不在意，繼續道：「我這心裡可真是過意不去，這回請了程兄弟來，也是為了彌補當年外甥女的過錯。」

程紹安終於抬頭，定定地望著他。

蘇貫章又道：「方才那姑娘，乃是我嫡親姪女，年方十六，至今未曾訂親，我有意將她許配給程兄弟，不知程兄弟意下如何？」

程紹安眼睛一眨也不眨地盯著他，卻仍是一句話也沒有說。

本是十拿九穩的蘇貫章見他如此，心裡一時抓不準他的意思。莫非這是……高興傻了？不是他誇口，他這個姪女比宮裡那個外甥女容貌更勝一籌，只是氣性大了些，不好拿捏，否則把她獻給名門世家大族更能換來好處。

不過，那死丫頭是個記仇的性子，萬一將來嫁入高門，手中有了權柄，說不定會反咬自己一口，倒不如嫁給程紹安這個小門小戶出身的，自己沒有什麼本事，可卻有一位不容小覷的兄長。

只要把人嫁進去，憑著程家老大夫婦與皇后娘娘的關係，助自己取得這回皇商資格便可，至於那個死丫頭日後過得怎樣，他才懶得理會她。

只是這程紹安……到底是什麼意思？

「程兄弟？」他清了清嗓子喚道。

終於，程紹安緩緩啟唇。「蘇大老爺一番好意，在下心領了，蘇府的姑娘，恕在下高攀不起。」

蘇貫章愣了愣，見他起身便要走，急忙拉住他。「程兄弟有話好好說，這是急什麼？當年之事……」

「當年之事？當年什麼事？我程家與你蘇家毫無瓜葛，當年又能有什麼事？」程紹安冷漠地道。

「你……」蘇貫章被他堵得啞口無言，正欲再說，程紹安卻用力拂開了他。

「告辭！」言畢，程紹安大步流星地離開了。

蘇貫章眼睜睜地看著他的身影越行越遠，好半晌才醒悟過來，自己今日先後在程家兄弟跟前吃了閉門羹，一時又氣又恨，啐了一口。「呸！什麼玩意兒？若不是看在你大哥的分上，就憑你，給我蘇家人提鞋都不配！」

蘇凝珊輕輕放下門簾，眼中盡是複雜之色。

那個人拒絕了，她應該高興才是，可是接下來呢？這家不成，伯父總會再尋下一家，可下一家遇到的又會是什麼樣的人，她根本毫無把握。

若是遇到個不堪的色中餓鬼，倒不如是方才那一位，至少那一位瞧上去也算是位正人君子，便是窮苦些也不要緊，她有手有腳，難不成還能把自己餓死？

只待手中存下了錢，將來再想法子把弟弟從蘇家那個泥沼裡接出來。

可是如今……她苦笑地勾了勾嘴角。人家都已經明明白白地拒絕了，她再怎麼想也沒有用。

看著蘇貫章恨恨地離開，她思忖片刻後，一咬牙，提著裙裾便朝程紹安離開的方向追過去。

程紹安心情複雜地從蘇家臨時租住的宅子離開，踏著朦朧的月色正要歸家去，忽聽身後傳來一陣急促的腳步聲。

「程公子留步！」

他止步回頭一看，見方才那位蘇家姑娘氣喘吁吁地追上來，看著那張有幾分熟悉的如花面容，他頓時又有些恍惚，只很快便斂了下去。「蘇姑娘。」

蘇凝珊微微喘著氣，抬眸望向跟前的男子，這也是她今晚頭一回看清他的模樣。確實是位俊俏公子，難怪宮裡那一位眼高於頂的當年會嫁他。

程紹安見她只是望著自己也不說話，濃眉微微皺了皺，又喚了聲。「不知蘇姑娘喚住在下有何事？」

蘇凝珊這才回過神來，想了想，便引著他到了一旁的巷子裡，將自己的困境向他一一道來。「自爹娘過世後，伯父一家便占據了屬於我們的家產，可恨祖母對此亦是睜一隻眼、閉一隻眼，明明是自己的家，可我們姊弟倆卻猶如寄人籬下。伯父有心利用我來攀附權貴，以奪得皇商資格，只是對我又心存顧忌，不敢教我嫁入高門，以免我將來萬一得勢後會伺機報復，故而才……」

程紹安當下恍然，原來如此。

「那妳意欲何為？」他望著眼前這張說到氣憤處一臉激動的臉，緩緩地問。

蘇凝珊深深地吸了口氣。「我希望公子能夠答應這門親事，凝珊今生今世，必將謹守為人妻之本分，孝敬公婆，侍奉夫君，和睦妯娌，必不會教公子為難。」

程紹安久久沈默，對上她一臉的誠懇堅定，平靜地道：「對不住，我不能答應妳。」

「為什麼？我、我什麼也不求，只求將來你能助我將胞弟從蘇府接出來，其餘的——」蘇凝珊見自己說了這般多，可對方卻不曾改變主意，一時便急了。

程紹安打斷她的話。「姑娘的遭遇，在下深表同情。只是，在下已經拖累家人良多，不願再以妻族之事讓他們煩心。」見她急得眼淚都似是要出來了，程紹安到底心中不忍，想了想，將懷裡剛取出來的那疊銀票塞到她的手中。「這些給妳。」

蘇凝珊不敢相信地望著手中這疊銀票，片刻，恨恨地把它們砸還給他。「誰稀罕你這些！」

程紹安愣愣地看著她跑掉的身影，眉頭皺了皺，彎下身去把地上的銀票一張一張地撿回來。小小年紀的，氣性倒真大，不要便不要，做什麼還要撒得到處都是？他搖搖頭，把銀票塞回懷裡收好，這才轉身離開。

程紹禟很快便得知兄弟今晚所遇之事，整張臉都沈了下來。

所以，那蘇貫章是三管齊下？明面上請了媒人上門介紹，他則私底下尋上自己，在自己這裡沒有達到目的，轉頭便又找上了紹安。當真是打的一手好主意！

程紹安剛回到家中便被兄長請去。

「怎地這般久才回來？去哪裡了？」程紹禟沈著臉問。

「回來的途中遇到蘇家大老爺，被他請去吃酒。」程紹安老老實實地回答。

見他並沒有隱瞞，程紹禟才覺得心裡那團火熄了不少。「他請你去僅是為了吃酒？無緣無故的為何會請你去？」

「並非僅是為了吃酒，他還說，想將姪女許配給我……」程紹安知無不言，將今晚之事一五一十地向兄長道來。

程紹禟聽罷，冷笑一聲，隨即對他道：「你做得很好，蘇家那些事，咱們不能沾手。我已經跟娘說過，盡快訂下你與陸姑娘的親事。」

「一切聽大哥的。」程紹安點點頭。

程紹禟拍拍他的肩膀道：「回去好好休息，待日後陸家姑娘過門，你們便要好好過日子，過去的便讓它徹底過去。」

「是，我知道了，大哥放心。」

第三十四章

或許是已經知道親事沒戲，蘇家並沒有再派人上門。凌玉並不在意，反正想知道之事基本上都知道了，倒是王氏興沖沖地準備見一見，早前程紹安鬆口同意定下來的那家姑娘。

凌玉也只是看過那姑娘的畫像，單從畫像上看，倒是個清秀佳人，只是不知性情如何？

「這姑娘姓陸，今年十七歲，乃是家中次女，聽聞是個極能幹的，性子也極好，裡裡外外一把手，把弟弟妹妹都照顧得極好。」王氏將從媒人處聽到的話向凌玉道來。

凌玉不置可否。「媒人的話只能聽三分，豈能盡信？只聽娘這般一說，她家裡頭的兄弟姊妹像是不少？」

「上頭有兩位兄長、一位姊姊，下面還有一個弟弟和一個妹妹。」王氏回答。

「找個機會先見上見，畢竟事關一輩子，不能馬馬虎虎便決定了。」凌玉還是堅持道。

「我也是這般想的。已經約了晌午過後到他們家拜訪，待我回來後再決定不遲。」王氏打定了主意，這回必要給次子選個更好的姑娘，故而渾身上下充滿了幹勁。

凌玉笑了笑，與她說了會兒話，很快便岔開話題。

晌午過後，王氏帶著程紹安出門了，而凌玉則帶著小石頭去凌大春與楊素問家中。

凌秀才習慣性地把小石頭喚到跟前，開始檢查他的功課。

小石頭求救似地望向凌玉，可凌玉卻恍若未聞，拉著周氏的手去瞧孕中的楊素問。

小傢伙苦著臉，老老實實地應付著阿公，讓背書就背書、讓寫字就寫字，當真是無比乖巧。好在這段時間程紹禟對他的功課抓得比較緊，會不時考上考，故而這回對著凌秀才，他也能很輕鬆地應付過去。

凌秀才捋著花白的鬍鬚，滿意地微微點頭。

這孩子倒是根不錯的苗子，好生教養著，不定將來還能靠科舉拚個好前程。

凌大春因為娘子有孕，正是父愛澎湃之時，一見虎頭虎腦的小石頭便高興得跟什麼似的，好不容易待凌秀才考完了，連忙上前，一把抱起小石頭，在小傢伙的尖叫聲中把他高高地舉過頭頂。

「成何體統！成何體統！」凌秀才瞪著玩瘋了的一大一小，可卻得不到那兩人的回應，只得無奈地搖搖頭。

屋裡，凌玉正拉著楊素問的手，細細地問她關於孕中的種種。

楊素問頭一回懷孕，雖說有婆母在身邊照顧著，可心裡總也是有些忐忑，被她一通問話及叮囑後，竟奇蹟般覺得安心不少。

周氏陪著她們姑嫂二人說了會兒話便出去了。

凌玉這才將一直收在袖中的劍穗取出，把它放在楊素問手上。「妳且瞧瞧這個，是不是妳親手做的？」

楊素問拿過細一看，點頭應下。「確實是我做的，當初還是妳教我做的呢！不過我把它送給了褚大哥，如何會在妳的手上？」

「妳當真看清楚了，這東西是妳送給褚大哥的？」凌玉不放心地追問。

「自然看清楚了，這是我頭一回做的東西，如何會記不得？」楊素問不解她為何如此問？

心中的猜測得到印證，凌玉微微蹙起了眉。

「妳還未回答我呢，這東西妳是打哪兒來的？我記得當日褚大哥是把它繫到了隨身帶著的劍上。」楊素問又問。

「這是妳屏姊姊給我的，託我幫她尋這劍穗的主人。」凌玉並沒有打算瞞她。

「屏姊姊交給妳的？大哥的東西如何會落到屏姊姊手上？他們相隔了……啊，我成親的時候，褚大哥便領了差事外出，後來聽他說是去了青河縣一趟，難不成便是在那個時候遇到了屏姊姊？」楊素問眼珠子一轉，想到了這一樁。

「想來便是了。」凌玉若有所思地收回那劍穗。想到當日蕭杏屏將此物交給自己時，臉上那掩飾不住的期待與不自在，莫非這兩人之間曾發生過什麼事嗎？

她想了想，還是把那劍穗交給楊素問。「此物妳代我交還給褚大哥，且看看褚大哥作何反應？」

楊素問笑嘻嘻地接過去。「也好，我必然問個水落石出，看看他的隨身東西怎會落到屏姊姊手中？」

看她笑得一臉不懷好意，凌玉沒好氣地在她額上點了點。

凌玉只逗留一個時辰便帶著小石頭歸家去了。反正楊素問身邊有這麼多親人照顧，她也沒什麼好擔心的，尤其是她的娘親周氏，只怕更是會把兒媳婦照顧得無微不至。

母子二人剛進了二門，便對上了同樣剛好歸來的王氏與程紹安，見兩人的臉色都有幾分不好看，凌玉不解。「這是怎麼了？今日不是到陸家拜訪嗎，怎地這般模樣？」

王氏嘆了口氣。「進屋再說吧！」

凌玉被挑起了興趣，連忙扶著她進屋，見程紹安已經被小石頭纏著，也不在意。

「那陸家姑娘不好嗎？」她問。

「陸姑娘倒是位不錯的姑娘，只是……」

「只是什麼？」凌玉追問。

「只是她的爹娘與兄長有些不好相處，只怕不是省心的。」王氏頭疼地道。

凌玉訝然，隨即道：「世上哪有什麼十全十美的？只看那不完美之處，是否在咱們能接受的範圍。若是娘和紹安都覺得陸姑娘的好能抵得過她家裡的不省心，這門親事還是做得成的；若是不能，那也不用再拖拖拉拉，直截了當地回絕便是。」末了，她好奇地問：「陸家爹娘與兄長到底做了什麼不省心的事？」

「也不算什麼大事，就是提了些聘禮的要求。」王氏含糊著回答。

「確實不算什麼大事，不過若按他們家的要求，我這半生積蓄全折進去不說，還要管著他們家孩子的前程。」程紹安不知什麼時候走了進來，臉上猶帶著幾分怒氣。

「親戚家互相幫忙也是常理……」王氏吶吶地接了句。

「親戚家互相幫忙的確不算什麼大事，可娘覺得他們僅僅是親戚間的互相幫忙嗎？我娶的親，倒要讓大哥安排他們一家子的前程，這個要進衙門當差、那個要進軍中謀個職位。喔，對了，還要以留芳堂兩成收益為聘金！他們哪是嫁女兒？分明是賣女兒！」程紹安越說越氣，臉色更是越發不好看了。

凌玉聽得直皺眉。

「娘、大嫂，妳們不必多說了，這門親事我不答應！他們分明是衝著大哥大嫂來的，所提的要求，樁樁、件件都是想從兄嫂處占便宜！」程紹安一臉堅決地道。

「也好，這樣的人家咱們招惹不起，還是再看看別的人家吧。」凌玉淡淡地道。

雖然有些遺憾，但王氏倒也沒有說什麼反對的話。

凌玉蹙著秀眉，想著早前上門說親的蘇家，再加上如今這個陸家，總覺得這些人是衝著程紹禟，而不是程紹安來的。如今程紹禟不過一個小小的八品校尉，若是將來有了更好的前程，說不定還會有人直接把女兒送上門為妾、為奴。

一想到這個可能，她便覺得渾身不自在起來。

若是將來程紹禟功成名就、位高權重，身邊自然免不了奉承巴結之人，若當真被塞個年輕貌美的小姑娘進來……

正這般想著，程紹禟便回來了，還帶來了新帝著他領兵平亂的聖旨，七日後啟程。

雖說早有了心理準備，可事到臨頭，凌玉心裡還是覺得有些難受。因為她知道，此一去，紛爭未平人不還。可戰場上之事，誰又能肯定萬無一失呢？

「我此去，短時間內不能歸來，家中諸事便拜託妳了。至於紹安的親事，陸家既然不行，那再從頭另選便是，只一條，蘇家與寧家的人絕不能娶！此話我也已經跟娘與紹安說過了。」臨行前一晚，程紹禟再三叮囑凌玉。

凌玉悶悶不樂地一一應下。

程紹禟也有些依依不捨，環住她的腰低聲道：「小玉，我此去，許是功成名就，許是一無所有，妳——」

凌玉打斷他的話。「說什麼混話呢！你又怎會一無所有？你有我和小石頭，還有娘與紹安。」

程紹禟啞然失笑，柔聲道：「是呢！我還有你們母子，有娘親與紹安，總不會至一無所有的地步。」頓了頓又道：「跟妳說個好消息，皇后娘娘被診出了喜脈。」

「真的?!」凌玉在他懷中猛地抬頭。

程紹禟撫著被她撞到的下頷，痛得直抽氣。「皇后娘娘有喜，妳這般高興做什麼？」

凌玉討好地替他揉著傷處。「娘娘一向處處關照咱們家，如今她終於懷上了龍嗣，我能不替她高興嗎？」

程紹禟推開她的手。「娘娘早前本已奏請了在京中各府挑些品貌上佳的女子進宮，如今她有了身孕，為免她操心勞累，陛下便直接取消了此事，可見陛下對娘娘這胎的重視。」

「久盼才得來的孩子，自然是看得要緊些。」凌玉並不意外。新帝自己便是嫡子，相較於庶出，自然更重視嫡出之子，只盼著皇后此胎能一舉得子，如此也好讓那些蠢蠢欲動的人息了心思。「恐怕以皇后娘娘的性子，必然不同意陛下取消吧？」凌玉又道。

程紹禟點點頭。「這妳還當真說對了。」

後宮本就冷清，得聖意的更是一個也沒有，如今皇后又有了身孕，以她那賢良性子，如何會容許陛下身邊沒有可心之人侍候？

凌玉嘆了口氣。世間女子便是如此，事事以夫為先，便連貴為一國之母的皇后娘娘也不例外。

「後宮之事與咱們不相干，若是娘娘有懿旨召妳進宮，妳便進宮請個安，盡了心意便是，其他不相干之人卻不必理會。」程紹禟又道。

「什麼不相干之人？」凌玉有些糊塗，再瞧他一臉冷漠，福至心靈，當下便明白了。

皇后娘娘有喜，在得力的新人進宮前，宮裡的蓉嬪不是越發顯了出來？憑她這麼多年的安安分分，皇后說不定還會將一部分宮務交予她掌理。

若是如此，她不得不說，那蓉嬪也算是個聰明的，找著了在宮中生存的適合之道。

陛下靠不上，那便緊緊抱著皇后這棵大樹。大樹底下好乘涼，她便是沒有陛下的寵愛，只要皇后一日對她另眼相看，她不必怕會被人踩下去。

「還有一事。陛下從各府中挑選了年齡適合的孩童，讓他們進宮與大皇子一起唸書習武，小石頭也在人選當中。」

凌玉皺起了眉，神情頗為不悅。

程紹禟知道她的心思，安慰道：「別怕，此回陛下把他們安排在承德宮，吃住均在那裡，由庚太傅負責教導他們唸書，褚大哥負責教導他們武藝，後宮任何無關之人不得隨意進出。」

「這是封閉式教學？」凌玉詫異極了，不過聽到由褚良教導武藝，總算稍稍放心。畢竟這是小石頭熟悉的人，與自家的關係也相當親近，算是自己人了。

「嗯，確實是這樣。」程紹禟點點頭。

他本來也擔心自己出征後兒子的學業，唸書有他阿公在，倒也不成問題，只是武藝上卻要另想辦法，如今陛下此番打算，也算是替他解決了難題。

庚家詩禮傳家，前庚相爺乃是狀元之才，庚太傅是他的嫡長子，幼承庭訓，學識更是不凡，有他親自教導，自己還有什麼好不放心的？至於褚良，那更是不必擔心。

這日，凌玉一大早便起來，親自侍候他梳洗更衣，越到後面，心中便越發不捨。「此去務必多加小心，相比你的功成名就，我更願意看到你平安歸來。不管什麼時候，錦繡前程、榮華富貴都不能與性命相提並論。」

程紹禟輕撫著她的臉頰，深深地凝望她，柔聲道：「妳的話我都記住了。」

臨出門前，他不知不覺地停下腳步，回頭望望身後一張張含淚不捨的親人臉龐，目光最後落在牽著兒子小手的凌玉身上，再望向她身邊哭花了臉的小石頭，一咬牙，終於轉身大步離開。

「將軍！」早就候在大門外的小穆難掩興奮地牽著他的戰馬上前。他終於也有機會與程大哥一起征戰沙場了！

程紹禟翻身上馬，最後一次深深望了望身後的家，而後一夾馬肚，駿馬疾馳而去，將哭著追出來的小石頭遠遠地拋到身後。

「爹爹！」看著瞬間便消失在眼前的爹爹，小石頭終於大聲哭喊起來。

程紹安追了出來，緊緊地把他抱在懷裡柔聲哄著，直到懷中的大哭聲漸漸變成低泣，他怔怔地望向兄長消失的方向，久久說不出話。

啟元元年，啟元帝再次任命程紹禟為統帥，率兵平定中原各處紛爭戰亂。

旨意傳開後，朝臣各有所思。

鳳藻宮中，皇后有些不自在地挪了挪身子，偷偷地瞥了面前的一國之君一眼，忽覺有點頭疼。陛下已經一動也不動地盯著她的肚子快兩刻鐘了！她猜不透他想要做什麼，也只能靜靜地坐著任由他看，可一直這般坐著一動也不動，她也是會覺得累的啊！

她微不可聞地嘆了口氣，正想打破沈默，趙贇終於皺著眉開口了。

「這肚子裡果真有了朕的孩兒？」

皇后清清嗓子道：「若太醫沒有欺君的話，應該是如此。」

「諒他們也沒有這樣的狗膽！」趙贇冷哼一聲，終於坐直身子。

鳳藻宮門前，前來向皇后請安的蓉嬪被明月擋下來。

「皇后娘娘如今不得空，蓉嬪還是晚些再來吧！」

「也好，那我晚些再過來。」蓉嬪彷彿沒有瞧到她臉上的輕蔑與不悅，微微笑道。

看著她帶著宮女離開，明月才啐了一口。「什麼向娘娘請安，分明是衝著陛下來的！娘娘如今有了身孕，一個個不安分的都冒出來了！也不瞧瞧自己是什麼身分，也妄想取代娘娘得陛下寵愛？」

蓉嬪腳步一頓，恍若未聞地繼續往前而去。

倒是蓉嬪身邊的宮女青竹有些氣不過，壓低聲音道：「她實在是太過分了！」

「皇后娘娘身邊得臉的大宮女，自然比旁人傲氣些。」蓉嬪淡淡地道。

「縱是如此，可不也一樣是奴婢嗎？」

蓉嬪不置可否地笑了笑。

奴婢？得勢主子身邊的奴婢可比失勢的主子體面多了，便連育有皇長子的謝嬪，如今也不過是擔著一個虛名，若不是瞧在皇長子的面上，只怕連宮門都入不得，這輩子都得留在從前的太子府等死。可便是進了宮又如何？照樣「抱病」閉門不出。恐怕除了有心人外，也沒有幾個還記得宮裡有這麼一個人的存在吧？

只是……她的神情有幾分若有所思。

皇后若是誕下嫡子，皇長子的身分便尷尬了。

這些年皇長子雖是一直養在皇后膝下，卻非嫡子，皇后待他雖也算得上是盡心盡力，可一旦有了自己的骨肉，只怕……

誠如蓉嬪所想的這般，新帝原本膝下只得趙洵一子，趙洵又是養在皇后身邊，雖無嫡子名分，但也與嫡子無異，將來縱是其他妃嬪生下皇子，也未必及得上這位皇長子。

哪想到多年來一直未曾生育的皇后突然傳出喜訊，而素來在朝堂上總愛陰沈著一張臉、行事雷厲風行不講情面的新帝，如今手段竟有了幾分柔和，朝臣便知皇后有孕一事讓他心情大好，從中也說明了他對皇后腹中孩兒抱著極大的期待。

而此時，宮中皇后傳出懿旨，從京中四品以上官員府中，揀選德容言功上佳之女充實後宮。

旨意傳出，朝野上下均大讚皇后賢德。

凌玉自然也得知此事，搖搖頭，盡是無奈。

這樣的賢慧，只怕自己一輩子也學不來。別說讓她親自挑選人，若程紹禟膽敢在她懷有身孕的時候勾搭其他女子，她只怕連剁了他的心思都有，哪還可能給他生兒育女、做牛做馬呢！

「……老大家的，妳的意思如何？」

王氏的話打斷了凌玉的沈思，她回過神來，愣愣地望向王氏。

王氏見狀便知道她沒有聽到自己方才的話，無奈又道：「就是那個陸家，他們家又找上咱們了，說是聘禮這些都好說，只遵循京中尋常人家舊例便可。我的意思，陸姑娘確實是個相當不錯的好姑娘，又難得紹安瞧上了，況且他們家也改了主意，這樁親事倒也未嘗不可。」

「二弟也同意了？」凌玉問。

「這……我還不曾跟他說呢，想著先跟妳討個主意，若是妳也認為可以，我再跟他說去。」

凌玉搖搖頭道：「娘說陸姑娘好，可她到底怎樣好，我也不清楚。就事論事，若是只按我的看法，這門親事作罷便作罷了，不宜再提。那陸家人為何會突然改了主意？我琢磨著許是瞧在紹禟的分上。若是紹禟榮歸，他們自是會維繫兩家關係；假若紹禟……非我以小人之心度君子之腹，只是……我寧願找個家世一般卻厚道人家的姑娘，也不願與那些勢利人家牽扯太深。」

「這……妳說得也有道理。」王氏聽她這般一說，也不禁猶豫起來。這是給次子找媳婦，可媳婦家卻是衝著長子來的，那成了什麼事？

「不過若那陸姑娘確實是位不可多得的好姑娘，這親事倒也不是沒有可能。娘若信得過我，不如讓我找個機會見上見，到時再決定？」

「不必麻煩大嫂了，這門親事我不同意！」程紹安不知什麼時候走了進來，斬釘截鐵地道。

「這是為何？」王氏驚訝地問。

「大哥如今為了咱們家的前程以性命相搏，我怎能拖他後腿？陸家人便是沒有那等心思，可憑著他們此等出爾反爾的言行，也不是什麼厚道人家。成親乃是結兩姓之好，更非兩人之事，關乎著兩族的未來，豈能等閒視之？大嫂，此事妳不必再理會，我不同意！」

凌玉深深地凝望著他，彷彿有些不認識他了，良久，才道：「你既然打定了主意，便聽你的就是。」

王氏見狀，長嘆一聲。「罷了罷了，我再瞧瞧其他人家。」

隔得半個月，京中突然爆發一樁奇聞——新定下的皇商蘇家，其家主蘇貫章被姪女一紙告上公堂，當下引發軒然大波。

閨閣女子狀告嫡親伯父，實乃本朝自開國以來的頭一宗。

凌玉聽到茯苓提及此事時，險些沒拿穩手中茶盞。她沒有聽錯吧？那蘇家姑娘當真把蘇貫章告了？

「千真萬確！如今京城裡人人都在說此事。讓我說，若蘇姑娘狀紙上句句屬實，那蘇貫章當真是喪心病狂，理應千刀萬剮才是。」茯苓道。

「這蘇家，難不成就是上回想與咱們家做親家的那個蘇家？」王氏忽地問。

「娘說得沒錯，確實是上回那個蘇家。」凌玉回答道。

「這樣的人家，也不知幹了多少缺德事！那蘇姑娘也是可憐，小小年紀便沒了爹娘，嫡親的伯父不說照顧他們姊弟，反倒做出這樣的事，當真是禽獸不如！」青黛恨恨地道。

「這蘇姑娘也當真是了不得，一個姑娘家竟敢把家中長輩給告了。可便是此番官府替她討回公道，這名聲卻也毀了，日後誰敢娶她啊？」王氏搖頭嘆息道。

「她恐怕也是被逼無奈，才會想出這樣魚死網破的法子，但凡還有別的路可以選擇，只怕她也不會做到這分上。」凌玉忽地對那姑娘起了憐惜之心。

「妳說得對，這真真是魚死網破、兩敗俱傷的法子，可見當真是被逼得狠了。」王氏又是一聲長嘆。

程紹安沈默地替王氏續了茶水，聽著她們妳一言、我一語地說著這樁奇事，想到那晚蘇凝珊追著自己出來的情景，突然覺得心裡有些異樣的堵。

那晚若是自己答應了她，她或許也不會走到如今這地步吧？可是，縱是再給他一次選擇的機會，他便真的會答應她嗎？他想，應該還是不會的。

蘇凝珊這一紙狀告，真真便證明了當日兄長不同意與蘇家結親的決定是無比正確的，那樣的人家，招惹了便是一身麻煩。如今兄長正在拚前程的緊要階段，又怎能為了旁人的家事分神？

雖是這般想著，可他的心裡還是不知不覺地對蘇凝珊生出幾分說不清、道不明的愧疚來。

凌玉不知道他曾經與這樁奇事的主角接觸過，見他沈默著不說話，也只當他想著陸家之事。

這段日子以來，看著程紹安的言行舉止，她終於確信，他真的成長起來了，不再是事事只會躲在兄長身後的無能之輩，必要時候，他甚至可以扛起整個家。

凌玉雖也在關注著蘇家的案子，但更多的心思卻是放在家裡，只因小石頭正式開始進宮唸書習武，她每日都在擔心著兒子，既怕他在宮裡闖禍，又怕他一不小心成了別人爭權奪利的棋子。

這日她依然早早起來陪小石頭用過早膳，一如既往地叮囑他在宮裡要好好唸書，不要淘氣闖禍云云。

儘管這樣的話她不知說了多少回，可小石頭仍舊乖乖地聽著，不時點頭應諾。

「大嫂妳便放心吧，小石頭又不是頭一回進宮，已經對那裡不知多熟悉了。況且還有褚大人處處關照著，能有什麼問題？」程紹安還是頭一回見她這般沒完沒了的模樣，有些無奈地道。

「娘，您別擔心，我會乖乖聽太傅的話，不淘氣、不闖禍，好好唸書習武，長大了就跟爹爹一樣，當一名威風凜凜的大將軍。」小石頭脆生生地回答。

凌玉捏捏他的小手，知道自己確實擔心得太過了，可這也是沒有辦法的事，畢竟當年小石頭便是莫名其妙地捲入太子府後宅之爭中，險些連性命都不保，故而這一回她著實放心不下。

「大嫂妳聽，小石頭多懂事。時辰不早了，該走了，若是去晚了讓太傅等，反倒不好了。」程紹安忙道，而後帶著小石頭離開。

他每日便是負責親自把小石頭送到宮門前，看他跟著前來相迎各府小主子的內侍進去後，這才離開。到了出宮的時辰，又會親自到宮門前等候小石頭出來。

除去每日接送小石頭外，其餘的時候，他不是坐鎮留芳堂，便是籌備自己的生意，畢竟早前凌玉替楊素問置辦嫁妝的時候，他也跟著凌玉一起置下了產業，這當中便有兩間鋪子。

雖然每日都忙得團團轉，他卻覺得這樣的日子過得甚是充實，至於親事，他乾脆全然拋開，任由王氏作主。

小石頭向小叔叔道別後，牽著皇后派來接他的宮中內侍的手，蹦蹦跳跳地往承德宮而去。

趙贇這一回共選了八名六至九歲間的孩童進宮，加上皇長子趙洵，一共九名孩子，共同由庚太傅教導。

那八名孩子中，除卻小石頭外，個個均是名門世家的嫡出孩子，似小石頭這般出身的，倒是個另類。

高門大族的嫡子，打小便是精心教養，規矩、禮節樣樣不差，一個個瞧著跟小大人似的。

不管是家中長輩叮囑也好，還是自己意識到的也罷，另七名孩子皆有意無意地以趙洵為尊，言行間也不自覺地添了幾分討好之意，讓素來習慣與趙洵不分彼此玩鬧的小石頭大惑不解。

相比那些自幼被精心教養的孩子們，小石頭這等打小便瘋玩著長大的，雖然基本禮節不出錯，但言行舉止一瞧便可知與他們不一樣，不知不覺間，便也被排斥在那七名孩子之外。

所幸小石頭從來便是個心大的孩子，哪怕是一個人也能自得其樂，故而對他們刻意拉攏趙洵、冷落自己也不在意。

此刻，小傢伙被庚太傅叫起來背書。

庚毅宗不僅是當朝太傅，還是新帝的嫡親舅舅，自重回京城後，行事雖然低調，但對京中形勢也瞭如指掌，自然知道這小傢伙正是當日與他們母子一起進京的程紹禟的唯一兒子。

另幾個孩子對小石頭的排擠，他自然也瞧得出來，只是見小傢伙每日都是一副樂呵呵、絲毫不放在心上的模樣，他瞧得有趣，自然也當作不知。

如今，看著小石頭搖頭晃腦卻又不失流利地，把他昨日佈置的功課一字不差地背出來，他輕捋著短鬚，微微頷首。

「背得不錯，看來確實下了功夫。」他難得地誇獎一句。

小石頭樂得眼睛都瞇成了彎彎的新月狀。太傅可是一向不怎麼誇人的，如今卻誇了自己呢！

其餘的孩子卻有些不服氣。他們也可以背得很好，不過是太傅沒有點到罷了。

小石頭可不理會他們，一到了該習武的時辰，如同往常一般，拉著趙洵的手便率先衝了出去。

相比於關在屋裡讀書認字，他更喜歡跟著褚伯伯習武打拳，不過娘親說了，在宮裡不能叫褚伯伯，要喚褚先生。

「真是不懂規矩！」八歲的吏部尚書嫡孫誠哥兒嘀咕著，卻是緊跟著他們亦跑了出去。

趙鑽這日難得有興致，想來承德宮瞧瞧這幫小鬼頭，不承想才剛進了宮門，便聽到一陣孩童們的吵鬧聲。

他怔忡片刻，隨即加快腳步往聲音響起之處而去，就見習武場上，兩名孩子正扭打在一起，個頭矮的那個孩子最凶狠，竟硬生生把高出他一頭的另一名孩子壓在身下，掄著小拳頭就往對方身上打去，一下又一下，直打得那孩子哇哇大哭。

「小石頭，別打了、別打了！太傅知道了會罵的！」趙洵急得直跺腳。

在場的另幾名孩子有心上前幫忙被打倒在地的誠哥兒，可又懼於小石頭的凶狠，彼此對望一眼，終究還是不敢上前自找苦吃。

「你們這是做什麼?!還不把他們拉開！」趙鑽沒想到自己看到的竟是這樣的一幕，一時大怒，厲聲喝道。

他身後的夏公公帶著一名年輕太監急急上前，好說歹說地把仍死死壓著誠哥兒打的小石頭給抱下來。

早在聽到趙鑽的聲音時，以趙洵為首的一眾孩子便白了臉，動作僵硬地行禮問安。

小石頭被夏公公攔腰抱到趙鑽跟前，仍不忘凶巴巴地瞪向哭花了臉、正被宮人好生安慰的誠哥兒。

「朕還道是哪個呢？原來是你這小混帳。」趙贇看著他被扯得縐巴巴的衣裳，白嫩嫩的臉蛋上還有幾道被撓傷的紅痕，偏還是一副氣鼓鼓、不知悔改的模樣，當下氣不打一處來，猛地上前去，往他的小屁股上就是一巴掌。「膽子肥了是不？竟敢在宮裡動手打人！」

小石頭被他打得「哇」一聲跳起來，摸著屁股，撒開腳丫子便逃，一邊逃，一邊大聲道：「誰讓他打翻我的點心？我就揍他，就揍他！」

「你還敢跑?!給朕回來！」趙贇氣得臉色鐵青，怒聲叫道。

當下，太監、宮女齊齊追過去，打算把四下逃竄的小石頭給抓回來。偏小傢伙動作靈活得很，像條泥鰍般，愣是讓人抓不著，直氣得趙贇當下沒忍住，想要親自動手。還是聞訊趕來的褚良一個箭步上前，攔下了小石頭，把他給拎到趙贇跟前。

小石頭雖不服氣，可形勢壓人低頭，知道自己在褚先生跟前討不了好，故而便老老實實地站著，屁股連受了趙贇幾個巴掌，痛得他齜牙咧嘴，卻偏又哼也不哼一聲。

「朕讓你跑、讓你跑！」啪啪啪幾巴掌打下去，趙贇才覺得心裡的火氣下了幾分。他清清嗓子，無視匆匆趕來的庚太傅等人目瞪口呆的神情，威嚴地問：「這是怎麼回事？」

幾個孩子你望望我、我看看你，最後將目光齊刷刷地投向趙洵。

趙洵硬著頭皮上前，結結巴巴地回道：「誠、誠哥兒打翻小、小石頭的膳食，小石頭氣、氣不過就、就和他打了起來。」

趙贇看看被打得滿身狼狽、臉蛋上淚痕未乾的誠哥兒，再瞅瞅一臉倔強、正用眼神威脅對方的小石頭，忽地冷笑一聲。「把這兩個混帳轟出宮去！」

「陛下！」褚良一驚，正想開口求情，卻見庚太傅朝自己微微搖搖頭，略思忖片刻又噤了聲。

誠哥兒嚇得臉都白了，抖著雙唇，雙腿直打顫。被轟出去的話，祖父和爹娘一定會很生氣的！

反倒是小石頭撲閃撲閃著眼睛問：「轟回家嗎？」

趙贇冷著臉沒有回答。

倒是站得離他最近的大理寺卿幼子昌哥兒低聲道：「是轟回家，笨蛋，快求饒啊！」

小石頭看到有內侍上前抱起誠哥兒往宮門方向走，又有另一名內侍朝自己走過來，當下高興地道：「不用你抱，我可以自己回去啦！」

說完，邁著短腿就要追著那誠哥兒而去，追出一段距離後似乎想到什麼，又走了回來，認認真真地向趙贇行禮問安，又一一向庚太傅、褚良行禮，小大人似地道：「太傅，我回家去啦，這段日子辛苦你們了！」末了，又笑呵呵地拉著趙洵的手道：「大殿下，我回去啦，改日再來瞧你。」說完，撒開腳丫子就往宮門方向跑去。

趙贇嘴角抽了抽，看著那個歡天喜地跑開的小身影，忽地喝道：「把他們給朕拎回來！」

話音剛落，果然便有侍衛將兩個孩子給拎了回來。

片刻之後，承德宮東殿處。

趙贇高坐上首，慢條斯理地道：「起筷吧，朕瞧你們也餓了。這些都是御膳房精心準備的午膳，各式點心更是難得一品。」

以趙洵為首的幾名孩童齊聲應下，各自起筷。

誘人的甜香不停地往鼻子裡竄，小石頭嚥了嚥口水，望向對面那些吃得眉開眼笑的趙洵等人，恨恨地抓起面前的粗麵饅頭咬了一口。有什麼了不起的，他還有饅頭和白花花的粥呢！

他死死地盯著正對著自己的昌哥兒，看到對方挾起一塊精緻的芙蓉糕輕咬一口，口水又不禁嚥了嚥。

昌哥兒突然覺得有些不自在，像是被什麼盯上一般，一抬頭便對上小石頭灼灼的視線，見他死死地盯著自己……手上的筷子，當下不自在地低下頭去，胡亂把未吃完的芙蓉糕往嘴裡塞。

小石頭又狠狠咬了一口手中的粗麵饅頭，用力嚼了幾下後嚥下去，只覺得這東西當真難吃極了，當下決定日後要把饅頭列為最討厭的食物。

趙贇居高臨下地注視著他，見狀冷笑一聲。兔崽子，朕就不信治不服你！

庚太傅舉著筷子，久久沒有落下，不動聲色地望了上首那威嚴冷峻的一國之君一眼，半晌之後，低下頭去掩飾臉上的笑意。

看來縱是暴君也是有孩子氣的一面。不過，既有如此的一面，又豈會真為暴君？

積壓多時的憂慮此刻頓時一掃而空，他終於愉悅地落下筷子。

凌玉不敢相信地輕撫著腹部，喃喃地問：「我當真、當真有了身孕？」

「恭喜夫人、賀喜夫人！夫人又懷上小公子啦！」茯苓與青黛笑逐顏開，異口同聲地道喜。

王氏喜不自勝地拉著她的手，嗔怪道：「自己有兩個多月的身孕都不知道，妳呀，何時竟變得這般粗心了？」算一算，這孩子應該是老大出征前半個月左右就懷上的。「紹禟若是知道，還不知會高興成什麼樣呢！」王氏又道。

凌玉低頭輕撫著腹部，唇邊不知不覺地染上溫柔的淺笑。這孩子來得可真是巧……

「小石頭整日問著弟弟什麼時候才能來，這回怕是快要如願了。」王氏笑道。

凌玉微微一笑。「難不成若是妹妹，他便不喜歡了嗎？」

「若是妹妹，怕是不能與他有難同當。」王氏又是一陣笑。

凌玉也想到了小石頭整日嘟囔著「兄弟有難同當」，一時也覺得好笑不已。

婆媳二人正說著小石頭的趣事，便聽到屋外傳來小傢伙那熟悉的急促腳步聲，還伴隨他清脆響亮的叫聲。

「娘、阿奶，我回來了！」

緊接著，門簾被人「呼啦」一下撥開，一個小身影便如一陣風似地闖進來，把正要出門的青黛嚇了好一跳。

「娘，您是不要給我生小弟弟了？」小石頭「咚咚咚」地跑到凌玉身前，一雙圓溜溜的眼睛忽閃忽閃的，充滿了期盼。

凌玉正要回答，便看到他臉上的傷痕，頓時大吃一驚，一把抓住他的胳膊，把他拉到身邊，仔細地盯著那白淨臉蛋上的淺淺紅痕，見上面已經用藥仔細地敷過，聞之還有一股獨特的淡淡藥香。「你的臉是怎麼回事？為何傷成這般模樣？還有你的衣裳，娘記得今早出門時你穿的並不是這樣的衣裳。」

小石頭呆了呆，隨即懊惱地拍了拍腦門。真是笨蛋，一聽到娘親懷了弟弟，就急急跑過來，也不會先掩飾一下臉上的傷，又或是回屋換身差不多的衣裳才是。

「這是怎麼一回事？誰把你的臉抓傷的？快來讓阿奶瞧瞧！哎喲，劃得這般深，一定很疼吧？哪個殺千刀的竟敢下這樣的毒手，也不怕天打雷劈！」王氏忙走過來，一見寶貝孫兒白嫩嫩臉蛋上的傷痕，頓時又是心疼、又是憤怒。

小石頭被阿奶與娘親一左一右地拉著問話，皺了皺鼻子，老老實實地回答。「和誠哥兒打架被抓傷的，不過妳們放心，我把他壓在地上揍了一頓，他傷得可是比我厲害多了。」說到後面，他臉上難掩得意。誠哥兒年紀比自己大、長得比自己高，可打架卻打不過自己。

凌玉一聽，臉色當即便沈下來。「你答應過娘什麼？」

小石頭臉上的笑容頓時僵住，有些心虛地移開視線，就是不敢對上她，好一會兒才低頭老老實實地認錯。「我錯了，不該跟人家打架。」

他認錯認得這般乾脆，倒讓凌玉一下子不知該說些什麼才好？只到底氣不過地拉過他的小手，在手心上用力拍了下去。

小石頭痛得險些要跳起來，到底還是委委屈屈地站著不敢亂動，任由娘親一下又一下地打著掌心。

王氏看得心疼，連忙把他拉過去。「好了好了，他都已經認錯了，為何還要打他？」

凌玉板著臉。「當真知錯了？」

「知錯了、知錯了，不該動手打架的！娘，我再不敢了，真的，騙您是小狗狗！」小石頭生怕她又要打，不只老老實實地認錯，還用力點點頭，給出了保證。

凌玉有些哭笑不得，再也綳不住臉，笑了出來。

小石頭一見娘親笑了，當即打蛇隨棍上，撒嬌地依偎著她，一聲又一聲地叫著「娘」，甜糯糯的，卻又顯得無比乖巧。

「好了好了，老大家的，妳也別再生氣，這回他真的知錯了。」王氏見狀便笑道。

凌玉撐不住地直笑，好一會兒才止了笑，檢查小石頭的傷，發覺除了臉上那幾道傷之外，身上其他地方並沒有什麼傷處，便是臉上的傷痕，也已經被人仔細地上了藥。

她再看看他身上穿著的嶄新乾淨衣裳，質地上乘，並非尋常人家能輕易穿得上的，遂問：「誰給你上的藥、換的衣裳？」

「皇后娘娘宮裡的彩雲姊姊。」小石頭小心翼翼地將小手覆在她的腹部，隨口回答，隨即又道：「娘，這裡頭當真有了弟弟嗎？」

彩雲……竟還驚動了孕中的皇后娘娘嗎？

「若是妹妹，小石頭便不喜歡了嗎？」王氏打趣地問出了與方才凌玉同樣的話。

「妹妹？」小石頭明顯愣住了。「為什麼是妹妹？」

「怎地不能是妹妹？」凌玉也回過神來，聽到他的話便笑問道。

小石頭皺了皺鼻子，好不為難地道：「可是、可是妹妹……」他擰著小眉頭想了一會兒。「妹妹是怎樣的？能和弟弟一樣跟我騎馬、打拳嗎？爹爹罰我了，她能和我有難同當嗎？」

凌玉也愣了一下，這才恍然想到，兒子身邊竟當真沒出現過年紀相仿的小姑娘，也難怪他從來沒想過這樣的問題。

看著王氏領著小石頭出去後，凌玉便讓茯苓請程紹安過來，問起了小石頭在宮裡之事。

「不是什麼要緊事，就是吏部尚書家的誠哥兒與小石頭打了一架，恰好被陛下給撞了個正著，把兩人都罰了一頓。陛下處置了，尚書大人也不能再說什麼，何況若是追根究柢，還是他們家的誠哥兒先惹的小石頭。」

程紹安去接小石頭時，宮中內侍便將小傢伙做的「好事」一五一十地告訴了他，此刻他同樣毫不隱瞞地向凌玉一一道來。

聽聞趙贇已經懲罰過兩人，凌玉有些好奇地追問道：「陛下怎樣罰的他們？」

一聽她問起此事，程紹安便撐不住笑了。「陛下命御膳房做了一頓相當豐盛的午膳，卻只給小石頭與誠哥兒粗麵饅頭與白粥，讓他們眼睜睜地看著其他人享受美食。據說這樣的懲罰還要持續數日，也就是接下來的數日時間，只要他們一日不誠懇認錯，午膳就都是粗麵饅頭與白粥。不過好在陛下發了話，饅頭任吃，白粥任裝，管飽！」

凌玉沒想到趙贇居然想出這樣的法子來對付小石頭，卻不得不承認，這個法子對那小傢伙相當有用。

到了晚膳的時候，看到小石頭狼吞虎嚥的模樣，想到趙贇對他的懲罰，凌玉便忍不住想笑。

王氏不知當中內情，一見孫兒這般模樣，以為是學習得太辛苦之故，當下大為心疼，忙不停給他挾菜。「慢些吃、慢些吃！真是可憐見的，小小年紀便要這般辛苦，也不知宮裡的伙食怎樣，有沒有家裡的好？能不能吃飽肚子？」

「娘放心，宮裡頭的伙食管飽。」凌玉想到趙贇那句「管飽」，便笑著回了句。

小石頭嘴裡塞滿了食物，聽到娘親這話，含含糊糊地說了句什麼，王氏一時沒有聽清，可凌玉卻聽得分明，小傢伙說的是——管飽有什麼用？好吃的只能看又不能吃！

她終於沒忍住，「噗哧」一聲笑了出來。

被小石頭壓在地上揍了一頓的誠哥兒歸家後，同樣在尚書府中掀起了軒然大波。

作為府裡年紀最小、最得寵的孩子，尚書夫人把他當作眼珠子一般疼愛，別說打了，連重話也不捨得說一句，卻不承想，孫兒進宮一趟便被人給打了。

年過五旬的吏部尚書雖然也心疼嫡孫，但到底沈穩些，細細問過事發緣由後便陷入沈思。他一下又一下地輕敲著書案，片刻之後，喝住咒罵著「程家那野孩子」的夫人，這才招來誠哥兒教訓道：「此事乃是你有錯在先，後又技不如人，既然陛下已經處罰過了，祖父便不再罰你。你且記住，那磊哥兒與你一般，同為庚太傅學生，你們既為同窗，便該懂得友愛互助，似今日此等事，日後絕不能再發生，你可明白了？」

誠哥兒素來怕他，一聽他這話哪有不應之理？

「老爺，程家那孩子野性難馴——」

「夠了！婦道人家，頭髮長，見識短！什麼野性難馴？只怕在陛下眼裡，十個誠哥兒也不及這麼一個『野性難馴』的孩子！」見老妻心中不忿，他陡然喝止住她。「陛下其人，陰晴不定，從不講什麼情面，但凡犯到他的手上，便是不死也得剝下一層皮來。誠哥兒與程家那孩子打架被他抓了個正著，若按他的性子，只怕立即便要轟出宮去，可最後卻又改變主意，甚至想出了此等匪夷所思的辦法懲罰他們，妳以為這都是衝著誰？還不是那程紹禟！罷了罷了，妳一個婦道人家哪懂得朝中之事？此事便就此揭過去，日後妳若有機會見到程家婆媳，不求妳示好人前，至少也莫要與她們結怨。如今……」說到此處，他長長地嘆了口氣，神情有幾分落寞。

陛下擺明了要在朝堂上扶起一批年輕人，以取代他們這些老傢伙。頭一個受到衝擊的，便是從前的朝廷第一猛將寧國公。兵權悉數歸入陛下之手，如今得勢的武將又多是昔日便追隨陛下左右的心腹臣下，接下來呢？只怕便要拿文臣開刀了。

故而，他還能在吏部尚書這個位置上坐多久，著實沒有多大把握，說不定下一刻，一道聖旨下來，陛下便讓他榮歸故里了。

尚書夫人雖然不懂這些彎彎繞繞，但從來不會違背他的意思，儘管心裡仍有些不甘，可最後還是答應下來。

儘管初時被小石頭與誠哥兒如同餓狼般的眼神盯得渾身不自在，可到底是一群最大不過九歲、最小未滿七歲的孩子，縱是平日最是知禮懂事得如同小大人，可骨子裡還是有些淘氣的，很快便發現了當中樂趣。食不言不要緊，他們可以充分享受美味啊！

一張張小臉上掛著同樣陶醉的神情，不時喟嘆一聲，無言卻勝千言萬語，看得小石頭與誠哥兒越發不停地嚥口水，偏趙贇又下了旨，不准他們挪動位置，硬是要坐在享受美食的那幫人正對面。

趙洵再是厚道，此刻也不由得學其他孩子，嘻嘻哈哈地引誘著小石頭。

再到後面，一到午膳時間，便連庚太傅與褚良也過來與他們一起用膳，存心看兩個小傢伙笑話。

小石頭恨恨地咬著手中的粗麵饅頭，掃了一眼正對面微眯著雙眸、一臉陶醉幸福模樣的昌哥兒，咕嚕咕嚕地灌了幾口白粥。可惡，有什麼了不起？待回家後他也可以吃！

突然，坐在他身邊的誠哥兒大聲道：「小石頭，對不住！我錯了，不該取笑你，不該打翻你的點心！」

殿中眾人被他這大聲的道歉嚇了一跳。

小石頭也愣住了，看著誠哥兒站起來，老老實實地給自己賠禮道歉，頓時有些不自在，也跟著站起來。「我、我也不對，不應該動手打你的。」他結結巴巴地道。

庚太傅挾菜的動作一頓，隨即緩緩地放下筷子，捋鬚含笑地望著握手、彼此道歉的兩個小傢伙。孺子可教也……

褚良見狀，亦是微微一笑。

到底還是陛下技高一籌，輕而易舉地便馴服了這兩個小鬼頭啊！

第三十五章

趙贇從堆滿了奏章的御案抬頭，睥睨著跪在地上的兩個小身影，冷冷地問：「當真知錯了？不是陽奉陰違？」

「當真知錯了！」小石頭與誠哥兒異口同聲地回答。

趙贇的視線在兩人臉上來回瞅了半晌，終於緩緩地道：「看來果真是知錯了。也罷，既如此，明日起便不用再吃饅頭、白粥了。」

「真的?!多謝陛下！」小傢伙們的眼睛同時放光，驚喜地謝了恩，均是一副劫後餘生的表情，彼此望了一眼，隨即嘻嘻哈哈地笑起來。

趙贇掩嘴佯咳一聲。「起來吧！」

終於不用再每日啃粗麵饅頭，喝白水一般的粥，小石頭心裡正高興著，這一高興，話便又多了起來。「我跟你講，我娘很快便要給我生小弟弟啦！」

趙贇怔了怔，程紹禟家中那婦人又有孕了？可當他看到小石頭臉上的得意之色時，不禁冷笑道：「那又如何？朕很快便又會有一個兒子了。」

小石頭「哦」了一聲，撓撓耳根，隨即又高興地道：「兒子將來我也會有的，但是你不會再有弟弟了！」

「……滾出去！再不滾，再吃半個月饅頭！」

「哇，不要不要，我不要吃饅頭！」小石頭哇哇叫著，拉著誠哥兒的手，飛也似地逃了，生怕逃得慢了又要吃半個月饅頭。

看著小傢伙們落荒而逃的背影，趙贇終於沒忍住，輕笑出聲，只很快便又斂下笑容，冷哼一聲道：「弟弟算什麼？哪及兒子好。」

透過小石頭的嘴，很快地，滿皇宮的人都知道他快要有小弟弟了，皇后得知後也不禁笑了。「這可真是巧了。」

「娘娘不知，那凌家娘子也懷上了，月分比娘娘的還要再大些。」彩雲笑著稟道。

「竟是這般趕巧？」皇后這下當真有些意外，隨即又笑了。說不定她與這兩人當真有緣分。

「娘娘，單子我都改好了，您且瞧瞧。」蓉嬪放下手中毫筆，把寫好的單子呈到皇后跟前。

皇后接過來細看，含笑道：「不錯，總體公平、公正，卻又能考慮到各宮的不易之處，添減合理，看得出蓉嬪當真是花了不少心思。」

「嬪妾不敢居功，這都是娘娘教導有方。」蓉嬪謙虛地道。

「日後便照著此單把各宮的月例分配下去，至於下個月要進宮來的那幾位，容我回稟陛下後再安排。」

彩雲接過單子，應了聲「是」便退出去。

皇后打量著身邊神情恭敬謙和的女子，若有所思。

這個蓉嬪確實是個可塑之材，雖有些小心思，但也無傷大雅，唯一的助力蘇家又即將分崩離析，寧家更是靠不住了。而她本人雖居嬪位，又是太子府中舊人，可不知為何始終得不到陛下的寵愛。

這種無寵、無子，又毫無背景助力之人，用起來倒是更放心些，畢竟宮務繁忙，自己又不能事事過問關注，也確實需要培養一個幫手才是。

況且，一旦新人進宮，宮裡的局勢必然會有所改變……

她心中暗暗有了決定。

晚膳前，趙贇過來看她，仔細地問起她腹中孩兒之事，皇后含笑一一作答，二人說了會兒話，話題不知不覺便轉到新進宮人的位分上。

「這兩位都是出身名門，父兄又是肱骨之臣，理應給個嬪位。只這樣一來，便已經越過了蓉嬪與謝嬪。」見趙贇在聽到謝嬪時臉上閃過一絲厭惡，皇后斟酌了一下，還是道：「謝嬪曾犯下大錯，這位分不提也罷。只是蓉嬪自侍候陛下以來，一直安分守己，如今妾身懷有身孕，又虧了她事事替妾身分擔，若與新進宮的宮人平起平坐，到底說不過去。」

「皇后言之有理，既如此，便晉蓉嬪為貴嬪吧。」趙贇並無不可地回答。

「如此，妾身便代蓉嬪謝過陛下了。」

晉升貴嬪的旨意下來時，蓉嬪臉上難掩激動。宮人的道喜聲響在耳畔，她緊緊地揪著手中帕子，眸中光芒大盛。沒有陛下的寵愛又如何？她一樣可以過得更好。權勢、地位，只要她努力，照樣能一一抓到手上。

「娘娘，蘇老爺四下託人——」心腹宮女遲疑著想要回稟，卻被她打斷了。

「讓官府一切秉公辦理。」

秉公辦理？那宮女愣了愣，還想再說，卻見她冷著臉，當下機靈地閉緊了嘴巴。也對，反正事情鬧得這般大，主子如今又晉了位分，可不能被蘇家拖累了才是。

鬧得沸沸揚揚的蘇家姪女狀告嫡親伯父一案，終於有了判決。

蘇凝珊狀紙上所述一切屬實，蘇家長房侵占二房的財產悉數歸還，並須賠償二房一切損失。至於蘇大老爺因謀害弟妹，被收監擇日再審，一旦有更多證據，只怕一個殺人填命是免不了的。

凌玉得知後長嘆一聲。勝了官司雖好，但勝了之後呢？那蘇家姊弟日後的日子只怕也不會好過。世人的指指點點自然免不了，怕是唾罵也不會少。

與此同時，前線傳來捷報，程紹禟領軍平定湖州之亂，活抓湖州一霸，於湖州百姓眼前將之斬殺。

只是，當程紹禟斬殺降兵的消息傳回來時，朝堂一片譁然。

趙贇坐在寶座上，居高臨下地望著下方吵得面紅耳赤、各不相讓的朝臣，看著他們你一言、我一語，誰也說服不了誰。

「自古兩軍交戰，斬殺降將均為不仁不義，更有悖陛下以仁義治天下，程將軍此舉，著實讓人不敢苟同。」

「事情真相如何尚未有定論，諸位大人言語之間便已定了程將軍之罪，這讓在前方出生入死的將士們何等寒心！」

「程紹禟此人心狠手辣，當年在西南郡剿匪時，便已有過類似行為，如今民間關於他的殘暴之舉早已傳得沸沸揚揚，此番他斬殺降兵之事，著實不意外。」

「寧國公曾再三言明，當年之事乃是他親自下令，與程將軍無關，怎地孫大人卻仍要將此事安在程將軍頭上？你到底安的什麼心？」

「誰人不知寧國公宅心仁厚，乃是愛才之人，又對程紹禟頗為賞識，為了維護他而主動站出來頂罪也不是什麼奇怪之事！」

「簡直荒唐！按你此番言論，宅心仁厚的寧國公若果真是愛程將軍之才，又如何會讓他做出這不仁義之事來？」

朝臣們的爭吵越發激烈，趙贇卻始終陰沈著臉一言不發，直到爭吵聲漸漸平息，他才不緊不慢地道：「湖州匪患之嚴重，人盡皆知，惡匪之狠毒，燒殺搶奪、姦淫婦人，無惡不作，比之當年的西南郡匪亦不遑多讓。如今不過是敵不過朝廷大軍，為保性命才豎起降旗。什麼兩軍交戰不斬降兵？此等窮凶極惡、僅為保命才不得已投降的匪類，如今只因為扯了一層名為『降兵』的護甲，便要朝廷饒過他們？朕若寬恕他們，誰又來給慘死在他們手上的無辜百姓交代？朕又為何要花費心思，耗費人力、物力、財力安置他們？你們個個滿口仁義道德，要朕說來，那些降兵該不該殺，你們說了不算，唯有飽受其害的當地百姓才有權議論。程紹禟此舉，乃是奉朕之旨意，但凡手上沾染了無辜百姓鮮血之徒，不管他是拚死抵抗，還是舉手投降，一律殺之以平民憤！」

滿殿鴉雀無聲，朝臣們心中如同掀起一陣驚濤駭浪，無論誰也沒有想到，程紹禟此舉不過是奉命行事。

趙贇臉上一片陰狠的神情。「對付窮凶極惡之徒最有效的手段，就是要比他更狠、比他更惡，而不是跟他講什麼仁義道德。你們誰敢保證，這些所謂的降兵，投降之後就真的能洗心革面，從此安分守己？他們是匪、是賊、是手上沾了無辜者鮮血的劊子手，朕不只要殺他們，便是與他們狼狽為奸、相互勾結的當地官員，也一律就地斬首示眾，絕不輕饒！」

朝臣們被他語氣中的肅殺嚇住了，不由自主地打了個寒顫，至此誰也不敢再多話，均低下頭去。

見他們一個個都老實下來，趙贇方冷笑一聲，緩緩又道：「眾卿家可還有其他事情要奏？」

朝臣們被他嚇得膽寒，便是原本有事要啟奏的，此刻也沒了那等心思。

趙贇也不在意，不疾不徐又道：「去年因四處紛爭未平，各地不少學子被耽擱在路上，以致未能及時趕赴京城參考，朕欲於明年加開恩科，不知眾卿家意下如何？」

「陛下聖明！」朝臣們異口同聲地回答。

趙贇滿意地點點頭。就該如此識趣才好，也不必他再多費唇舌。散朝之後，看著那個明黃的身影很快地消失在殿內，朝臣們均暗暗鬆了口氣，隨手抹了一把額上的汗，這才驚覺背脊也被嚇出一身冷汗。

先帝一心修道尋仙、不理政事，他們的日子雖然好過，但是朝政大事也確實難以施展。如今金殿上的這一位，倒是比先帝不知要勤勉多少倍，政事更是從來不會含糊，但他們每一回上朝都是提心吊膽，待下朝後坐上歸家的轎子，均會生出一種劫後餘生的詭異感來。

吏部尚書抹著冷汗，忽地覺得，其實就算下一刻陛下下旨讓自己榮養也不是什麼壞事，至少不必每日擔驚受怕，說不定還能多活幾年。畢竟自己也是一把年紀了，再禁不得這般嚇。

湖州衙門內，程紹禟坐在堂前，翻著李副將呈上來的湖州知府供詞，皺眉問道：「可都審問清楚了？」

「都審問清楚了。」李副將回答。

程紹禟點點頭，將供詞摺好。「龐大人想來也快到了，善後之事便交由他處理。傳令下去，著眾將士好生歇息，養精蓄銳，三日後出發前往平州。」

「是！」李副將領命而去。

「將軍，咱們一下子殺了這麼多降兵，恐怕朝中會有些……」一旁的小穆替他整理好桌上的案卷，有些憂慮地道。

「無妨。」程紹禟拂了拂袖口，反問：「那你覺得那些人可該殺？」

小穆呆了呆，想到那日湖州百姓跪在將軍馬前，請求將軍為他們慘死的家人作主的一幕一幕，當即啐了一口，咬牙切齒道：「那些全是畜生，自是該殺！不殺不足以平民憤！」

「既是問心無愧，又何懼他人如何看待自己？」程紹禟平靜地道。

「是，將軍說得對！大丈夫行事，但求無愧於心，旁人看法如何又有什麼打緊！」小穆挺直腰板，朗聲道。

程紹禟微微一笑，拍了拍他的肩膀。「回去好生歇歇，還有不知多少場仗在等著咱們呢！」

平江以南僅是取下了湖州，接下來還有平州、雍州、宜州，可他剩下的卻只有不到三年的時間。待平江以南徹底平定後，便要繼續南下，一路平亂，直至……離島。

晉源，離你我兄弟再次相見的日子，只剩不到三年了。到時候，生生死死，恩恩怨怨，也該有個了斷了。

「……有福同享，有難同當，生死與共，不離不棄，皇天后土，共鑑此心！」

昔日鏢局兄弟結義的誓言猶在耳邊，他眸色幽深，也不知過了多久，才低低地嘆了口氣。

道不同，不相為謀。往日情義，難抵各為其主。

三日後，大軍拔營，程紹禟一身戎裝，騎著戰馬，領著眾將士出城，城門上懸掛著數十顆人頭，長髮覆面，見證著這座城池剛剛經受的一場劫難。

城外十里，路的兩旁站著不少拖兒帶女、衣衫破爛的百姓，待大軍越來越近後，不約而同無聲地緩緩跪下。

程紹禟看見這一幕，喉嚨一堵，雙唇微動，想要說些什麼話，卻發覺一句話也說不出來。

大道上，只有馬匹的「噠噠」聲、兵士整齊劃一的腳步聲，伴著飛揚的塵土漸漸遠去，也掩住了劫後餘生卻又大仇得報的不少百姓含淚的雙眸。

這一年，朝廷大軍在統帥程紹禟的帶領下，勢如破竹，先後平定湖州、平州之亂，直取雍州，而大軍所到之處，血流成河，程紹禟不論亂匪降或不降，該殺的絕不手軟。

待到次年開春之時，隨著雍州八縣中的六名知縣人頭落地，朝廷大軍再平定一城。

自此，大軍統帥程紹禟得了一個「煞神」的名號，關於他種種殺人如麻的事蹟，在民間迅速流傳開來。

啟元二年，皇后誕下嫡子，又逢雍州平定的捷報傳回，啟元帝趙贇龍顏大悅，不及嫡子百日便賜名「瑞」，是為祥瑞，足以看出他對嫡子之看重。

皇后拿著他御筆親書的「趙瑞」二字，遲疑良久，方道：「他到底還小，陛下如此盛寵，只怕他年紀小，受不住這天大的福氣。」

趙贇冷笑。「朕之嫡子，亦為天之驕子，又有什麼福氣是他受不起的？至於那些魑魅魍魎，若敢犯我兒，必教他們有來無回，徹底毀滅於天地之間！」

聽他這般說，皇后又是感動、又是嘆息，到底不再多言，只默默地在心中向八方諸神禱告，祈求神明護佑他們父子。

啟元帝加開恩科，錯過了上一科的各地舉子齊齊湧集京城，等待著即將到來的春闈。

凌玉挺著即將臨盆的大肚子，含笑聽著周氏眉飛色舞地說著新得的孫兒種種趣事，聽到楊素問新任娘親的手忙腳亂，她便不禁直想笑。

真是沒想到當初那個咋咋呼呼的直率傻丫頭，如今也為人妻、為人母了。

「媳婦誕下了長孫，此刻我便是雙眼一閉、兩腿一伸，也沒有什麼好遺憾的了。」說到最後，周氏長長地嘆息一聲。

沒能為凌家生下傳承香火的兒子，一直是她最大的遺憾，儘管相公從來不曾因為此事而怪過她半句，待她更是一如既往，可她卻始終覺得過意不去。

如今她總算徹底放下了心頭的大石，他日九泉之下也能坦然面對凌家的列祖列宗了。

凌玉聽罷蹙眉。「娘，您胡說些什麼！好好的怎說這些？若是讓爹聽到了，只怕又有一番囉嗦。」

周氏拍了拍嘴巴。「是是是，是娘不好，大好日子說這些。」

儘管周氏從來不曾說過，但凌玉多少也是知道她的心事。從前她一直氣不過爹爹性情專橫，把家中諸事都壓在娘親的身上，可如今年紀漸長，她的看法也漸漸有了改變。

她的老爹，縱然有滿身的毛病，但對子嗣的不執著並一力承擔無後的罪名這一條，便遠勝世上許多偉岸大丈夫。

「若妳姊夫此番能高中，妳姊便也算是熬出來了。」想到如今暫住在家中的大女婿梁淮升，周氏又忍不住一臉期待地道。

凌玉笑了笑，敷衍地回答。「是啊，到時再尋份好差事，姊姊便正式成了官夫人……哎喲！」

「怎麼了、怎麼了？」見她話音突變，周氏嚇了一跳，忙問。

凌玉勉強朝她露出笑容。「娘，我大概是要發動了……」

小石頭與趙洵、誠哥兒、昌哥兒幾個孩子圍著搖籃，看著裡面那小小的襁褓，吱吱喳喳地說開了。

「為什麼他的臉蛋不紅了？」

「為什麼他總在睡覺？都不會餓的嗎？」

「他這樣包著手腳，會不會不舒服？」

皇后含笑地聽著他們的童言童語，瞥了一眼明明板著一張臉，可一雙眼睛卻顯得異常明亮的趙贇。

她怎麼也沒有想到，陛下居然會有此閒心，帶著這幫孩子過來看出世沒多久的兒子。

下一刻，她便見他得意地揚了揚嘴角，隨即掩嘴佯咳一聲，威嚴地道——

「好了，你們也該回去繼續唸書了，不要再圍著朕的兒子吱吱喳喳個沒完沒了，吵到他睡覺，朕必不會輕饒你們。」

話音剛落，孩子們立即噤聲，齊刷刷地一字排開。「謹遵陛下之命！」

見他們如此聽話，趙瓚滿意地點點頭。隨即便見他們規規矩矩地魚貫而出，待出了門，便一窩蜂地往外跑。

「今日輪到我掄雙錘了，你們不能跟我搶！」

「誰跟你搶？你那小身板，能掄得起雙錘嗎？」

「不要瞧不起人！小石頭都能掄，憑什麼我就不能？」

「就憑他能壓著你揍！」

「哈哈哈，說得對、說得對！」

「那是以前！以前以前以前！」是誠哥兒氣急敗壞的聲音。

「要不你再與他比劃比劃，看這回還是不是一樣啊？」昌哥兒壞笑道。

「好啊好啊！輸了可不許哭鼻子！」小石頭興奮地接話。

「比就比，誰怕誰啊！」

笑鬧聲漸漸遠去，趙瓚嘴角抽了抽，自言自語般道：「朕怎麼覺得這幫兔崽子越來越不像話了……」

皇后「噗哧」一聲笑了出來，察覺他不悅的視線，連忙掩飾笑意，俯身將不知什麼時候醒過來的小皇子抱起來。

趙瓚探著頭望著皇后懷裡的兒子，眉頭都快要擰到一起。

「小殿下醒了也不吵不鬧，可見是個會心疼人的，將來必定是個孝順的孩子。」彩雲看到趙瓚湊過來的身影，連忙退到一旁，偷偷瞥了一眼他的表情，斟酌著道。

「這會兒倒是乖，若鬧起來的時候，真能把人給惱死。」皇后憐愛地道。

趙瓚繼續瞪著那張已經白嫩不少的小臉蛋。

小傢伙睜著一雙黑白分明的眼睛回望著他，片刻之後，小嘴一癟，哇哇哇地哭起來。

「他他他……他怎……怎麼了？怎麼突然就哭了？」趙瓚目瞪口呆，結結巴巴地問。

「想來是餓了。」皇后柔聲哄著兒子，隨口回答。

很快便有奶嬤嬤急急走了進來，抱著小皇子去餵奶了。

哭聲戛然而止，趙瓚也鬆了口氣，又略有幾分得意地道：「朕的嫡子，如何會是個被朕瞪幾眼便嚇哭的膽小鬼。」

皇后默然片刻，微不可見地搖搖頭。

「娘娘，陳嬤嬤使人來回，程夫人生了位小千金，母女平安。」正在此時，明月進屋來稟。

「小千金？」皇后先是一怔，隨即便笑了。「如此一來，程將軍夫婦也是兒女雙全了。」

趙瓚卻是皺了皺眉，嘀咕道：「小丫頭片子頂什麼用？還不如多生幾個兒子，將來父子同上戰場，那才算好呢！」

「……」皇后默然，權當沒聽見。

凌玉也沒想到這一回生產竟如此順利，抱著新得的小女兒在懷中時，她的臉上不禁揚起幸福的笑容。

王氏更是高興得合不攏嘴，不停地摩挲著手掌道：「老大家的，給我抱抱，給我抱抱。」

小孫女，嬌滴滴、軟綿綿的小孫女啊！她這輩子還沒有養過這樣的小姑娘呢！

凌玉見她如此歡喜，笑著將女兒小心翼翼地遞到她的懷裡。

屋裡的青黛、茯苓見王氏如此開心，可見確確實實是喜歡小孫女的，彼此對望一眼，均從對方眼中看到了釋然。

「娘、大嫂，也把小姪女抱出來讓我瞧瞧啊！」屋外的程紹安急得直跺腳。

王氏裝作沒有聽到，抱著孫女不肯撒手。「這丫頭長得像娘，性子麼，這會兒瞧著，倒是跟她爹小時候一般模樣，又省心、又乖巧。」

凌玉還是頭一回聽到她說起程紹禟小時候的事，用「省心乖巧」四個字來形容那個民間傳聞中的「煞神」，一時有些無法想像。

想到那個人，她不禁有幾分失神。他如今怎樣了？會喜歡她給他生的女兒嗎？什麼時候才能歸來？不停不歇征戰了這般久，身上可曾受傷？

「娘，我的弟弟呢？」小石頭興奮的叫聲伴著他的腳步聲傳進來。

凌玉還沒有說話，茯苓便笑著拉住要闖進來的小石頭，道：「不是弟弟，是妹妹喔！」

「妹妹？」小石頭愣住了。片刻後，他皺了皺鼻子，勉為其難地道：「好吧，妹妹就妹妹。」

程紹安笑著過來，在他肩膀上拍了一記。「妹妹才好呢，又乖又聽話，總比泥猴般的臭小子強。」

小石頭聞言嘆了口氣。「說起來，我也到了年紀。」

程紹安哭笑不得。「你到什麼年紀了？」

「狗都嫌的年紀。」小傢伙苦惱又無奈地回答。

程紹安再也忍不住，哈哈大笑。「確實到了狗都嫌的年紀了！」

屋裡屋外的人聽到叔姪倆的對話，都忍不住笑出聲來。

七、八歲的男孩子，可不是正處於狗都嫌的時候嗎？

趁著大人們都在笑，小石頭如同小猴子般，從婢女之間鑽進屋，迫不及待地撲向王氏。

「阿奶，我要看看妹妹！」

王氏被他嚇了一跳，連忙穩住身子，這才笑罵道：「真真是狗都嫌的泥猴，險些嚇了妹妹一跳。」一邊說，一邊微微伏低身子，好讓小石頭見見新得的小妹妹。

小石頭踮著腳尖望著襁褓裡的小小嬰孩，而後皺了皺鼻子，有些失望地道：「妹妹紅通通、皺巴巴的，才像隻小猴子呢，就跟大殿下的弟弟以前一般，還沒有我好看。」

王氏笑斥道：「小孩子家家的，知道什麼？你剛剛出生的時候也是這般模樣，待再過些日子，妹妹長開了，便是天底下最好看的小姑娘了。」

「真的嗎？」小石頭對她的話表示懷疑，不過再轉念想想，宮裡那小傢伙如今白白胖胖的模樣，他立即便相信了，高興地道：「那等妹妹長漂亮了，我就帶她一起玩。」

凌玉含笑地望著一雙兒女，心裡是前所未有的滿足。

「也好，小石頭長大了，如今又當了哥哥，確實該幫你娘照顧妹妹了。」王氏笑道。

「好的！小泥巴，我是妳哥哥喔！」小石頭笑呵呵地衝著小妹妹道。

「小泥巴？」凌玉怔了怔。

便是王氏也愣住了，問道：「誰是小泥巴？」

「妹妹啊！妹妹就叫小泥巴。我想過了，待娘將來再生了弟弟就叫小木頭。小石頭、小泥巴、小木頭，一聽就是一家子。」小石頭高興地回答。

「……」凌玉無言。

王氏商量地說：「……這名字……要不再換一個？」她嬌滴滴、軟綿綿的寶貝孫女，取這麼一個小名，當真是有些不般配啊！

「不好，就叫小泥巴！」小石頭卻執拗起來，「咚咚咚」地跑到凌玉跟前，撒嬌地搖著她的手道：「娘，妹妹就叫小泥巴好不好？」

「小石頭，真的，再改一個吧？要不叫小妞妞？又或者……或者叫小珍珠？」王氏不死心。

「不好，就要叫小泥巴！」

「這……」見他又犯了牛脾氣，王氏遂將求救的視線投向凌玉。

凌玉清清嗓子，摸摸兒子的腦袋瓜子道：「小泥巴就小泥巴，小石頭、小泥巴，再加個小木頭，嗯，恰好能蓋間小房子。」

見娘親都同意了，小石頭喜孜孜地又道：「我想過了，等娘把小木頭生下來後，就可以順便再把小房子也生出來了。」

凌玉突然生出一股搬石頭砸自己腳的感覺。

噗哧！茯苓與青黛不約而同地笑出聲來。

便是王氏也覺得好笑不已。

屋裡言笑晏晏，屋外的程紹安久等不到王氏把小姪女抱出來，又聽著裡頭傳出小石頭的說話聲，當下更急了。「娘，您好歹把小姪女抱出來讓我瞧瞧啊！我還不曾見過她呢！」

小泥巴滿月的這天，凌玉並沒有打算大辦宴席，只請相熟的人家前來聚一聚，畢竟程紹禟如今不在家中，凡事還是低調些處理才好。

哪裡想到，宮裡的皇后娘娘突然賜下賀禮，讓毫無心理準備的凌玉徹底愣住了，還是前來傳旨的內侍含笑提醒，這才慌忙上前謝恩。

「咱們的小泥巴可真是個有福氣的孩子，連宮裡的皇后娘娘都賞了賀禮前來。快快把東西都好生收起來，將來給小泥巴當嫁妝，也算是咱們家的頭一份。」王氏誠惶誠恐地吩咐著。

嫁妝……凌玉哭笑不得，望著懷裡打呵欠的小女兒。這麼一個小不點，自己還當真無法想像她將來嫁人的樣子。

承德宮中，小石頭一本正經地向庚太傅告假。「太傅，今日是我妹妹滿月的大好日子，我是當哥哥的，不能不在家，故而特意向太傅告假，請太傅准我早些歸家去，以恭賀妹妹滿月之喜。」

庚太傅也知道今日是程家新得的千金滿月的日子，自然不會不允，正想開口應下，便見趙贇不知什麼時候走了進來。

趙贇冷哼一聲。「不過一個小丫頭片子，也值得你這般高興？」

小石頭回頭一看，見是他，笑呵呵地向他行禮問安後，才迫不及待地道：「陛下你不知道，小泥巴是這天底下最好看的小姑娘了，再沒有比她更好看、更可愛的！」

趙贇嗤笑一聲。「大言不慚！你一個小毛孩，見了天底下幾個小姑娘，便敢說這樣的大話？也不怕閃了舌頭。再說……」他慢條斯理地拂了拂袍角。「小泥巴？就衝著這麼一個難聽的名字，也讓人無法想像她會是世間最好看的小姑娘。」

那程凌氏果真是沒見過什麼世面的婦人，居然給女兒取這麼一個既難聽又不雅的小名，真是……和小石頭這名字一樣簡單粗暴。

小石頭不服氣。「我就是知道！舅舅、舅母，還有小叔叔他們也是這般說！」隨即，他又搖頭晃腦地學著程紹安的模樣道：「小姑娘多好，又乖巧、又聽話，比泥猴子一般的臭小子強多了。」

趙贇黑著臉。「……」

庚太傅看著眼前這一大一小各不相讓，佯咳一聲，強忍著笑意道：「既如此，你便先回去吧！」

「多謝太傅！」得了允許，小石頭高興壞了，當即便向庚太傅行了大禮，而後又向趙贇告退，也不待他發話，便蹦蹦跳跳地離開了。

趙贇看著他歡天喜地地離開的身影，片刻之後，冷笑道：「當真是頭髮短，見識也短。」

庚太傅好笑地瞥了他一眼。

趙贇察覺他的視線，清清嗓子道：「朝廷加開恩科，春闈的日子眼看便到，原本朕是任命吏部尚書當主考官，不料他昨日舊疾復發，只怕難以履行職責，朕欲請舅舅代主考一職，舅舅意下如何？」

庚太傅哪有不肯之理？「臣領旨。」

趙贇伸手扶起躬身行禮的他。「舅舅不必多禮。」

只因有親人參加今科考試，故而凌玉也多少有些關注。隨著各地紛爭漸平，上科被耽擱在路上的舉子這一回都提前抵達京城，準備即將到來的春闈。

梁淮升更是記取上一科的教訓，提前半年從家中出發，如今便暫住在凌大春處安心備考。

此刻，楊素問正抱著小泥巴在懷裡逗樂。「到底還是姑娘好，這般乖巧，也不鬧人，不像我家那個，鬧起來能把人給煩死，早知道就生個女兒好了。」

楊素問與凌大春的兒子小灼兒，比小泥巴大六個月，已經會爬了，又是個好動的性子，大人們一個沒留意，便不知鑽進了何處。

凌玉覺得好笑。「既如此喜歡女兒，再給小灼兒生個妹妹不就行了？」

楊素問輕輕掂了掂懷中的小小姑娘，繼續道：「上回也不知他是怎麼爬到了大姊夫屋裡，把他的書冊弄得亂七八糟，你大春哥氣得拎起來就打，又忙給大姊夫賠不是，只我瞧著大姊夫那臉色，當真是氣得不輕，偏又不好說什麼，大半個月整張臉都是陰沈的。」

「讀書人最是愛惜書本，倒也不奇怪。想當年我不小心把爹的一本書給弄丟，還被他追了半個村子呢！」想到小時候那些事，凌玉也不禁抹了一把心酸淚。

楊素問「噗哧」一聲笑了出來。「我竟不知，妳還有這般淘氣的時候。」

凌玉又是一聲長嘆。「並非我淘氣，著實是個意外，意外！」

兩人正說笑著，小石頭急促的腳步聲伴著他的叫聲便傳進來。

「娘，小泥巴呢？」話音未落，人已經闖了進來，一見屋裡的楊素問，便乖乖地停下腳步。「舅母。」

「一些日子沒見，小石頭越發知禮懂事，像個好哥哥了。」楊素問笑著誇他。

小石頭近來最喜歡的便是人家誇他是個好哥哥，聞言得意極了，偏還要裝出一副謙虛的模樣道：「舅母過獎了，這些都是我應該做的。」

楊素問被他給逗樂了。

小石頭跑到她身邊，輕輕握著妹妹的小手，看著那張白嫩嫩的小臉蛋，真是怎麼看怎麼覺得可愛，比大殿下的弟弟可愛多了，也好看多了。

京城聚集了各地待考的舉子，客棧、酒樓等處人滿為患，飽讀詩書的年輕人聚集一處，自然便會有些爭論。

恰好此時，前線程紹禟又平定一城的捷報傳了回來，街頭巷尾都在傳著「煞神」程大將軍的事蹟，甚至還有說書人據此編了些故事，偏還吸引了不少百姓去聽。

隨著朝廷大軍繼續揮軍南下，啟元帝在朝堂上「以暴制暴」、「以惡治惡」的那番話也漸漸流傳，一石激起千層浪，當下在清流學子中引發了激烈的爭論。

民間自來便有關於啟元帝殘暴的傳言，如今啟元帝的這番話，更是坐實了這傳言，再聯想程紹禟統領的朝廷大軍連降兵都斬殺的種種事蹟，一時間，煞神之名流傳得越發廣了。

有人直接將程紹禟比喻成暴君手中的一把長槍，暴君指向哪兒便打向哪兒，這會兒領兵南下平亂，平一城又繼續下一城，所作所為，與暴君如出一轍。

自然，也有人認為，亂黨匪類自該千刀萬剮，程紹禟此舉，平民憤、慰民心，並無半分不妥。

爭論越來越激烈，而作為輿論中心的程紹禟卻不得而知，宮中的趙贇縱是有所耳聞也是嗤之以鼻，隨即拋之腦後。

唯有凌玉聽罷連連嘆氣。當初程紹禟還憂心陛下在民間聲譽受損，卻不承想轉眼便輪到了他。

「爹說讓妳不必在意，公道自在人心，說妹夫不好的，不過是站著說話不腰疼，人云亦云，引人關注罷了。」凌大春特意過府來勸她。「而替妹夫說話的那些人，大多來自平江以南一帶，這些人親身經歷過被亂黨匪類禍害之苦，他們的話，才更能說明陛下與妹夫的決定並沒有錯。」

凌玉沈默片刻，忽地問：「我聽聞姊夫昨日從你們家中搬走了？」

凌大春一愣，隨即道：「是有這麼一回事。聽他說是結識了幾位飽學之士，大概是想著彼此有個照應，也能交換一下看法心得吧！」

凌玉點點頭。「原來如此。」

「……妳是不是想說什麼？」凌大春有幾分遲疑地問。

「你指的是哪方面？」凌玉反問。

「就是關於大姊夫的。」

凌玉替他續上茶水，不緊不慢地道：「我只是覺得他在這個時候搬走，許是另起了心思。畢竟你也是知道的，讀書人最看重的便是名聲，如今紹禟在民間飽受爭議，名聲並不怎麼好，而他臨考在即……」

凌大春一聽便明白了，皺起了眉。「妳是懷疑他害怕紹禟連累到他，所以才會搬走的？」

「但願是我多心了。」

凌大春低斥道：「確實是妳多心了，一家子骨肉，心裡哪會有這般多的彎彎繞繞？大姊夫一早就提出想要搬出去，也是為了能多與飽學之士接觸、開開眼界，對他日後應考多有幫助，只是爹娘一直不同意。如今因為小灼兒整日鬧騰，爹怕耽誤了他溫習，故而才鬆口同意他搬出去的。」

凌玉點點頭。「原來如此。」

「妳一個婦道人家，安安心心在家裡侍奉婆母、教養孩兒便是，旁的操那麼多心做什麼？還有，妳名下那幾家鋪子，我也替妳物色了信得過之人，日後把生意交給下頭的人打理，妳只要對鋪子裡的帳目做到心中有數、不輕易教人矇騙了便是。」

「你放心，我都知道了。改日你便把人帶來我瞧瞧，若當真是個好的，我也樂得輕鬆自在些。」凌玉哪有不允之理。

隨著程紹禟在朝野上下越發引人注目，身為他的夫人，她也要更加注意自己的一言一行，千萬莫拖了他的後腿才是。故而她名下的那些生意，確實需要交給下頭信得過之人去打理，她只需要關注府裡之事便可。

「至於留芳堂的生意，妳更不用擔心了，一切有我，必不會教妳虧了銀子便是。」凌大春又道。

留芳堂的生意越來越好，他已經在物色下一家分鋪了。不過他也不是有多大野心之人，沒有想過要正式入商籍，故而並沒有打算把生意擴大，反正只要好生經營著，賺的錢也夠他們一輩子的花銷了。

凌玉多少知道他的打算，士農工商，別說他沒有入商籍的打算，便是有，以她老爹的性子，必是不會同意的。

「我怕什麼？若是虧了銀子，只管找素問嫂嫂要去！」她促狹地道。

凌大春啞然失笑。

娘子與妹妹同聲同氣，他這個做相公的，在娘子心裡的地位還不如妹妹，也不知這是好還是不好了？

轉身離開的那一刻，凌大春臉上的笑意便斂了下來。

方才他雖然斥責凌玉多心，但其實初聽聞梁淮升要搬走時，他也曾想過這樣的可能。只是想著畢竟是一家人，長姊凌碧素來與他們親近，又是那樣溫和的性子，他也不希望彼此間生出什麼嫌隙來。

對於梁淮升搬走一事，凌玉很快便拋於腦後，畢竟隨著小泥巴一日大過一日，她需要耗費的精力便越發多了；再加上還有個處於「狗都嫌的年紀」的小石頭，不時給她闖出些禍來，教她忙得分不開身，哪還有那份閒心去理會旁人之事？

春闈過後，她也只是依禮送了些補身子的物品給梁淮升，至於他考得怎樣，她就沒有再關心了。反正上榜名單一公布，她總是會知道的，便是梁淮升沒有考上，她也不會太過意外，畢竟上輩子到她死的時候，他也一直只是舉人。

小泥巴滿百日那日，凌玉不但再次收到皇后的賞賜，便連向來不曾往來過的吏部尚書、大理寺卿等朝廷重臣府裡也送來了賀禮。

緊接著，其他朝臣也陸陸續續地送了賀禮過來，讓一向寂靜的程府門前車馬如龍，進進出出之人絡繹不絕。

好在他們也知道府裡的男主人不在，故而並未久留，送上了賀禮、混個臉熟便知趣地走了，倒教凌玉省心不少，只覺得大戶人家果然是大戶人家，行事處處周到體貼，讓人生不出半點惡感。

「也不知紹禟如今怎樣了，到底什麼時候才會回來？總不會到小泥巴會說、會走了，他才能回來吧？」待賓客散去後，王氏抱著越發玉雪可愛的孫女在懷裡，有些擔心地道。

「娘放心，相信再過不了多久他便能回來了。」凌玉安慰著，生怕她再胡思亂想，忙道：「我給小泥巴取了個名字，娘您且聽聽好不好？」

「是什麼名字？」王氏頓時來了興趣。

「小泥巴五行缺水，我想著，要不乾脆叫三水……」

「三水?!」王氏不可思議地瞪大眼睛。

凌玉清清嗓子。「不是，是三水淼，三個水疊在一起的淼，程淼。小石頭與小泥巴，程三石與程三水，剛好，一聽便知道是兄妹。」

「好啊好啊，就叫程淼！一聽就知道是我的妹妹！」王氏還沒有說話，小石頭便高興地叫了起來。

小泥巴、程三水……王氏突然有些同情孫女。怎地就攤上了這麼一個娘，還有這麼一個哥！不過好在這個娘還知道依據五行屬相來取名，也不至於太過亂來。

「那這樣的話，以後小木頭是不是要叫程三金？」小石頭皺著小眉頭想了片刻，忽地出聲。

「不，叫程咬金。」凌玉面無表情地回答。

茯苓、青黛當下沒忍住，笑出聲來。

便是王氏也是哭笑不得，沒好氣地道：「盡瞎說！哪有妳這樣當娘的！」

小石頭撓撓耳根，知道娘親是在逗自己，也跟著傻呼呼地笑起來。

凌玉笑著捏捏他的臉。「左一句小木頭，右一句小木頭，妹妹才來沒多久呢，又想著要弟弟了。」小木頭沒有，千里之外倒有個大木頭，大木頭一日未歸，小木頭就別想來了。

王氏懷裡的小泥巴忽地「咿咿呀呀」叫起來，彷彿在附和著娘親的話，也瞬間把方才還想著小木頭的小石頭的注意力給吸引過去。

梁淮升中了同進士的消息傳來時，凌玉正逗著女兒說話，小丫頭咬著小手，睜著一雙圓溜溜的大眼睛，懵懵懂懂地望著她，半晌，便笑呵呵地往她懷裡撲。

凌玉笑嘆著抱住女兒，聽到青黛稟報喜訊時不禁有些意外。這輩子竟是中了？

小丫頭見娘親突然不理自己了，揮著肉肉的小手就往凌玉臉上拍。

凌玉回過神來，握著那作惡的小手，回頭吩咐青黛。「準備一份賀禮送去吧！」

青黛應聲退下去準備。

如今梁淮升仍住在他早前租住的地方，並沒有搬回凌大春家中，凌玉也懶得再理會他心裡在想什麼，反正事事處處只要盡到親戚情分，不教旁人抓到半點痛處便是。

女婿高中，凌秀才可是高興壞了，雖只是個同進士，但也足以讓他歡喜得整日眉開眼笑。

梁淮升雖是有些遺憾沒能進入二甲，但自己的本事自己清楚，此回能進三甲已是相當不錯了，畢竟今年赴考的舉子為歷年之最，偏錄取的人數卻沒有因此增加。

「梁兄，恭喜高中啊！接下來便是安心等著朝廷授官了，以你的人脈，一個肥缺必是少不了的。」不久前還與他稱兄道弟，此回卻是名落孫山的一名舉子酸溜溜地道。

「他日梁兄平步青雲，記得多多關照小弟我才是。」另一個同樣榜上無名的舉子意有所指地道。

「當真是考得好不如有個好親戚啊！憑著梁兄與煞神將軍的裙帶關係，只怕連今科一甲那幾位的前程都未必及得上梁兄你啊！」名次排在他後面的一位同鄉陰陽怪氣地道。

梁淮升的臉色當即便沈下來，惱道：「梁某今日所得一切，全是憑著一己之力，今後也不屑攀扯他人富貴！」

「梁兄何苦把話說得這般滿？程大將軍在前線連連得利，眼看著不日便會班師回朝，到時候封侯封爵，滿門富貴，梁兄與他乃是連襟，若得他扶持，將來的前程真真是不可限量啊！」

「同人不同命，誰讓你沒娶個好娘子，結一門好親，如今只怕是羨慕不來了。」

「罷了罷了，那樣殘暴嗜血、視人命如草芥的莽夫，吾輩讀書人才不屑與之為伍。」

那三人旁若無人的說話聲在梁淮升耳畔響著，也讓他的臉色越發難看，正想要反駁時，忽地見前方有程府的家僕抬著賀禮過來。

那三人同樣認出來人馬車上的標記，當即輕蔑地瞥了他一眼，結伴離開了。

梁淮升緊緊地握著拳頭，氣得身子都在顫抖。

第三十六章

半年之後，程紹禟徹底掃平平江以南一帶的紛爭禍亂，自此，真真正正地結束了自先帝晚年以來的民間不太平。

而這一切，比趙贇給他的三年期限提前了足足一年。

啟元帝龍顏大悅，竟不顧程紹禟仍在千里之外，便下旨冊封他為平南侯。

朝臣一片譁然，卻無人再敢多說什麼。

畢竟以程紹禟立下的這天大功勞，封侯無可厚非。況且，明眼人都能瞧得出，這平南侯乃是陛下的心腹重臣，如今又有軍功傍身，不說位極人臣，至少得封高位是早晚之事。

陛下存心要扶平南侯上位，他們再多言又能頂得什麼用？

趙贇本以為必會有老古板出來反對，不承想朝臣們也就只是初時稍有些震驚，很快便坦然接受了。他有些納悶，這幫老匹夫什麼時候變得這般好說話了？虧他還準備了滿腹的話對付他們呢，竟是毫無用武之地。

旨意傳達至程府的時候，凌玉等一眾人都有些懵了。

還是小石頭率先反應過來，高興地道：「我爹爹是侯爺了！我爹爹是侯爺了！」

「侯爺了、侯爺了！」揪著娘親裙裾的小泥巴笑呵呵地學著哥哥的話，發音竟是相當準確。

兄妹二人的歡喜很快便感染了在場眾人，凌玉笑著彎下身子將小ㄚ頭抱起，在眾人的道喜聲中豪爽地道：「每人賞一個月月銀！」

話音剛落，歡呼聲四起。

小泥巴窩在娘親懷裡，也學著眾人一般，拍著小手直樂呵。

「皇后娘娘一直念叨著大姑娘，只說這般久了卻一直無緣得見，侯夫人若哪日得空，不如帶著大姑娘進宮向娘娘請個安？」那內侍又笑道。

「勞娘娘惦記著，卻是妾身的不是了，明日必親自向娘娘請罪。」凌玉將女兒交給青黛，忙道。

皇后娘娘一直對他們家關照有加，自小泥巴出生後更是賞賜不斷，只小ㄚ頭年紀尚小，好幾回進宮都不方便帶上她，如今小ㄚ頭已經滿週歲，也是時候進一回宮裡了。

翌日，凌玉一大早便起來，梳妝打扮好，再到女兒屋裡，見小ㄚ頭已經被青黛打扮得如同小仙童一般，正衝著她笑呵呵。

她幾步上前，捏捏小ㄚ頭的臉蛋。「這是打哪兒來的小姑娘呀？」

小泥巴撲閃撲閃著眼睫，仍是衝她呵呵地笑，半晌，糯糯地喚：「娘……」

「娘、小泥巴，都準備好了嗎？快走咯、快走咯！」小石頭興奮的叫聲傳了進來。

凌玉應了聲，奶嬤嬤上前來把小泥巴抱起，母子三人便坐上了進宮的馬車。

皇后含笑望了望對面一本正經地對著弟弟唸書的趙洵，神情一片柔和。下首，蓉貴嬪正認真地向她回稟著宮務。

「妳安排得很好，有妳在，本宮也沒什麼好不放心的。」待蓉貴嬪回稟過後，皇后才微微點頭道。

「能為娘娘分憂，是妾身的福氣。」蓉貴嬪恭敬地回答。

「娘娘，平南侯夫人帶著大公子與大姑娘在殿外候旨。」有小宮女進來稟報。

皇后一聽便笑了。「快傳！」

話音剛落，她便看到凌玉帶著一雙兒女走進來，視線一下子便落在奶嬤嬤懷裡的小泥巴身上。見她正好奇地睜著一雙黑白分明的眼睛四處張望，片刻，衝她露出一個甜滋滋的笑容，小手指著離她不遠處的二皇子，「啊」了一聲。

見蓉貴嬪也在，凌玉也不意外，畢竟她也算是進宮好幾回了，知道蓉貴嬪如今是皇后娘娘身邊的得力助手，協助皇后處理六宮之事，深得皇后信任。

原本正乖巧地聽著皇兄唸書的二皇子，聽到叫聲也抬頭望了過來，一眼便瞧到了一個與自己一般大的小姑娘，當即也興奮地跟著「啊啊」叫起來。

小泥巴一聽，似是要與他比賽一般，又是一聲更響亮的「啊」。

二皇子也不落後，「啊啊」地叫得越發大聲了。

兩個小傢伙互相衝著對方「啊啊」直叫，讓皇后與凌玉等人險些笑岔了氣。

「這小丫頭可真逗趣，快抱來讓本宮好生瞧瞧！」皇后好一會兒才斂下笑聲，朝著小泥巴招招手。

凌玉笑著從奶嬤嬤懷裡抱過女兒，逕自把她抱到皇后坐著的那張寬軟的長榻上。

小泥巴的屁股一沾到長榻，便立即四肢並用，朝二皇子所坐的方向快速爬過去。

皇后與凌玉一時抓她不著，看她飛快地爬到二皇子身邊，一屁股坐在二皇子跟前。

趙洵與小石頭瞧得有趣，坐在一旁看著兩個小不點咿咿呀呀地互叫一通。

「這小丫頭手腳可真有勁，可會走路了？」皇后含笑地望了望那兩個小傢伙，問道。

「能扶著人走幾步，再遠的恐怕還不行。」凌玉回答。

「與瑞兒一般，瑞兒亦是如此，若有人扶著，倒能走幾步。」提到兒子，皇后臉上的神情一片柔和。

蓉貴嬪臉上漾著得體的笑容，不著痕跡地望了望凌玉，又瞧了瞧小石頭兄妹，微垂眼簾，起身告退。「娘娘有貴客，妾身便不打擾了。」

皇后也無意挽留，略略叮囑她幾句便讓她離開了。

臨出門時，蓉貴嬪又忍不住止步回頭，看著身後凌玉臉上滿足歡喜的笑容，輕抿了抿雙唇，神情略有幾分羨慕。

兒女雙全……只可惜這輩子自己大抵沒有機會生兒育女了。

她微不可聞地嘆了口氣，終於轉身離開。

出了鳳藻宮，正要坐上轎輦，迎面便見去年新入宮的明貴人，看著對方恭恭敬敬地向著自己行禮，她忽地也生出一股滿足感來。

出身名門的貴女又如何？如今瞧見自己，不也一樣要老老實實地行禮問安嗎？

除了陛下的寵愛，權勢、地位、榮華富貴，曾經她一直想要的這些，如今基本上都得到了，這豈不是更加說明，當日她所作的選擇並沒有錯嗎？

鳳藻宮裡的皇后問了些小泥巴在家中的趣事，又說起了二皇子讓人哭笑不得的事蹟，末了還問起楊素問的兒子小灼兒。

凌玉同樣挑了些小灼兒做的讓人捧腹的趣事向她一一道來，越發讓皇后笑聲不斷。

凌玉還是頭一回見素來端莊的她笑得這般愉悅，不似前些年那種得體矜持的淺笑，而是發自內心的歡喜，可見二皇子的出生，當真是令她放下了心中包袱，正如自己的姊姊凌碧一般，生了小虎子後整個人才像是真真正正輕鬆了。

「啊?!打架了、打架了！」

小石頭與趙洵的驚叫聲忽地響起，兩人回頭一看，便見小泥巴與二皇子不知什麼時候扭打在一起，你用胖腳丫踹我、我用小肉手打你，你來我往，各不相讓。

尤其是小泥巴，忽地一個翻身，圓滾滾的小身子便壓向了二皇子。二皇子不甘落後，藕節般的四肢用力蹬著，一個用力，便把小泥巴從他身上給蹬下去，而後「啊啊」叫著，乘機壓上去。

一旁的小石頭與趙洵叫著「打架了、打架了」，卻沒有上前去制止兩個越打越瘋的小不點。

凌玉與皇后哭笑不得，正要上前去把那兩個無法無天的小傢伙抱開時，忽地，一個身影突然衝進來，凌玉只覺眼前一花，對方便已經一把將又與小泥巴滾在一起的二皇子給抱起來。

「陛下！」

「父皇！」

小石頭與趙洵的叫聲先後響了起來，隨即便是聞訊而來的宮女跪了滿地的聲音。

凌玉也急忙下跪。

皇后起身上前，行至抱著二皇子、正皺眉與小泥巴大眼瞪小眼的趙贇身邊。「陛下怎地這會兒過來了？」

趙贇沒有回答她，越發瞪著小泥巴。

小石頭「咚咚咚」地幾步上前，把小泥巴從長榻上抱起來，得意又響亮地道：「我妹妹！」

二皇子在父皇懷裡掙扎，衝著小泥巴又是一陣「啊啊啊」地叫，見父皇沒有理他，而凌玉也已經上前接過女兒請罪欲退下，當下急得大叫。「妹妹！」

他這一叫，皇后便笑了。

倒是小石頭有些不高興地嘀咕道：「又不是你妹妹，亂叫什麼。」

皇后把兒子接過放上長榻，整了整他身上被扯得皺巴巴的衣裳，捏捏他的小手，含笑道：「既知是妹妹，為何要與妹妹動手？」

二皇子銜著小泥巴又是一聲叫。「妹妹！」

小泥巴本是瞪著他的，聽他這樣叫自己，陡然別過臉去，把臉蛋藏在娘親懷裡，一副不想看到他的模樣。

凌玉滿臉無奈。

倒是皇后瞧得有趣，「噗哧」一聲笑了出來。

「最好看、最可愛？」趙贇望著小石頭，一臉懷疑地道。

小石頭挺了挺胸膛，脆聲回答。「是啊！」

凌玉把女兒放下來，同樣替她整理衣裳，又順了順她軟軟的頭髮，柔聲哄了她幾句。

小丫頭便乖乖地向趙贇拱拱手，軟糯糯地喚道：「陛下。」發音竟也是正得很。

趙贇愣了愣，微眯著雙眸打量眼前的小丫頭，見她臉蛋紅撲撲的，一雙烏溜溜的眼睛撲閃撲閃著，正歪著腦袋瓜子好奇地望著自己。片刻之後，小丫頭轉過身，抱著娘親的腿，小身子躲在娘親身後，只探出半邊腦袋繼續望過來。趙贇挑了挑眉，明明方才打架打得挺爽快的，這會兒倒是知道害羞了？真是個奇怪的凶丫頭！

凌玉不欲打擾他們，連忙告辭。

皇后含笑應允。「知道妳府裡事忙，本宮也不多留妳，只若是得了空，務必多帶著小泥巴進宮來，本宮很喜歡這孩子。」

凌玉笑著應下來，這才帶著一雙兒女退了出去。

「妹妹！」一見小泥巴被抱走，二皇子越發急了，掙扎著竟打算從長榻上下來。

「這是怎麼了？方才不是打得那般厲害嗎？」趙贇不解地望著兒子。

趙洵連忙上前，幫著皇后哄弟弟。

「小孩子打架，這頭打，轉頭又和好了，哪能當真？」皇后瞋了他一眼，又道：「況且小泥巴那孩子也確實讓人喜歡，瑞兒哪得見這麼一個與他年紀相仿的孩子？便是打架，多半也是因為心裡喜歡。」

趙贇把眉頭擰得更緊了。這是什麼歪理？打架也是因為喜歡？

「你可曾與小石頭打過架？」趙贇忽地轉過頭去問趙洵。

「打過啊！」趙洵下意識地回答，隨即便有些心虛地低下頭去，不敢看他，生怕被他好一頓責罵。

是這樣的嗎？趙贇越發懷疑了。他生下來便是高人一等，那幾個皇弟在他跟前也是規規矩矩的，別說與他打什麼架，便連對他大聲說話都不敢。至於其他朝臣家的孩子，就更加不可能了。

平江以南平定後，朝野上下都在等著大軍凱旋，凌玉與王氏同樣翹首以盼，更是不時在小泥巴耳邊說著爹爹的種種英雄事蹟。

每回聽她們提到爹爹時，小石頭都會放下手邊正忙的事，搬著小凳子坐到她們身邊，托著下巴認認真真地聽著。

反倒是小泥巴，聽了一會兒，覺得有些無聊，不是撅著屁股爬開，便是打個呵欠翻過身去，用小屁股對著她們。
凌玉每每見狀，只能無奈地在那肉肉的小屁股上拍兩下，聽著小丫頭不滿的「啊啊」聲，微微一笑。
「也不知這孩子的性子像誰，娘您早前還說像她爹，可她爹也不是那種膽大包天敢與人動手打架的性子啊！」一想到那日小丫頭與二皇子滾打在一起的情形，凌玉便忍不住一陣嘆氣。她哥哥似她這般小的時候，還不曾幹過這樣膽大包天之事呢！也不知這小丫頭是怎麼回事，虧得皇后娘娘大度，陛下也難得地寬容一回，否則還真不知怎麼收場。「待她爹回來，不會被自己女兒這樣的性子嚇一跳吧？」她自言自語地道，越發期待那個人的歸來。
不承想隔了幾日後，程紹禟率領大軍繼續南下，意欲攻下離島的消息便在京城中傳開了。
凌玉聽罷，大吃一驚。
離島？如今不是齊王的地方嗎？陛下竟然又讓紹禟去對付齊王?!
直到大軍繼續南下，小穆才終於明白為何之前程紹禟一直研習著水戰，打下平州城後，又特意請了當地有名的匠人過來。原以為他是為了對戰宜州水匪而準備，如今看來，只怕在很早的時候，他與陛下便已經有了攻下離島的打算。
「你可還有其他事？」見他稟完事後只是站著一動也不動，程紹禟奇怪地問。

小穆遲疑片刻。「唐大哥還在離島嗎？」

程紹禟合上密函，平靜地回答。「據探子回報，他如今是齊王身邊最得力的護衛。齊王身邊，文有晏離，武有唐晉源，也正因為有這兩人的全力相助，齊王才能在短短不到一年時間便取離島萬氏而代之。」

小穆沈默了。離島原被萬氏所占據，齊王當年兵敗逃上島，雖是朝廷親王，可萬氏又豈會甘心讓出手中權柄？自然又是好一番爭奪。

「小穆，此番與離島對戰，你便不要參與了，留在宜州城，協助龐大人處理戰後宜州城諸事。」程紹禟緩緩又道。

「為什麼？大哥，為什麼我不能去？」小穆一聽便急了。「你是不是怕我對唐大哥下不了手？」

程紹禟搖搖頭，有幾分悵然地道：「我只是希望，當日的兄弟情誼至少不要悉數褪去。」

小穆怔了怔，很快便明白他的意思。他是希望至少保留著自己與唐晉源的兄弟情誼，唯有如此，才能為當日鏢局的兄弟情誼留下一份實實在在的見證。

「我明白了，我會留下來協助龐大人。大哥，你要一切小心，記得不論何時，嫂子與小石頭還在京城等著你回去。」

程紹禟頷首。「你先回去歇息吧，我還有些事要處理。」

「那我先走了，大哥也記得早些歇息。」

待小穆離開後，程紹禟垂下眼簾。

與齊王此仗，只許勝，不許敗，否則，他再無顏面對身後跟著他出生入死的將士們，更無顏面對金鑾殿上一再寬恕自己的君王。

這一晚，離島上的齊王府書房燭光通明，趙奕召集心腹臣下商議著如何應對即將到來的大戰。

「朝廷大軍來勢洶洶，不知諸位可有退敵之策？」趙奕身上穿著並不名貴的衣袍，經過多年的風霜，臉龐也褪去了曾經的白淨，便連曾素為人所稱頌的溫文氣度，也被沈穩冷然所取代。

離島畢竟只是個小島，島上物產不豐，只是因為天然的地理位置，遠離了中原的種種紛爭，但生活條件不說與京城相比，便是比之他的封地長洛城也是遠遠不及。

眾臣下你望望我、我看看你，一時誰也想不出什麼行之有效的計策，便是晏離也只是皺著雙眉，並沒有說話。

「程紹禟的大軍雖有勇不可擋之名，可畢竟中原與離島隔江望海的，在陸地上驍勇，在水上卻又未必了。」有人遲疑著道。

「非也，在宜州時，程紹禟的大軍便已經展現了水上作戰的厲害，咱們可不能掉以輕心。」

「雖是如此，咱們這些年來也一直在防備朝廷會派兵前來，便是兵力不及他們，防守之力卻還是有的。」

「若僅是靠防守，又防得了幾時？朝廷大軍一日不退去，咱們便一日不得安生，姓萬的老匹夫不定還會使什麼幺蛾子出來添亂。」

眾人你一言、我一語。

趙奕皺著眉，望向一言不發的唐晉源。「晉源，你的意思呢？」

唐晉源抿了抿薄唇。「此仗是免不了的，以我對程……紹禟的了解，此番若不能攻下離島，他必不會善罷甘休。」再相見之日，便是生死決戰之時。這些年來，他一直記得當年割袍斷義時，程紹禟說出的那番話。故而，這一回，誰也避不過去，必是要切切實實地有個了斷。

趙奕有些不甘，可也知道他說的是實話，此仗確實無法避免。

眾人討論了大半宿，也沒討論出個所以然來。趙奕揉揉額角，無奈地揮揮手讓他們離開。

大家都很清楚，以他們的兵力，根本無法抵抗朝廷的大軍，縱是一時占著地理位置優勢能抵擋一二，時間若是長了，終有支持不住的時候。

便是晏離也沒想到朝廷的大軍會來得這麼快，本以為至少要三年或者更長的時間。

走出書房，他仰頭望望夜空，良久，長長地嘆了口氣。

以如今齊王的兵力要與朝廷大軍對戰，不亞於以卵擊石，根本毫無勝算。

當年他在兩軍陣前以恩挾報，逼著程紹禟放了齊王，這一回程紹禟恩義兩消而來，自然是全力以赴。

「先生素有足智多謀之譽，難不成此番對著即將到來的朝廷大軍竟也是束手無策嗎？」身後忽地響起了女子的聲音，晏離回頭，行禮道：「王妃娘娘。」

齊王妃定定地望著他，又問：「又或是先生很清楚此戰的結局，知道咱們早已到了無力回天的地步，故而才會對月長嘆？」

晏離又是一陣沈默。

齊王妃也沒想過他會回答自己，學著他的模樣仰望夜空，喃喃地道：「其實這一日早晚都會到來的，早些塵埃落定也好，至少不用日夜提心吊膽，不知道什麼時候才有個盡頭。」說完，她也不再看他，轉身便離開了。

回到屋裡，卻發現趙奕不知什麼時候來了，正坐在桌旁自斟自飲。

趙奕聽到腳步聲抬頭一望，見是她，臉上露出溫柔的笑容。「夜裡涼，怎地不多披件衣裳才出去？」

齊王妃怔怔地望著他良久，終於緩步行至他的身邊坐下，奪下他手上的酒杯，平靜地道：「王爺這是借酒消愁嗎？」

趙奕也不在意，只是笑道：「愁？事已至此，本王哪有什麼可愁的？只是不能為母妃報仇，縱是死了，也有些不甘心。」

「王爺始終堅信母妃之死並非先帝的旨意，乃是新帝假傳聖旨，借先帝之手殺了母妃。」齊王妃淡淡地道。

「難道不是嗎？」趙奕反問，隨即搖搖頭道：「如今再說這些又有什麼用？」

「你也累了，我讓人準備熱水，先沐浴更衣後便安歇吧！」

「也好。」趙奕應下。

看著他進了淨室，齊王妃終是低低地嘆了口氣。

月光透過紗窗照進屋裡，映出床上交疊著的一雙人。

齊王妃悶哼一聲，承受著身上男人的給予，忽地聽到那人在耳邊啞聲道——

「妳不願為我孕育孩兒是對的，畢竟一個朝不保夕的男人，又有什麼本事去保護他的妻兒？」

她心口一緊，下意識地攥緊了手，腦子裡只閃過一個念頭——他知道？知道自己這兩年一直偷喝避子湯？她張張嘴想要說些什麼，可最後還是什麼也沒有說出來。

趙奕似乎也不在意，只是翻來覆去地把她折騰。

待她倦得昏昏沈沈想要睡過去時，卻聽那人在耳邊低聲問——

「若有下輩子，咱們只當一對平平凡凡的夫妻，不會有別人，也不會有什麼紛爭，可好？」

她睏得眼皮都撐不開了，如同夢囈般回答。「不好……」

趙奕身體一僵，隨即苦笑，摟著她在懷裡，喃喃地道：「還是這樣的性子，半點希望也不留給別人。都到這般地步了，哪怕是說句謊言騙一騙我也好啊！」

回應他的，只有懷裡傳出來的均勻呼吸聲。

他發出一陣若有似無的嘆息，低下頭去，望著早已沈沈睡去的嬌顏。

時光似乎特別關照她，這麼多年過去了，她的容貌卻是半點也不曾老去。睡著的她，瞧來是那樣柔弱，可一旦醒過來，卻又是那個言辭鋒利不饒人的齊王妃。

她其實一直沒有變，變的只是自己的心態。

隨著程紹禟的大軍越發逼近離島，凌玉便越發擔心，可卻又有些矛盾，既希望程紹禟能徹底攻陷離島，結束這場戰事，但又不希望島上的齊王妃，甚至還有唐晉源有個什麼三長兩短，畢竟這兩人都對她有恩。

尤其是想到已經多年下落不明的唐晉源之妻明菊，她又不禁一陣嘆息。

也不知為何，只要想到不知所蹤的明菊母子，她便不由得想到上輩子的自己。當年京城大亂，齊王趁亂逃出京去，明菊一個婦道人家，身邊又帶著年幼的兒子，能去哪裡？

「娘！」

正想著舊事，身邊便響起小泥巴不滿的叫聲。她低下頭去，見女兒嘛著小嘴，委委屈屈地望著自己。

「這是怎麼了？小小年紀，脾氣壞，膽子也大，也不知像誰？」她無奈地把小丫頭抱起。

「像誰？自然是像妳！」周氏握著外孫女的小手，沒好氣地回答。

「像我？我怎會是她這般的性子。」

「怎地不會？妳小時候脾氣比她還要更壞些，還能把大妳兩歲的堂兄打到見了妳便怕，這膽子算不算大？」周氏嗔道。

凌玉張口結舌。「娘，您不能為了討外孫女的好，便胡謅這些事來詆毀我啊！」

「怎地？不相信？當年妳不過才四歲，妳三堂兄搶了妳半塊饅頭，便被妳追著滿院子打，到後來還坐在人家肚子上，生生地把饅頭從人家嘴裡挖出來呢！」

凌玉背過身去咳起來，好一會兒才堅決地道：「撒謊，肯定是撒謊！我才不會做這樣噁心的事！」從人家嘴裡挖饅頭？多髒啊！她才不會做這樣的事！

周氏哼了一聲，摟過外孫女在懷裡。「相比之下，小泥巴不知乖巧了多少倍。」

凌玉雙唇抖了抖，飛快地四下望望，見屋裡只有她們祖孫三代，小石頭不在，這才暗暗鬆了口氣。幸好幸好，幸好兒子沒有聽到自己小時候的這些彪悍事，女兒又小，聽不懂，不要緊、不要緊。

「盡瞎說！」她清清嗓子，生怕周氏又會再扯些讓她沒臉的往事，連忙轉移話題。「姊姊果真來信說要上京來了？」

「這還能有假？這會兒已經快要到京城了。畢竟妳姊夫在京裡候了大半年，還不知要繼續候到什麼時候，妳姊上京來陪他也是好事。夫妻之間，離得太久太遠總是不好。」周氏道。

凌玉笑了笑。「娘說得有理。」

梁淮升中了同進士的興奮勁，隨著漫無止境的候職已經消去了，到後來，看著有名次排在他後面的，高高興興地拿著吏部的任職文赴任，再一問，得知對方乃是京中某位大人的遠親，故而才能以同進士的出身拿到肥差。他終於醒悟，若是沒有人脈，便是有了功名，只怕想要出頭也不是容易之事。

榜上有名之人那般多，除了一甲的那三位，其餘的若不是有些門路，哪會這般容易拿到好差？

再到後來，又聽聞那位嘲諷過他與程紹禟連襟關係的同鄉，已經託人打算走平南侯府的關係時，一時暗恨。

四處碰壁之下，他已經起了幾分悔意，只覺得自己當日不該從凌家搬出來的，否則這會兒憑著凌大春的關係，不時往平南侯府走動走動，說不定差事早就下來了。

儘管有心想要回凌家，只是又拉不下臉來，想了又想，便想到了遠在家鄉的凌碧。

對凌碧的到來，凌玉可謂高興極了，畢竟自當年在程家村別過後，她們姊妹又有兩年多的時間不曾見過，而凌秀才與周氏則是比她更久不曾見過長女了。

如今一家團聚，小石頭沒多久便與初見面的表弟小虎子混熟了。五歲的小虎子一臉崇拜地望著彷彿什麼都會的小表哥，眼睛閃亮閃亮的，看得小石頭得意極了。

凌玉則拉著凌碧十歲的女兒棠丫在身邊，左看右看，真真是越看越喜歡。

這小姑娘又乖巧、又懂事，更是心靈手巧，瞧她送給自己的荷包，那繡功，雖仍有幾分稚嫩，只假以時日，必定會了不得。

「若是將來小泥巴有棠丫一半這般乖巧懂事，我也就放心了。」她摟著棠丫喟嘆道。

凌碧一會兒摟摟小泥巴，一會兒又去抱抱小灼兒，哪個都愛得不行，聽到她這話便笑了。「早就聽娘說小泥巴不只模樣長得像妳，便是性子也一樣，妳如今嫌她，豈不是在嫌自己嗎？」

凌玉緊張地望向小石頭，見他正手舞足蹈地對小虎子說著自己的光輝事蹟，並沒有留意凌碧的話，頓時鬆了口氣，瞋了她一眼。「又瞎說！娘不過是說笑而已，妳倒還當真？」

凌碧一見她這般緊張兮兮地望向兒子，哪有不明白她心思的？「噗哧」一聲便笑了出來。

周氏則是沒好氣地在次女額上戳了戳。

那廂，凌秀才問起了梁淮升今後的打算。「你是想著留在京城尋份差事，還是到外地？」

「這些年一直沒有機會侍奉二老膝下，凌碧與我都有些過意不去，如今好不容易一家團聚……若是可以的話，我自是希望能留在京城，如此一家子也能彼此有個照應，不至於骨肉分離。只不過現今仍在候職的人這般多，相較他人，小婿也沒有什麼優勢，只怕三年五載的也未必能候到實缺。」

凌秀才垂下眼，沈默了片刻，方道：「若依我之見，京城裡遍地權貴，你初入官場，倒不如去外頭積攢些實績，將來有了機會，自然會有更好的前程。」

「爹此話倒是不假，京城裡權貴遍地，初入官場，最多也不過七、八品小吏，哪能有什麼實差？倒不如到外地去鍛鍊鍛鍊。」凌大春也插了話。

梁淮升嘆了口氣。「這哪是我想怎樣便怎樣的？如何安排還要看朝廷的意思。」

「這倒也是，皇命若是下來，是留京還是往外地，哪能由得自己選擇？」凌大春頷首表示贊同。

凌秀才沒有再說話，只是望著梁淮升的眼神有幾分複雜，也有幾分失望。

當晚，周氏進得屋來，見丈夫一副悶悶不樂的模樣，不禁奇怪地問：「這是怎麼了？」

長女到來，這人表面雖沒有說什麼，可她也是看得出，他心裡有多高興。

小輩們都齊聚身邊，凌家有後，他一直看重的大女婿又已經金榜題名，論理應該高興才是，怎地這一會兒的工夫卻變成這般模樣？

凌秀才有些心煩，沒好氣地道：「婦道人家懂什麼！」

周氏好脾氣地道：「是是是，婦道人家不懂什麼，只如今又沒有旁的人，什麼都憋在心裡不說的話，豈不是要悶壞自己？倒不如與我說說，雖未必能給你出什麼好主意，好歹也能有個人分擔不是？」

凌秀才側過頭來望向她。不知不覺間，眼前這婦人已經陪伴自己數十年，縱是這般多年下來，依然是那樣的好性情。他承認，自己並不是什麼好性子之人，毛病也不少，可這斗大的字也不識得幾個的婦人，卻一直以她獨特的方式在包容自己。

周氏見他只是望著自己也不說話，一時抓不準他的心思，笑著又問：「若真有什麼事，便是我幫不上什麼忙，可也還有大春與小玉他們幾個孩子啊！」

「也沒什麼，只是覺得，兒孫自有兒孫福，咱們這些老傢伙，還是不要操心太多了。」半晌，凌秀才慢悠悠地道。

周氏狐疑地看看他，不明白好好的他怎會想到這上面來？不過她向來習慣了順從，故而也沒有再多問，只笑道：「你說得極是，孩子們長大了，都有自己的主意，咱們哪能干涉得了他們。」

凌秀才對她的回答絲毫不意外。這婦人便是如此，無論自己說什麼都是稱好，雖說確實有些沒主見，不過婦道人家麼，主意大了倒不是什麼好事，似她這般便是恰到好處。

親人不是在身邊，就是在相隔不遠的地方，只要她想了，便可以馬上見到，凌玉覺得，這樣的日子確實再好不過了。

如今她唯一期盼的，便是遠方的程紹禟能早些歸來。

前方的戰事如何，凌玉不得而知，畢竟離島著實太遠，消息往來並非易事。

這一日，她檢查著名下各鋪子送來的帳冊，這也是她每月例行之事。生意縱是不必親自打理，但錢財卻是要做到心中有數，不能輕易教人給矇了去。

她仔細地查閱完畢，不輕不重地敲打了幾家店的掌櫃一番，而後又根據各自店裡的收益適當地給予獎賞，這才看著他們千恩萬謝地離開。

凌碧到來的時候，她正讓茯苓替她按捏著肩膀。

這段日子凌碧來得比較勤，加上她又是凌玉的親姊姊，故而青黛等丫頭也沒有通報便請她進去。

「姊姊怎地一個人來了？棠丫與小虎子呢？」凌玉拉著她的手在身邊坐下，不見那對小姊弟，遂問道。

「他們在家裡呢，妳姊夫送我來的。」

「原來如此。只是今日紹安不在，倒要難為姊夫一個人空候著姊姊了。」凌玉笑道。

平南侯府的成年男主子便只得一個程紹安，往日梁淮升過府，便是由程紹安招呼他，今日程紹安不在，自然沒有主子作陪。

「我知道他不在。其實……方才在街上我便瞧見了他。」凌碧遲疑地道。

「這是怎麼回事？」凌玉看出她神色有異，奇怪地問。

「我雖來京城不久，但對早前那轟動一時的姪女狀告嫡親伯父一案，也多少有耳聞，上京的路上甚至還與那蘇家姑娘有過幾面之緣，方才我便是見到紹安兄弟與她一起……」凌碧略有幾分含糊地道。

程紹安與蘇凝珊？凌玉怔忡了下。這兩人什麼時候走到一處的？

這兩年王氏一直沒有斷過給程紹安說親，只是總難尋到合心意的，及至程紹禟成了平南侯，有意與程紹安結親的範圍又更大了，甚至有不少官宦之家也或明或暗地表示意向，如此一來，倒讓王氏有些難辦了。

感覺家家的姑娘都好，又覺得每一位都不怎麼適合，更怕應了這家，卻得罪了另家，沒地給長子樹了敵人卻不自知。

而程紹安醉心於他的生意，對成親之事既不積極也不拒絕，只道一切由娘親作主。他越是這般聽自己的，王氏便越發謹慎，這一謹慎便總也打不定主意，一拖便又拖了兩年。

如今程紹安的親事已經成了王氏的心病，凌玉也勸了她不少回，不拘對方是哪家的女兒，高門大戶出身也好，小門小戶的也罷，若是覺得適合便娶回來，若是覺得不適合便直接拒了，難道還要怕結不成親便成仇？王氏應得好好的，可轉過身去卻又是老樣子。

程紹安並不知自己無意中被凌碧撞見，更被凌碧發現他與蘇凝珊一起，並將此事告訴了凌玉。此時他正皺眉望著坐在對面的蘇凝珊，不解地問：「妳為何不答應？在商言商，此事於妳我而言都有好處，我能夠保證店裡的商品來源，妳也能打破當前困境，為何卻是不肯？」

「以你如今的身分地位，想尋一個品質過關，又能價格適宜的合作商家並非難事，甚至只要你想，也會有人願意雙手奉上，實在無須與我此等聲名狼藉的女子談什麼合作。」蘇凝珊平靜地道。

程紹安的眉頭皺得更緊，卻坦然地回答。「妳說得沒錯，可是那樣的人不過是衝著家兄而來，並非真心實意與我談生意之事。況且，若是事事都要靠著兄長，我又何談自立？實不相瞞，我會想到與妳合作，除了確實信得過蘇家繡坊的品質之外，的確也有同情妳的原因所在。」

他如此坦蕩，倒教蘇凝珊不知該說些什麼才好？

她沈默良久，終於緩緩地道：「既是程二爺信得過蘇家繡坊，此樁生意我便接了。」

女子也要學會能屈能伸，更艱難的時候她都熬過去了。如今所有害了自己一家的人都得到了應有的報應，她也因此賠上了一生，可總不能因為那點放不下的可笑驕傲，從而推開一個可以改善自己與幼弟處境的機會。官府判還給自己的產業縱是更多，若她不懂得經營，坐吃山空，將來的日子又該如何度過？

「既如此，那希望咱們合作愉快。」

「你放心，我蘇凝珊絕不會昧著良心賺錢，交給你的貨品必是上佳質地，絕不會以次充好。」

「如此便好，我也相信蘇姑娘是個誠信之人。」

合作之事商定好之後，程紹安看看天色，已是到了往宮門外接小石頭的時候，遂吩咐了店裡的掌櫃幾句，這才坐上馬車，到宮門外候著小石頭，叔姪二人如同往常一般歸家去。

從凌碧口中得知程紹安與蘇凝珊接觸過後，凌玉其實也打不定主意要怎樣做才好？

論理自己不過是程紹安的大嫂，他喜歡誰、想娶誰，這些都輪不到自己來作主。只是那蘇凝珊……撇開她的名聲不說，只她與宮裡蓉貴嬪之間的關係，便教自己敬而遠之。

程紹安送小石頭回來後，見她對著自己一副欲言又止的模樣，不解地問：「大嫂可是有話想要與我說？」

凌玉遲疑片刻後，還是豁了出去，委婉地問起他與蘇凝珊之間的事。

程紹安意外她竟得知此事，不過他自覺自己與蘇家姑娘之間並無不可告人之事，便一五一十地將自己與蘇凝珊合作的事告訴她。

凌玉知道他近來在忙著尋適合的繡坊，卻沒想到他尋的便是蘇家，雖覺得意外，但見他神色坦蕩，可見並無牽涉男女私情，這才鬆了口氣。

平心而論，她對蘇凝珊也是相當同情的，後來聽聞她一個年紀輕輕的姑娘家，既要養育幼弟，又要打理父母留下來的產業，多少添了些敬佩。

雖然無意與蘇家再有瓜葛，但凌玉也希望這姑娘日後能有些舒心日子過。

近來一直充當好相公角色，不時護送娘子往平南侯府探望妹妹的梁淮升，也終於等到了吏部的任職文書。

雖然不是留京的好差事，但分去富庶之縣出任縣官，也是個實實在在的肥差，足以讓他欣喜若狂。

凌玉雖是懂得不多，但也知道他任職的縣城是個好地方，儘管心裡對他有幾分微辭，不過看在凌碧的分上，多少也是希望他能有個好前程的。
任職文書既下，官印又到了手，梁淮升便不能再在京城久留，擇日便要赴任。
而凌碧自然也要帶著兒女跟著前去，一家人總不能分開才是。
梁淮升本是打算讓她回家鄉侍奉母親，只是想到自己此番赴任，必然也有不少內宅之事離不得她打理，故而便改了主意，帶著他們母子三人，辭別了凌秀才一家，歡天喜地前去赴任了。
凌碧一家離開不久，程紹禟率兵成功登上離島的消息便傳了回來，也讓凌玉更為揪心。
所以，又到了面對面的時候了嗎？
看著有如天降神兵般突然出現在島上的朝廷大軍，趙奕簡直覺得不可思議。他布下的重重防守呢？明明沒有收到半點消息，朝廷的兵馬何時便已經出現在眼前了？
便是晏離也有些不敢相信，直到看見躲在朝廷大軍中的離島萬氏族人，終於恍然大悟。
「我一直以為程將軍乃是磊落君子，不承想也會使些陰謀詭計，竟一早便聯合了萬氏，裡應外合，難怪如入無人之境。」他長嘆一聲道。
「兵不厭詐，這招還是先生教會本將的。」
晏離被他給噎住了，良久，才苦笑一聲，無奈地望向陰沈著臉的趙奕。
趙奕緊緊握著手中長劍，知道今日恐怕是凶多吉少，可若讓他就此束手就擒，到底不甘心。
「程紹禟，你便當真打算一直助紂為虐嗎？趙贇那野種到底給你灌了什麼迷魂湯，竟教你對他如此死心塌地！」

「王爺慎言！陛下乃神宗皇帝唯一嫡子，神宗皇帝親立的太子，名正言順的皇位繼承人，如何能讓你如此詆毀！」程紹禟厲聲道。

「程大哥，你到底還要執迷不悟到何時？龍椅上的那一位到底什麼來頭，又是怎樣的人，難道你竟還是不肯相信嗎？」唐晉源終於忍不住大聲道。

程紹禟平靜地望向他，片刻之後，將視線緩緩落在齊王身上，對上他眼中的不甘不忿，冷笑一聲道：「王爺當日曾言，你從不打誑語。如今本將亦想告訴王爺，本將亦不屑以謊言瞞騙人。陛下確確實實乃先帝與先皇后之子，本將若有半句謊言，願馬革裹屍，死後入阿鼻地獄受拔舌、焚身之苦！」

趙奕愣住了，望著他臉上的堅定，不知為何，心裡竟對長久以來一直認定之事有了動搖。難道是母妃想錯了？不、不會的！當日自己分明查實了相府死嬰之事，而那證人卻又死在趙贇派去的殺手手中，他若不是心虛，為何要殺人滅口？

可程紹禟卻又是言之鑿鑿……自己雖與程紹禟接觸不多，可從他的行事來看，確實是位正人君子，這一點，自己無可辯駁。故而他所說之話，必也是他切實的心裡話，並非謊言。唯一的可能，便是他也被趙贇矇騙了。

「本王相信將軍為人，卻不信金殿寶座上的那一位。將軍乃是有道君子，豈知世上有些人卻是滿嘴謊言，為達目的不擇手段。本王的母妃，便是教他活活害死。」一想到當日無力救下麗妃，眼睜睜地看著她被趙贇處死，趙奕便恨得渾身顫抖。

「王爺錯了，先帝駕崩當日，本將便是不在場，也相信那道遺旨確實出自先帝之意，絕非陛下有心借刀殺人。王爺一步錯，步步皆錯。先麗妃娘娘自作聰明，害了自己、害了陛下，更害了王爺。」

「住口！不准你詆毀我母妃！」趙奕勃然大怒，「噌」地一下拔出腰間長劍，指著他厲聲道：「程紹禟，今日不是你死便是我亡，本王寧願死，也絕不會臣服於趙贇腳下！」說完，一夾馬肚，揮著長劍，率先便朝程紹禟衝過去。

唐晉源策馬緊隨其後，牢牢護在他左右。

程紹禟揚手制止意欲迎戰的將士，同樣拔出長劍，驅馬迎了上去，以一敵二，三人瞬間便纏鬥在一起。

和泰與李、崔二副將緊緊握著兵器，目光牢牢地追隨著程紹禟，打算一瞧見不對勁便要衝上去參戰，卻見程紹禟雖是以一敵二，卻絲毫不落下風，這才暗暗鬆了口氣。

程紹禟擋開唐晉源刺來的一劍，一俯身避開趙奕的偷襲，同時「嗖嗖嗖」連刺三劍逼退唐晉源，再賣了個破綻引得趙奕策馬來追。

見趙奕果然上當，他忽地殺了個回馬槍，重重的一劍陡然刺向趙奕，趙奕臉色大變，欲避而不得，竟是生生被他挑落下馬。

唐晉源策馬飛身來救，程紹禟回身迎戰，早有趙奕麾下將士衝殺上來，與亦策馬而上的朝廷將士對戰起來。

混亂間，趙奕在護衛的拚死掩護下搶回一命，立即又拿起兵器陷入混戰中。

一時間，喊殺聲、戰馬的嘶鳴聲、兵器交接聲、慘叫聲響徹半空，打破了沈寂多年的島嶼。

兩方人馬正殺得天昏地暗之際，突然，地面一晃。

初時只有部分將士感覺到異樣，待那晃動越來越強烈時，眾人終於感到不對勁，雙方對戰也不知不覺地停下來。

這一停下來，便越發感覺地面晃動得厲害。

「山神震怒，降下天災，地動山搖！山神震怒，降下天災，地動山搖！」

人群中突然爆發出驚恐的叫聲，和泰聞聲望去，認出叫喊之人乃是離島原本的掌權人萬氏家主。

緊接著，彷彿從很遠很遠的地方傳來哭叫聲與呼救聲。

程紹禟臉色劇變，看著遠處大片大片的塵土飛揚，陡然一聲厲喝。「眾將士隨我前去救人！」

趙奕也被此等變故驚住了，還是晏離大聲提醒他。

「王爺，是地動，趕緊救人！」

這一年，偏安一隅的離島爆發了強烈的地動，山崩地搖，倒塌的房屋無數，數不清多少島上百姓頃刻之間家破人亡。

正在交戰中的朝廷大軍與齊王軍立即放下兵器，共同參與到救治災民中。

看著災民臉上的絕望與悲慟，堂堂八尺男兒，本應是見慣生死的將士們，都不知不覺地紅了雙眼。

程紹禟只覺得身體都在不停顫抖，就在方才，他親手挖出了一名八、九歲的孩子。

那冰冷的小小身軀躺在他的懷裡，如同一座山壓在他的心上。

離他不遠的趙奕，身上沾滿了血污，也分不清是他的血跡，還是別人的。

第三十七章

三日後，地動才徹底平息，可島上卻是滿目瘡痍，處處瀰漫著死亡與絕望的氣息。

「齊王不臣，避難離島，引來山神震怒，降下天災，毀我家園，奪我至親！」不知從何處傳來了悲憤的吼叫。

「齊王不臣，避難離島，引來山神震怒，降下天災，毀我家園，奪我至親！」隨即又有人跟著叫起來。

一時間，悲憤的指控聲四起，也讓不眠不休了整整三日的齊王將士氣紅了眼。

「簡直一派胡言！一派胡言！」素來自問好性子的晏離也氣得渾身發抖。

反倒是趙奕一臉平靜，胡亂地抹了一把臉，逕自行至同樣滿身狼狽的程紹禟跟前。「程將軍，本王有幾句話要問你。」

程紹禟多少猜得出他要問的是什麼，點點頭，便隨他到了一處安靜的地方。

「趙贇果真是父皇的骨肉？」

「是。」

「你如何敢如此肯定？」

程紹禟略思忖片刻後，斟酌著將當年神宗皇帝做下的那樁醜事，一一向他道來。

趙奕聽罷，臉上似笑非笑，似哭非哭。

「所以，母妃挑起了對趙贇身世的懷疑，此舉在父皇看來，便是要揭出他逼姦臣妻之行，父皇又如何會再讓母妃活在世上？所以，父皇臨終前那句畜生，罵的不是趙贇，而是本王；所以，本王這些年對趙贇的指控，完全是無中生有；所以，本王這些年的堅持，完全是一場笑話，本王這些年的所為，切切實實便是不忠不臣。」

程紹禟沒有說話，只是平靜地望著他。

「……本王明白了。程將軍，你放心，本王必會給你、給趙贇、給離島的百姓一個交代。」半晌，趙奕深深地吸了口氣，啞聲道。

程紹禟沒有問他打算如何交代，只是看著他轉身離開的背影，見不遠處的唐晉源等人迎了上來，簇擁著他漸漸遠去。

唐晉源察覺他的視線，回望了過來。

隔著老長一段距離，曾經一起出生入死的結義兄弟，眼中均是一片複雜。

片刻之後，還是程紹禟先移開視線，領著前來尋他的和泰前往災民聚集之處。

「王爺可是要回府？」唐晉源垂下眼簾，恭敬地問。

早前那些控訴的叫喊聲雖是已經平息下來，可是趙奕麾下的將士臉色卻仍是有些不好看，畢竟他們不眠不休地參與救災，到頭來竟被人如此污衊，任誰都氣得不行。

「回府吧。」趙奕沈聲道。

「是！」

很快地，趙奕便帶著他的親衛回府，餘下的將士仍舊留下來，與朝廷大軍一起繼續參與救災之事。

「王爺！」數日來一直擔心著趙奕的映柳一看到他歸來的身影，便急急地迎上來。

趙奕腳步微頓，聽著她擔憂地又道——

「王爺辛苦勞累了這些日，妾已經命人準備——」

「不必了，妳先回去，本王還有事情要辦。」趙奕打斷她的話，見她臉上瞬間浮現一片失望之色，想到自己的決定，語氣便又柔和幾分。「如今正是非常之期，妳……妳好生照顧兩個孩子，凡事都要遵從王妃的吩咐。」

映柳有些失望，但是也不敢違逆他，只應了聲「是」，便怔怔地看著他快步進了書房，臉上有些黯然，也有些說不出的苦澀。

書房門在身後又合上，趙奕緩步行至書案前，久久坐著不動。

直到遠處隱隱傳來下人的說話聲，他才回過神來，也終於鋪紙，提起筆架上的毫筆，蘸墨，略思忖片刻後，落筆。

寫下最後一筆後，他緩緩放下毫筆，直到墨跡乾去，才一點一點地把寫滿了字的那張紙摺好，裝入信封裡。

「來人，傳唐晉源！」他高聲喚道。

隨即便有下人應聲，前去喚來唐晉源。

正屋裡，齊王妃心神不寧地憑窗而坐。

自那日趙奕領兵前去對抗彷彿從天而降的朝廷大軍後，直至如今，她都未曾見過他。

突如其來的地動，給無數當地百姓帶來了幾乎毀滅性的打擊，曾有好幾次，她彷彿都能聽到遠處傳來的百姓悲慟哭聲。

她更清楚，趙奕大勢已去，不管有沒有這場天災，自朝廷大軍出現在離島的那一刻起，他們便已是毫無勝算，結局只有兩種可能——或是拚死血戰到流盡最後一滴血，或是投降認罪。

可是，趙奕會投降認罪嗎？她苦笑。以那個人的驕傲，又如何肯投降認罪？

「王妃，王爺回府了。」侍女進來稟道。

她下意識地起身想要出去，只很快便又坐了回來。「知道了。晏先生和唐護衛可曾一起回來？」

「唐護衛護送王爺回府的，倒是不見晏先生。」

還能有侍衛護送著回府，難道事情另有轉機？她狐疑地想著，只這般一想，便再也坐不住，立即起身往屋外走去。

來到書房外，見房門緊閉，她不禁蹙眉問一旁的侍從。「王爺回來之後一直關在書房，也不曾喚過人進去侍候嗎？」

那侍從躬身回答。「回王妃的話，王爺曾喚了唐護衛進去。」

齊王妃意欲推門而入的動作一頓，而後緩緩地收回手，遲疑片刻，正想要離開，忽聽房門「吱呀」一聲從裡頭被人打開來，她回身一望，便對上了趙奕平靜的臉龐。

「妳來了？」

她聽到他這樣問自己。也不知是不是她的錯覺，總覺得眼前這人有些不對勁，到了如今這般境況，他平靜得近乎詭異。

「我吩咐下人準備了酒菜，正欲使人前去喚妳，不承想妳便過來了。」趙奕不等她回答便又道。

相較於地動得最厲害的東面，齊王府所在的西面所受影響最小，雖也感覺到地面搖晃，但並沒有造成什麼實質性的損害。

齊王妃定定地望著他，心裡那股奇怪的感覺更濃了幾分，卻見趙奕忽地執起她的手，牽著她進屋。

程紹禟踏著月色，從災民安置之處返回營帳。一整日忙得腳不沾地，連水也難得喝上一口，此刻終於可以停下歇息，倒是感覺到了饑腸轆轆。

「將軍，該用膳了。您也累了這些日，其餘諸事交給末將等人便是。」李副將勸道。

程紹禟揉揉額角，應了聲「嗯」，卻又問道：「龐大人那處可曾有消息傳來？」

「暫時仍沒有。消息一來一回也要花費不少時間，哪能這般快。」

程紹禟何嘗不知這道理？只是每每看到災民的慘狀，心裡始終難安。

「將軍！大事不好，齊王府走水了！」正在此時，有兵士匆匆來稟。

「不是有齊王府的下人嗎？難不成還要咱們去替他們滅火？」李副將不悅地道。

程紹禟心裡卻是「咯噔」一下，忽地想到白日齊王說的那句會交代的話，當下怎麼也坐不住了，一掀袍角，連茶水也來不及喝一口便疾步出去。

李副將見狀，亦連忙跟上。

程紹禟一路疾馳，遠遠便看到齊王府方向火光沖天，一時大驚失色。

「王爺！王爺——」映柳撕心裂肺的哭叫聲在寂靜的夜裡顯得尤其清晰可聞。

齊王妃震驚地望著眼前這一幕，不敢相信幾個時辰前還與她一起用膳、對她說著他幼時種種事蹟之人，不過眨眼間便化作了火人。

火勢越來越大，「啪啪」地燃燒著，下人們提著水從四面八方趕來相救，可杯水車薪，根本起不到半分作用，只能看著大火瞬間吞噬掉那幢精緻的小樓。

「王爺！」映柳猛地推開抓著她的侍女，就往火光處衝去，她衝得太猛太快，離她最近的兩名侍女想要拉住她卻拉不得。

眼看著映柳就要衝入大火中，卻見齊王妃驟然出手，死死地抓住映柳的手腕，亦成功地止住了她的腳步，隨即便是「啪」的一下清脆響聲，齊王妃用力搧了映柳一記耳光，直把她打得偏過頭去，身子更是晃了晃，直接便摔倒在地。

「妳若想死，便帶上妳的兩個孩子一起去死！」齊王妃厲聲喝道。

「娘！娘——」

身後突然響起孩子的哭叫聲，映柳回頭，便見她的一雙兒女不知何時竟然跑過來，逕自撲到她的懷裡哇哇大哭起來。她緊緊抱著兒女，望著眼前熊熊燃燒的大火，終於忍不住放聲痛哭起來。「王爺……」

程紹禟在齊王府門前遇上了聞訊而狼狽趕回來的晏離等齊王將士，雙方只對望一眼便齊刷刷地往大門衝進去。

一直衝到大火燃燒處，見那裡圍滿了提著空盆、空桶的府中下人，齊王側妃抱著她的兩個孩子跪在地上痛哭不止，而齊王妃則是臉色蒼白地望著火海，眼中隱隱浮現淚光。

「王爺！」聞訊趕回的晏離等人得知齊王竟就在被大火吞噬的小樓裡，臉色驟變，不約而同地叫出聲來。

有不少將士瘋了一般奪過下人手中的空桶，拚命打著水往大火澆去。

緊跟著程紹禟而來的李副將與和泰等人亦加入了救火。

「沒用的、沒用的，他早就存了必死之心，縱是沒有這場火，只怕也活不成了……」齊王妃喃喃地道，不知不覺間，視線漸漸變得模糊，臉上也是一片涼意。她抬手去抹，竟是抹了滿手的淚水。「沒用的、沒用的……」

程紹禟只覺得喉嚨似是被人扼住一般，尤其聽著齊王側妃與那兩個孩子悲痛欲絕的哭聲，臉上血色也不知不覺地褪去幾分。

所以，這便是齊王給自己、給陛下、給離島百姓的交代嗎？

「程將軍。」

聽到有人喚著自己，他轉過身去，便看到了不知什麼時候站在跟前的唐晉源。

「程將軍，這是王爺臨終前託我轉交給程將軍的，希望程將軍能將之轉呈陛下。」唐晉源從懷中取出一封信函。

程紹禟呼吸一窒，眼神陡然變得銳利。「你知道齊王他早有自裁之意？」

唐晉源揚起一個比哭還難看的笑容，嗓音沙啞地道：「這場火，還是我奉了王爺之命放的……」

「什麼?!」程紹禟還沒有說話，恰好經過的一名兵士便驚叫起來。「這場火是王爺命你放的?!」

那兵士這麼一嚷，讓周遭不少拎著水桶救火之人停下了腳步，尤其是一直追隨齊王出生入死的將士們，均是不可思議地望向唐晉源。

「唐護衛，你所言可屬實？」晏離抹了抹額上的汗，努力讓自己保持冷靜，沈聲問。

唐晉源一言不發地撩起袍角，對著熊熊大火跪了下去，「咚咚咚」地連叩了幾個響頭。「王爺遺命，屬下皆已完成。」說到此處，他喉嚨一哽，隨即繼續道：「屬下本為江湖草莽，蒙王爺不棄，得以追隨左右，王爺對屬下的知遇之恩，屬下無以為報，唯願碧落黃泉，亦能盡綿薄之力，護佑王爺周全！」說完，不待眾人反應過來，他「噌」地一下抽出腰間匕首，在眾人驚叫聲中，用力往心口位置刺去。

「晉源！」待程紹禟察覺有異，欲上前制止時，卻只能眼睜睜地看著他轟然倒在地上。「晉源！晉源！」程紹禟抖著手想為他止血，可那匕首正正插中心口位置，那一大片血跡鮮豔奪目，刺痛了他，也刺痛了在場眾人的眼睛。

「王、王爺說，他此生做、做了太多錯事，唯、唯有以烈火焚燒，方、方可化去滿、滿身罪孽。」唐晉源感覺到體內的鮮血正一點一點地流去，可還是極力掙扎道。

「唐大哥……」他手下的那些侍衛嗚咽著跪下來。

晏離一個箭步上前，執著他的手把脈，再檢查他心口處的傷口，終於無力地搖搖頭。

程紹禟雙目通紅，手上、身上都沾染了他的鮮血，聽到他喃喃地喚。

「程大哥……」

「我在、我在……」他啞著嗓子應道。

「程大哥，我其實、其實一點也不、不想與你割袍斷義，可是、可是……我沒有辦法、沒有辦法……」

「我明白，我都明白。」

「明菊、明菊與孩子，便拜託大哥……來世、來世我必將結草銜環，以報、以報大哥恩德……」唐晉源的意識漸漸渙散，還未能等到程紹禟的回答，雙手終於無力地垂下來。

程紹禟身體一僵，一滴淚終於從他眼中滴落下來，砸在了懷中那張已經失去氣息的臉上。

「唐護衛他去了，將軍節哀。」李副將上前一步，探了探唐晉源的鼻息，低聲道。

「唐護衛，果真乃忠義之士也！」晏離望著根本無從可救的大火，目光落在以身殉主的唐晉源身上，長嘆一聲道。

「忠義之士？忠義之士……忠義之士，好一個忠義之士，放他娘的狗屁忠義之士！」程紹禟緩緩地把懷裡的唐晉源放下來，聞言先是喃喃自語，隨即哈哈一笑，最後狠狠地往地上啐了一口。

「將軍?!」和泰等人見他神色有異，以為他被唐晉源之死擾亂了心神，正欲上前勸解，便聽到他厲聲道——

「何為忠義？不辨是非、不分對錯，一味追隨盡忠，此乃愚忠！知其錯而不知改，忠其主卻不念結髮之義、父子之情，枉顧父母生養之恩，又談何有義？他唐晉源，歸根究柢也只不過是個以死逃避的懦夫，還說什麼忠義！」說到此處，他一把撕開了唐晉源交給他的那封信，大聲唸著。「罪臣趙奕頓首叩拜——」聲音戛然而止。

誰也沒有想到，這裡面竟是齊王的一封認罪書！

罪臣……齊王府一眾人等望向熊熊大火，終於緩緩地跪下。

齊王妃仍是直挺挺地站著，火光照著她木然的表情，無悲無喜。

終於了斷了，生生死死，恩恩怨怨，都隨著這場大火而去……

齊王府這場大火直至天將破曉才撲滅，大火雖然燒得猛，但許是齊王自焚前已經安排好，提前遣離了下人，又選擇了一座孤樓作為自焚點，故而並沒有造成人員傷亡。

很快地，王府侍衛便在廢墟中發現了一具燒焦的屍體。

程紹禟沈默地望著王府下人將那具屍體裝殮好，聽著府內此起彼伏的哭聲，臉色陰沈。

這一年，叛離京城的齊王在離島齊王府自焚，臨終前親筆手書認罪書。

一個月後，離島百姓也迎來了朝廷的賑災隊伍。

平南侯程紹禟依然帶著他的兵馬留在離島，協助賑災官員處理島內之事，直至收到啟元帝召他回京的旨意，這才押解齊王家眷及降兵，踏上了回京之路。

至此，中原的種種戰亂紛爭徹底平息。

平南侯府內，凌玉聽著程紹安打探回來的關於離島地動的種種消息，再到齊王葬身火海、唐晉源殉主，心裡說不出是什麼滋味。

殉主……她怎麼也無法想像，唐晉源竟會選擇這樣一個結局。

他倒是死得輕鬆，卻又何曾想過遺留下來的妻兒？

「忠義之士，真是好個忠義之士！」良久，她嗤笑一聲，神情是說不出的諷刺。

大軍進城的那一日，凌玉與王氏激動地坐在正堂處，聽著小廝傳回的消息。

「老夫人、夫人，侯爺此刻已經帶著人馬過了護城河，正從東門經永平街進城！」

「可曾瞧見侯爺？」凌玉急問。

「人太多了，把整條街擠得滿滿的，根本擠不上前瞧個分明，只是遠遠地瞧著侯爺的背影，穿著厚厚的銀色盔甲，在日頭底下還散發著銀光，大夥兒都說簡直有如天神降臨一般，怪道是攻無不克、戰無不勝呢！」一名喚福昌的小廝誇張地道。

只是，王氏還是被他這番話逗笑了，臉上滿是驕傲。

一旁的小石頭聽得越發興奮，拉著他不停繼續問著爹爹率領大軍的威風。

福昌見小傢伙喜歡，清清嗓子，把自己從說書人處聽來的種種英雄事蹟，再結合他自己的想像，繪聲繪色地說道起來。

凌玉啞然失笑，沒好氣地打斷他的滔滔不絕。「盡胡謅！只差沒把他形容成是三頭六臂了！」

福昌嘻嘻笑道：「侯爺在小的眼裡，與三頭六臂的二郎真君也差不多了！」

大軍進城後，程紹禟自是先進宮覆旨。

趙贇領著文武百官在正明殿前親候著有功將士歸來。陽光下，遠處有數名戎裝男子邁著沈穩步伐漸漸走近，為首的那一人，身姿挺拔，身著銀色盔甲，彷彿是注意到他們的存在，腳步微頓，隨即足下步伐越發加快了幾分。

趙贇眸光晶亮，嘴角微微上揚，看著程紹禟行走如風，終於也忍不住邁下石階，親自迎了上去。

「臣程紹禟參見陛下，願吾皇萬歲萬歲萬萬歲！」走得近了，程紹禟一拂袍角跪下，山呼萬歲。

他身後的李、崔二副將及小穆亦然。

趙贇快步上前，親自把他扶起來。「快快平身！」

「三年之期已到，臣幸不辱命，特來覆旨！」

趙贇朗聲大笑。「程紹禟果真是言出必行，朕沒有看錯人！」

在場的文武百官看著眼前這一幕，再次深深地意識到，平南侯府即將迎來鼎盛之時，說不定陛下心裡一高興，這爵位甚至還能再提一提。一時間，眾人心裡各自打起了小算盤。

正明殿上，程紹禟當著文武百官的面，呈上了齊王的認罪書。

趙贇一早便得知齊王自焚的結局，只是沒想到他還留下認罪書。待內侍將那認罪書呈到他跟前時，他垂眸片刻，終於接了過去，緩緩地打開。

朝臣們彼此對望一眼，心裡暗暗猜測著齊王會在認罪書裡說些什麼？而陛下又將如何處置齊王家眷及那些追隨者？

哪想到，趙贇閱畢便將它放到一邊，卻是隻字不提當中內容，只問程紹禟。「如今離島情況如何？可都把災民安頓妥當了？」

「自災情發生之後，臣與眾將士不敢掉以輕心，全力參與到救災當中，龐大人的賑災隊伍到來前，在離島齊王府眾人的協助之下，災民基本上都得到了妥善的安置。晏離先生每日前往安置區為災民診治療傷，齊王妃等女眷開棚布粥施藥，諸位王府將士則在晏先生的指引下，在災區各種消毒，避免發生災後疫情。」

朝臣們怎麼也沒想到他竟會說出這樣的話來，均是暗暗吃驚，下意識地抬眸望了望寶座上的趙贇，果然便見他的臉色不知什麼時候沈了下來。

「無謂之事不必多言，朕沒那等閒工夫聽亂臣賊子如何收買人心。」趙贇沈著臉道。

程紹禟跪了下去，在朝臣們詭異的視線中坦然道：「臣不敢欺瞞陛下，離島地動，若無齊王府全力襄助，僅憑臣與眾將士，未必能迅速及時地將災民安置妥當；且若非晏先生提醒，臣亦想不到要預防災後疫情發生。齊王府一干人等雖犯下不可饒恕之大錯，只是，臣也不能因為他們有罪便抹殺了他們的功勞。」

「夠了！亂臣賊子，人人得而誅之！你既說他們有功，朕便免了他們五馬分屍之刑，賜他們一個全屍吧！」趙贇厲聲道。

「陛下——」程紹禟還想再說，卻被趙贇喝住。

「程紹禟，你莫要挑戰朕的耐心！」

「陛——」

「將軍！」眼看著趙贇的臉色越來越難看，李副將生怕他再說下去會惹禍上身，連忙扯了扯他的袖口，示意他不要再說。

程紹禟抿了抿薄唇，終是噤了聲。

趙贇陰沈著臉，恨恨地瞪著他，見他雖是閉了嘴，可臉上卻不見半分服軟之色，一時怒上心頭，那道賜封的聖旨也不願再頒下了，冷笑道：「朕聽你話中之意，難不成要為趙奕亂黨求情？」

「臣並非要為他們求情，臣只是將他們在賑災中的表現據實道來。」程紹禟忍了又忍，終於還是忍不住道。

「那依你之意，朕該如何處置他們？」趙贇寒著臉問。

「死罪可免。」程紹禟抬眸迎上他冰冷的視線，緩緩地道。

「程大將軍在接連攻下平江以南數城時，可是對降兵從不手軟，為何這一回卻偏偏要為齊王餘孽說情？」終於，有朝臣提出了質疑。

「你這是何意？難道想要污衊將軍勾結亂黨?!」崔副將聽畢大怒，臉上殺氣頓現，若非手中無兵器，只怕當場便要拔劍了。

李副將與小穆臉上同樣布滿殺氣，狠狠地瞪著那名朝臣。

那朝臣被他們三人瞪得直直打了個寒顫，可到底還是只能硬著頭皮道：「程大將軍此舉，確實令人費解。」

程紹禟冷笑道：「就憑你口中的齊王餘孽不眠不休地投身於救災，親手從廢墟中挖出無數百姓，救下了數不清多少條人命。大丈夫有所為，有所不為，本將不敢說手上從無冤魂，但至少行事對得住天地良心。這位大人若是覺得死在本將手上的那些降兵有冤屈，大可直言！本將乃是粗人，學不來你話中有話、含沙射影的那一套！」

「你！」那朝臣被他氣得脹紅著一張臉，可到底對他有所忌憚，又見其他人都是裝聾作啞，完全沒有助自己一把之意，唯有憋著滿肚子火氣，退了回去。

趙贇冷冷地看著他們，全然沒有阻止之意。

程紹禟深深吸了口氣，一咬牙，乾脆不一做，二不休，再度跪了下來。「有罪當懲治，有功當獎賞。臣愚鈍，不敢斷言他們罪與功孰大孰小，只是親眼目睹他們為救治災民所做的一切，心有所感，故而才斗膽進言，望陛下對他們從輕發落。」

李、崔二副將與小穆沈默片刻，終於也緩緩地跟著跪下去。「請陛下從輕發落！」

「好！好！好！好一句有罪當懲治，有功當獎賞！程紹禟，朕便明明白白地告訴你，他們所謂的功勞，不足以抵消他們之罪！除非……」看著跪在地上那三人臉上如出一轍的堅定，趙贇心中頓時便如憋了一團火，冷哼一聲道：「除非你們以功勞相抵，朕或能考慮考慮饒他們一命。」

「臣願以功勞相抵，請陛下從輕發落！」

異口同聲的回答擲地有聲，沒有半分猶豫，也成功地讓趙贇的臉徹底黑了下來。

「不識抬舉！」趙贇當下再也忍不住，一拂衣袖，盛怒而去。

「陛下……」

見趙贇被程紹禟幾人活活氣走，朝臣們望向他們的眼神可謂複雜極了。

「侯爺，你可知道陛下已經擬好了晉封你為鎮國公的旨意？」庚太傅嘆了口氣，惋惜地道。

正欲從殿內離開的朝臣們聞言，驚訝地停下腳步，隨即，望向程紹禟的眼神各異。所以，這平南侯是與國公的爵位失之交臂了？

程紹禟笑了笑。「命裡有時終須有，想來我命中與國公爵位無緣。」

見他倒也看得開，庚太傅又是一聲長嘆。「陛下還在宮中準備了慶功宴，如今只怕也沒有了。」

「無妨，離家三年，甚是思念家中親人，正好可以早些回去。」程紹禟更加不以為意。

「將軍說得對，若能以區區一點戰功換下數百條人命，也算是值了。」李副將哈哈一笑，也跟著道。

小穆自是更不在意，反正程大哥無論做什麼，他都是支持的。
崔副將卻是有些可惜，就差這麼一點，將軍便能成為鎮國公了。

平南侯府。
凌玉勸著王氏。「宮裡必是準備了慶功宴，一時半刻也回不來，娘還是先用些晚膳吧，不能把自己給餓著了。」
「大嫂說得對，不定宮裡還有其他什麼慶典呢，哪裡能這般快便回來？咱們還是先用了晚膳再慢慢等吧！」
「如此也好，總不能把孩子們給餓著了。」王氏嘆了口氣。
見她同意了，凌玉連忙吩咐人傳膳。
哪想到膳食剛好擺上，便聽到下人驚喜的叫聲。
「侯爺回府了！侯爺回府了！」
凌玉手上的筷子「啪」地一下便掉下來。
小石頭一馬當先，立即衝了出去。「爹爹！」
程紹安亦扶著王氏，急急忙忙地迎出去。
凌玉勉強按下心中激動，正要跟上去，便覺雙腿被人給抱住了，低頭一望，對上了小泥巴不高興的小臉。
「娘都不理人……」

她啞然失笑，乾脆彎腰抱起女兒，捏捏她的臉蛋。「娘帶小泥巴去見爹爹好不好？」

「爹爹？」小泥巴眨巴眨巴水靈靈的眼睛，歪著腦袋瓜子，滿臉不解。

「是，是小泥巴的爹爹。」凌玉輕撫著她柔軟的髮絲回答。

「爹爹會跟娘一樣疼小泥巴嗎？」小姑娘糯糯地問。

「會，爹爹一定會很疼小泥巴。」

「好，那我要去見爹爹。」小姑娘高興起來。

凌玉笑抱著她，正要邁出門檻，便與被簇擁著進來的程紹禟打了個照面。

「你……」她當即愣住了。

一進門便見到娘子，程紹禟心中高興，正要啟唇喚她，便見被她抱在懷裡的小姑娘轉過臉來，烏溜溜的眼珠子好奇地望著自己。

他腦子裡頓時便炸開了，眼睛不敢相信地瞪得老大，結結巴巴道：「小、小玉，她她她、她是誰？怎、怎會長得與妳這般像？」

凌玉一本正經地回答。「我女兒當然像我。」

王氏與程紹安等人也才想起來，程紹禟並不知道小泥巴的存在。

程紹禟還是糊裡糊塗的。「妳女兒？妳怎會有女兒的？妳不是只有小石頭一個兒子嗎？」

「笨！」凌玉瞋他一眼。

「笨！」小泥巴覺得有趣，也笑呵呵地學舌。

王氏等人終於笑出聲來。

「連小泥巴都要笑你了，果真是個笨爹爹。」王氏笑道。

「爹爹笨，那是小石頭的妹妹，爹爹和娘親的女兒小泥巴。」小石頭搖頭晃腦地回答。

程紹禟緊緊看著眼前那一大一小兩張甚為相似的臉蛋，小的那個眉眼彎彎，笑容可掬，讓他心裡不知不覺便溢滿了柔情。他的女兒……

「好了好了，別都杵在門口，有什麼話進屋再說。」王氏發了話，眾人遂進屋。

程紹禟的視線一直落在小泥巴身上，偏小泥巴也好奇地直往他瞅。

「你要不要抱抱她？」凌玉自然注意到這父女倆你望我、我看你的模樣，笑著問。

「不不不！別別別！我、我這身盔甲硬，恐磨到她的皮膚。」程紹禟嚇得又是搖頭、又是擺手。

「老大家的，妳陪他進去換身衣裳。小泥巴過來，阿奶抱抱。」王氏伸手去抱小泥巴，吩咐道。

小姑娘撲到阿奶的懷裡，撲閃撲閃著眼睫，看著娘親與那位爹爹從屋裡走出去。

凌玉與程紹禟並肩而行，行走間，肩膀偶爾碰著那人身上的盔甲，感覺到一陣涼意，不時偷偷地望著他，只覺得三年不見，這個人變化得已經讓她有些陌生。

突然，左手被人緊緊握住，她怔了怔，下意識地低頭望著握著自己的那隻黝黑大掌，感受著那掌心的溫熱。再抬頭望望身邊那人，見他仍舊是那副一本正經的嚴肅神情，可微揚的嘴角卻洩漏了他的好心情。她低聲笑了起來。沒有變，還是那塊古板的大木頭！

回了正屋，她親自替他換上嶄新的常服，而後上上下下打量一番，滿意得直點頭。「這些年辛苦妳了，女兒很好，我很喜歡。」程紹禟拉著她在身邊坐下，深深地凝望著她，低聲道。

「我自是知道你必會喜歡。」凌玉抿了抿唇，有些歡喜地道。

「不過小泥巴這小名……」程紹禟皺起了眉頭。這名字哪能配得起他的嬌嬌女兒！

凌玉很乾脆地便把兒子出賣了。「你兒子取的，說是日後有了弟弟便叫小木頭，也好湊出一間小房子來。」

程紹禟沒想到當中還有這樣的緣由，一時啞然失笑，也不禁戲謔道：「僅是湊一間房子哪能行？有住也要有食，民以食為天，小稻穀、小麥苗、小豆子這些又豈能少了？」

「言之有理。」凌玉點點頭。「小棉花、小黃麻、小綢緞這些少了也不像話。」

「正是這個道理。」程紹禟笑著回答，隨即環上她的腰肢，含笑道：「那咱們先抓緊時間把小木頭生下來吧！」

凌玉毫不客氣地在腰間那雙大掌上用力拍了一記。「胡說什麼呢！娘和紹安他們還在等著咱們呢！」說完，瞋了他一眼，掙開他的環抱，率先便走了出去。

程紹禟好脾氣地笑了笑，慢悠悠地跟上去。

不急，先湊了房子再說，五穀類慢慢再圖，反正他們還有一輩子的時間。

當晚，久別重逢的一家人吃了一頓團圓飯，小石頭瞬間成了爹爹的小尾巴，滿臉崇拜，眼睛閃亮地跟前跟後。

小泥巴還對爹爹有些陌生，不時好奇地偷偷望他幾眼，只一旦發現爹爹望過來，立即害羞地把臉蛋埋入娘親懷裡。

「這是爹爹，傻孩子，快叫爹爹啊！」王氏逗著小孫女叫爹。

小泥巴越發往娘親懷裡鑽，哼哼唧唧的就是不肯叫，卻仍舊不時探出半邊臉蛋，去望那個衝自己笑得怪怪的爹爹。

程紹禟哪會沒有發現小丫頭的小動作？只覺得這小丫頭的一舉一動瞧來都是說不出的趣致，著實讓人愛得不行。他有心想要抱抱她，又怕自己手腳粗笨，不小心弄疼了這嬌嬌女兒，一時有些為難。

他這副猶豫不決的模樣落到凌玉眼裡，只覺得好笑不已，乾脆直接把小泥巴往他懷裡塞。

「別別別……」懷裡突然被塞了個軟綿綿的小丫頭，程紹禟頓時手足無措起來，更加一動也不敢動。

被娘親塞進一個陌生的懷抱，小泥巴噘著小嘴，有些不高興，倒也沒有哭。

反而是程紹禟僵著身子，怕太用力了小丫頭不舒服，又怕沒有用力抱不穩她，完全不似當年抱著兒子便舉過頭頂逗樂的模樣。

偏凌玉對他求救的眼神視而不見，只笑著與王氏說話。

小泥巴被他抱著片刻，很快便習慣了，小手甚至好奇地去摳他手掌上的繭子，一邊摳，一邊衝他咯咯地笑。

程紹禟聽著這軟糯的笑聲，心裡一片柔軟。

「啊，好粗！怎會變得這般粗的？就像褚先生說的那樣，因為長年累月習武才會變成這樣的嗎？」小石頭也摸了摸他手上的厚繭，不禁咂舌。

「確實如此。」程紹禟抱著小泥巴掂了掂，成功地聽到一陣更為歡快的笑聲，臉上也不禁揚起柔和的笑容。

「那我長大了也要跟爹爹一樣！」小石頭立即表明決心。

「若是要跟爹爹一樣，那可就要用功讀書、勤學武，不能叫苦喊累。」程紹安笑道。

「我不會叫苦喊累的，褚先生還誇我能吃苦呢！」小石頭得意地挺了挺胸膛。

程紹禟微微一笑，給了他一記讚賞的眼神，越發讓小石頭得意了。

待夜深眾人散去時，小泥巴已經變得很黏爹爹了，明明眼睛已經睏得睜不開，卻還是緊緊揪著爹爹的袖口不肯放。

程紹禟笨拙卻又無比耐心地哄著她入睡，一直到小丫頭沈沈睡了過去，才把她交給奶嬤嬤帶回屋去。

「倒不曾想到威風凜凜的大將軍，還會做這些哄孩子睡覺的事，也不怕旁人見了折損你的將軍威嚴？」待屋裡下人盡數退去後，凌玉取笑道。

程紹禟笑道：「此處哪有什麼將軍？只有兩個孩子的爹。」

凌玉「噗哧」一聲笑了出來，戲謔般喚道：「石頭他爹？」

程紹禟哈哈一笑，痛快地應了一聲。

說起來，他也有許多年不曾聽過有人這般喚他了。

當晚，久別的程氏夫妻自是好一番恩愛，情到濃時，凌玉還聽到他在耳邊喃喃地道——

「咱們得抓緊些，總不能讓小木頭等太久，畢竟還有小稻穀、小麥苗他們呢……」

她氣不過地在他背後撓了一記。不過是一句玩笑話，敢情他還當真，真把自己當成母豬呢？還小木頭、小稻穀、小麥苗……

程紹禟被她撓得越發情熱，動作更是急切，直把她折騰得再提不起半分力氣，到後來乾脆便破罐破摔，隨他去了。

待雲收雨歇，凌玉懶懶地躺在他懷中問：「論理今晚宮裡會有慶功宴才是，怎地你卻能早早回來了？」

程紹禟輕撫著她背脊的動作一頓，遲疑一會兒，還是老老實實回答她。「只因陛下龍顏大怒，取消了。」

「大軍凱旋，戰亂平息，陛下本應龍顏大悅才是，怎會好端端的發怒了？可是在朝上發生了什麼事？」凌玉在他懷裡抬頭，狐疑地問。

程紹禟清清嗓子，一五一十地把自己因為替齊王降兵求情而觸怒趙贇之事對她道來。

凌玉聽罷，久久說不出話來。

程紹禟偷偷瞅了瞅她的表情，見她一臉怔忡，一時抓不準她心裡所想，斟酌片刻，小心翼翼又道：「小玉，也許、也許我這個侯爺也會當不成了。」

凌玉終於回過神來，一聽他這話便呆了呆。「所以，我這聲夫人剛聽了沒多久，便又要沒了？」

程紹禟越發心虛，又聽她長嘆一聲道——

「所以你這是又要被打回原形了對不？唉，紹安只怕要頭疼了，前不久他才親自請人做了『平南侯府』的橫匾，這才掛沒多久，還嶄新的，又要被換下來了。」

上回那塊「定遠將軍府」也是如此，程紹安滿心歡喜地親自請人去辦，結果掛沒多久便摘下來了。這一回同樣如此，興高采烈地換上「平南侯府」，哪想到命運也許又是一樣。

「人家得勝歸來是加官晉爵，怎地輪到你頭上，不但進不了，反倒還要退了呢？」凌玉越說越鬱悶。

程紹禟頓時愧疚得不敢看她。

「不過……」見他愧疚得一副恨不得以死謝罪的模樣，凌玉險些笑出聲來，忙忍住了，認真道：「你這樣做也是對的。不管他們犯了多大的罪過，可也是確確實實以行動贖罪，功過相抵，總能挽回一命才是。況且，齊王妃於我有恩，不管如何，我總希望她能夠好好地活下去，便是沒了王妃的尊榮也不要緊，至少性命得以保存。」

「齊王妃……倒是可惜了，旁人倒也罷了，可她是齊王正妃，只怕不能赦免。」程紹禟嘆息一聲。

凌玉何曾不知這個道理？只是心裡總有些難以接受。

卻說趙贇在金殿上被程紹禟活活氣走後，憤怒地回到御書房，發了好一頓脾氣。

滿屋子的奴才嚇得氣也不敢喘，瑟瑟發抖地跪在地上。

「混帳！混帳！這些姓程的個個都是混帳！」趙贇重重地一掌拍在御案上，越發嚇得眾人險些連呼吸都停止了。

把不在眼前的程紹禟罵了個狗血淋頭，他才覺得心裡稍稍好受了些。

偏還有不長眼的進來請旨，問這慶功宴可還需要如期舉行？

趙贇冷笑。「慶什麼功？人家視名利如糞土，連天大的功勞說不要便不要，這區區慶功宴哪還會放在眼裡？撤了！」

來請旨的年輕太監嚇得直哆嗦，哪還敢有二話？連滾帶爬地離開了，生怕走得慢了，會被明顯心裡不痛快的陛下當成出氣的對象。

「這是怎麼回事？不是說要為凱旋的將士舉行慶功宴嗎，好好的怎又取消了？」得知趙贇取消了慶功宴，皇后心中奇怪，不解地問。

當即，便有內侍把大殿上發生的事一五一十地向她稟來。

皇后聽罷，揉了揉額角。原來如此，她就說無緣無故怎會取消。只是再一想到葬身火海的齊王、被囚禁起來的齊王妃，她不禁長長地嘆了口氣。

他們最終還是走到了這一步。

「娘娘不會也想著向陛下求情，求他寬恕齊王妃吧？」一直留意著她神情的彩雲忽地問。

皇后點點頭，隨即又搖搖頭。「陛下正在氣頭上，本宮又怎會在這時候跟他提。」

彩雲這才鬆了口氣。「娘娘這樣想是對的，陛下明顯不打算饒過那些人，程將軍卻在大殿上再三為那些人求情，莫怪陛下會如此生氣。奴婢知道娘娘同情齊王妃，不欲教她白送了性命，只如今陛下仍在氣頭上，娘娘縱是要求情也得緩一緩，總不能像程將軍那般。」

「程將軍……不，平南侯倒是位剛正忠直之人，陛下有他扶助，也是一大幸事。」忠臣易得，諫臣難求。慶幸的是，陛下對這位剛直的諫臣頗為另眼相看，否則以他的性情，被人再三頂撞，只怕早就把人給拖下去了，哪會只是被氣得拂袖而去？

這會兒，想必是在御書房內生悶氣吧！

她無奈地笑了笑，略想了想，便吩咐奶嬤嬤抱來二皇子，低聲吩咐了彩雲幾句。

「讓彩雲帶你去找父皇好不好？」皇后輕輕握著兒子軟軟肉肉的小手，含笑問。

二皇子眼睛一亮，脆聲應下。「好！」

彩雲牽著小傢伙的手離開後不久，明月便一臉幸災樂禍地走進來。「娘娘不知，秀和宮那位被陛下訓斥了，道她只一心爭寵，全然不顧腹中皇嗣，可見不配為人之母！」

皇后訝然。「這是怎麼回事？好好的陛下怎會訓斥她？」

「還不是她又如往日那般，假裝肚子不舒服，讓人到御書房請陛下，不想這回可是撞到了槍口上，陛下直接便把她的人轟出去。」明月嘲諷地道。

皇后皺起了眉。「她仍在孕中，陛下此話卻是重了些。」

「娘娘放心，月分這般大了還能到處折騰，可見身子好得很呢！」明月輕哼一聲道。

「還是傳個太醫去瞧瞧吧，不怕一萬，就怕萬一。事關皇嗣，可不能有什麼差池。」皇后放心不過。

明月有些不樂意，但也不敢逆她的意，心不甘、情不願地出去了。

兩刻鐘不到，她便回來稟道：「蓉貴嬪已經親自去看過了，太醫也在，只說龍胎安好。」

「蓉貴嬪是個周全之人。」皇后點點頭，也就放心下來。

秀和宮主位乃是早前因有孕而晉為嬪的姚嬪，也是個幸運的女子，就侍寢了那麼一回便懷上了，成為宮裡頭繼皇后之後又一位懷上龍胎的妃嬪。

啟元帝子嗣不豐，故而對她這胎也是頗為重視，皇后更加不敢掉以輕心。

此刻，蓉貴嬪把姚嬪安撫後，回到自己宮裡，嘴角帶著一絲笑意，眼中閃著精光。

鬧吧鬧吧，越是折騰越好，待把自己的身子折騰壞了，到時候去母留子才是最好呢！

沒有陛下的寵愛不要緊，不能生育孩兒也不要緊，她手中掌著權，而宮裡能生的妃嬪多的是，到時候略施小計，難道還怕抱養不了一個孩子？

「娘娘，御膳房送來的燕窩。」

她揭開蓋子一看，見裡面還是上等的血燕，滿意地點點頭。瞧，手中有權柄便是這樣好，沒有陛下恩寵又如何？宮裡誰也不敢輕慢了自己。只要皇后不倒，在宮裡她便會一直是頭一份！

趙瓚滿腹的怒火在看到二皇子笑呵呵的小臉時便消了大半。他眸中帶著笑意，卻仍舊板著臉，看著抱著他的大腿、正吃力地想要爬到自己懷裡的兒子，一點也沒有伸出援手之意。

二皇子爬了老半天都爬不上去，乾脆一屁股便坐到地上，仰著臉衝他笑呵呵地喚道：「父皇……」

趙瓚瞅著他傻乎乎的模樣，好一會兒才皺著眉把他拎到膝頭上坐好，教訓道：「日後離程家那石頭、泥巴遠些，沒地將來也學得他們這些姓程的一般，盡會來氣父皇。」

二皇子眼睛撲閃撲閃的，也不知有沒有聽懂父皇的話，只是突然脆聲叫道：「小泥巴！」

趙瓚輕哼一聲，戳著兒子的肉臉蛋。「小泥巴、小泥巴，那凶巴巴的小丫頭有什麼好？跟她那個娘一樣，膽大包天、沒有半點規矩，將來誰娶了她誰倒楣。」

二皇子被他戳得直笑，清脆的笑聲盈滿了御書房，也讓趙瓚的心情不知不覺又好了許多。

第三十八章

翌日，啟元帝下旨嘉獎有功之士，但凡是立下戰功的將士均被提了官，可偏偏功勞最大的平南侯卻半點動靜也沒有，甚至還有傳言他恐怕連當下的侯爵都保不住了。

程紹禟卻鬆了口氣。沒有晉封，恰恰便說明陛下已經有意寬恕齊王府那一干人等。

手下將領，包括李、崔二副將和小穆都升了官，程紹禟暗自慶幸這回他們沒被自己連累。

至於趙贇彷彿忘了程紹禟的存在般，不說封官賞賜，連口頭上的嘉許都沒有，甚至也沒有下旨奪了他的爵位。

程紹禟並沒有怎麼放在心上，每日除了親自檢查小石頭的功課，便是抱著小泥巴在府裡到處轉，短短不過幾日時間，便已經成功晉為小泥巴最喜歡的人了。

此刻，他抱著女兒在懷裡，耐心聽著小丫頭稚氣地跟他說自己的事。

從小丫頭的口中，他知道了二皇子最喜歡揪她綁得漂漂亮亮的花苞頭，每一回花苞頭被揪亂後，小丫頭都會生氣地追著二皇子打。

「二殿下最討厭了！」小丫頭下了結論，還用力地點點頭，以加強可信度。

程紹禟啞然失笑，捏捏她氣鼓鼓的臉蛋，笑著附和。「是，二殿下最討厭了，怎能揪小泥巴的頭髮呢！」

見爹爹都同意自己的話，小泥巴有些得意地抿了抿雙唇。

程紹禟驚訝地發現，小丫頭兩邊嘴角竟藏著兩個小小的梨渦，一抿嘴便耀武揚威地跳出來，讓人看了忍不住手癢癢，想要去戳上戳。事實上，他也確實伸出手指去戳了。

小泥巴無辜地眨巴著一雙黑白分明的眼眸，不明白爹爹為什麼要戳自己的臉？

程紹禟被她清澈的眼神看得有幾分不自在，連忙掩嘴佯咳一聲，便聽到有下人來稟，只道陛下請侯爺進宮覲見。

他不敢耽擱，連忙回房更衣，正要出門，一邊腿便被小泥巴給抱住了。

「爹爹去哪兒？我也去！」

「小泥巴乖乖在家裡，爹爹很快便會回來。」程紹禟摸著她的腦袋瓜子，柔聲道。

「不嘛不嘛，我要跟爹爹一起！」小丫頭開始撒嬌耍賴。

程紹禟拿她沒辦法，思考著帶她進宮的可能性。

那廂得到消息趕來的凌玉，直接便把小丫頭給拎起來，教訓道：「爹爹有事要辦，哪能帶著妳去。」

程紹禟乘機離開。

小泥巴看著他快步離開的背影，有些委屈地癟癟嘴，可一見娘親板著臉，立即便靠過來，抱著她的腿撒嬌地蹭了又蹭。

凌玉好笑地捏了捏她的小鼻子。她也算是看出來了，這小丫頭和她哥哥小時候一般，最會看大人臉色。

她爹那樣的榆木腦袋，能生得出這對鬼精的兄妹，也算是難得了。

程紹禟猜不出趙贇傳召自己所為何事，跟著傳旨的內侍往御書房而去，在殿門前迎面便見庚太傅從裡頭走出來。

「太傅！」他連忙上前，恭敬地行禮。

庚太傅捋著鬍鬚含笑道：「侯爺可算是來了，陛下在裡頭等著呢！」

程紹禟又與他客氣了幾句，才急急忙忙走進去。

屋裡只得趙贇一人，他行禮問安畢，卻久久沒聽到上首那人的說話聲，不禁疑惑地皺了皺眉頭，微微抬眸望去，就見趙贇神色莫辨地望著自己。「陛下？」他試探著喚。

「趙奕死的那一日發生了什麼事，你且一一向朕稟來。」終於，趙贇緩緩地開口問。

程紹禟略思忖片刻，便將那日兩軍對戰間，突然山搖地動，隨即兩軍休戰投入救災，一直到數日後災情稍緩，齊王再次問及他關於啟元帝身世內情一一道來。

「……就在當晚，齊王遣退下人，在府中一座孤樓內自焚，大火足足燃燒了將近一夜才被撲滅，臣等在廢墟裡發現了一具燒焦的男屍，經多方驗證，確定死者確實為齊王。」說到此處，他不禁望了望始終一言不發的趙贇，見他沈著一張臉，臉上卻瞧不出半分表情，一時心中忐忑。想了想，還是硬著頭皮道：「齊王謀逆，罪不容赦，論理，便是以死贖罪也不能夠，只他生前盡心盡力救治災民，死後其追隨者亦不曾懈怠半分，齊王妃一介女流，更是不顧王妃之尊，散盡家財，助朝廷賑災，只為代夫贖罪。臣以為，對窮凶極惡者，必不能輕易饒恕，只是對有心悔改，並已經以實際行動贖罪之人，理應從輕發落，這也是昭顯陛下之仁義。」

趙贇仍舊沒有出聲。

言盡於此，程紹禟也不欲再多說，拱手行禮告退。

「紹禟兄弟！」

從御書房離開後，程紹禟便欲歸家，忽聽身後有人喚自己，回頭一看，當即便笑了，快步迎上前去。「褚大哥！」

褚良哈哈笑著拍拍他的肩膀，戲謔般道：「或許我該喚你侯爺才對。」

「大哥言重了，不管什麼時候，我依舊還是你的紹禟兄弟。」程紹禟正色道。

褚良又是哈哈一笑。「你這一板一眼的性子，當真是這麼多年來從不曾變過。」

久別重逢，兩人便到了離皇宮較近的褚良府中小聚。

此時的御書房內，皇后也在柔聲勸道：「常言道，夫妻本為一體；又有言，罪不及妻兒。妾身卻以為，婦人受了多少夫君帶來的榮耀，自是應該同樣承擔多少罪過，妾身相信，四弟妹亦是這般想著，故而才會在四弟過世後，依然盡心盡力為夫贖罪。妾身不敢求陛下寬恕她，只請陛下好歹留她一命。」

趙贇久久沒有說話，片刻之後，伸出手去，親自把跪在地上的皇后扶起來。

這一日，啟元帝降下旨意——齊王謀逆，貶為庶人。對其生前追隨者，啟元帝感念他們在離島天災期間為當地災民所做的一切，特赦免死罪。

旨意傳來後，齊王妃合上雙眸，深深地吸了口氣。

所以，他們這是可以活命了嗎？

「王妃，咱們是不是可以離開這裡了？」映柳同樣難掩激動地問。

齊王妃點點頭，隨即叮囑道：「不要再叫王妃了，從今以後，這世上再沒有齊王妃，只有曹婧苒。」是的，從此以後，她再也不是齊王妃，而是曹婧苒，無拘無束、真真正正活得自在的曹婧苒！

映柳怔怔地看著她臉上異樣的神采，忽地伸出手去，緊緊地揪著她的袖口，懇求道：「王妃……不，夫人，我給妳疊被洗衣、燒柴煮飯，求求妳不要拋下我們母子三人！」

曹婧苒蹙眉。「好好的妳說這些話做什麼？」

「我知道自己很笨，除了幹些粗活什麼也不會，妳讓我跟在妳身邊做個粗使丫頭也好，我什麼都能做、什麼苦都能吃，真的，只求王妃莫要拋棄我們！」映柳把她的袖口抓得更緊，哀聲懇求著。

曹婧苒哭笑不得，竟生出一股自己是那拋妻棄子的負心人的詭異感覺。

「妳這是做什麼？快起來！」她沈著臉，伸出手去拉不知何時已經跪在地上的映柳。

映柳見她臉色不佳，到底怕得罪她，唯有輕咬著唇瓣站起來。

「兩位，妳們可以走了。」約莫一刻鐘不到，便有宮中侍衛走過來，打開牢門道。

曹婧苒深呼吸幾下，率先邁開步子便走了出去。

映柳一手拉著一個孩子，寸步不離地跟在她的身後。

走出大牢，一道強烈的陽光照射過來，曹婧苒不適地伸手去擋，待感覺漸漸適應之後，才緩緩地睜開雙眸。

「趙夫人，奴婢奉榮惠大長公主之命，前來接您到慈恩堂去。」正在此時，一輛馬車在她們跟前停下來，隨即從車裡走下來一位老嬤嬤，朝著曹婧苒恭恭敬敬地行禮道。

曹婧苒認出她是榮惠大長公主身邊的老嬤嬤，不禁笑了。「嬤嬤來得正好，我正擔心著接下來該去何處落腳，妳便來了。」

「大長公主殿下這些年一直惦記著您，夫人請。」

曹婧苒正要上馬，便聽到身後的映柳啞聲喚。

「夫人……」

她止步回頭，對上映柳充滿哀求的神情，再望望她身邊那兩名緊緊依偎著她的孩子，最後將視線落在男娃臉上，看著那張與那個人肖似的小臉，若有似無地嘆息一聲。「你們也上來吧！」

映柳鬆了口氣，感激地道：「多謝夫人！」

自唯一的女兒康寧郡主逝世後，榮惠大長公主便一直避居於與相國寺一牆之隔的慈恩堂。她乃今上姑母，素來不理世事，避居慈恩堂後，也只與曾經的齊王妃、如今的趙夫人曹婧苒有些來往，這也是因為她與曹婧苒生母乃是閨中密友之故。

故而剛一聽聞皇帝赦免了齊王一干人等，便立即使人前去接她。

只是，當她看到緊緊跟著曹婧苒的映柳母子三人時，臉色當即便沈了下去。

映柳其實也是怕她的，畢竟當年頭一回跟著齊王妃到慈恩堂時，便被榮惠大長公主罰跪過，此刻見她臉色難看，生怕她下一刻便要把自己趕走，嚇得「撲通」一下便跪在地上。

「許多年不見，殿下倒是越發威嚴了，一下子便把她給嚇軟了腿。」曹婧苒故作不知當中緣故，笑道。不待榮惠大長公主再說，她便一把將映柳拉起來，斥道：「當真沒用！難不成被關了這段時間，竟連基本的禮節都不會了嗎？」

映柳勉強打起精神，先是恭敬地行禮問安，而後又哄著兩個孩子見禮。

「罷了罷了，帶他們先去歇息吧！」榮惠大長公主瞥了曹婧苒一眼，無奈地道。看著侍女領著映柳母子下去後，她才沒好氣地道：「不過幾年不見，妳怎地也學會了這般菩薩心腸？這種下賤胚子，隨她自生自滅便是，何苦還要理她？」

「好些年不見，姨母瞧著倒是越發硬朗了。」曹婧苒笑道。

「別盡扯些有的沒的。妳若是怕礙於顏面不得不收留他們，便由我來做這個惡人，直接把他們轟走便是。」榮惠大長公主板著臉道。

「姨母待我好，我自是明白，只是，帶他們母子三人前來投奔，確實出於我的本意。也不為別的，只為了那兩個孩子，好歹也是自己看著長大的，又是那個人的骨肉，我又如何忍心看著他們流落街頭，沒個安身之處？再說，這日後的日子會是如何，誰又能保證？日子還這般長，總得找些事情來做做才是，倒不如先養著瞧瞧。」

她的語氣聽來甚是輕鬆，就像是養著小貓、小狗一般隨意。榮惠大長公主搖搖頭，也不再說什麼了。

此時的廂房裡，映柳正叮囑著一雙兒女。「日後要好好聽母親的話，不要惹母親生氣，記住了嗎？」

容貌極似生父的趙潤乖巧地點點頭。「記住了，我和妹妹會好好聽母親的話，不會惹她生氣。」

綁著雙丫髻的趙涵亦學著兄長的模樣答應下來。

看著不知不覺間彷彿長大好幾歲的兒女，映柳鼻子一酸，險些沒掉下淚來，連忙張開手，把兩個孩子都摟進懷裡。

程紹禟從褚良府上離開時，便聽聞了啟元帝那道赦免的旨意，略有幾分怔忡，隨即便揚起歡喜的笑容。他就知道陛下必不會讓自己失望。

啟元帝雖然赦免了死罪，但活罪難饒，齊王一干追隨者等悉數被發配苦寒之地作苦力。那些人跟著齊王出生入死多年，什麼苦頭沒吃過？能保住一條性命，對這個結果也沒有半點怨言。

得知晏離想要見自己時，程紹禟正指點著小石頭武藝，聽到侍衛稟報後點點頭。「知道了。」

「爹，您瞧我這套拳打得怎麼樣？有沒有比上一回進步了？」小石頭深呼吸一下，歡喜地問。

即將邁入十歲的小石頭長得壯壯實實的，相較於讀書寫字，更喜歡舞刀弄槍。

「稍有進步，只是無謂的花架子太多，若是在實戰中，每一招、每一拳都只求打倒對手，而不是要姿勢好看。」程紹禟拍拍他的肩。「爹還有事，你且先再練練，待爹回來之後再檢查。」

小石頭雖然有些失望，但還是痛快地答應了。

凌玉牽著女兒的小手走過來，卻只見到程紹禟離開的背影。她望望不遠處正認認真真打拳的小石頭，看著陽光下那個靈活的身影，一招一式，一板一眼，不知不覺間，她竟看得入神了。

「彷彿不過一眨眼的工夫，小石頭便已經長得這般大了，下個月便是他的十歲生辰，得好生辦一辦才是。」王氏不知什麼時候走到她的身邊，語氣有些欣慰地道。

「是啊，真的不過一眨眼的工夫，小石頭就要十歲了……」凌玉喃喃地道。

十歲，她的兒子快要十歲了呢……上輩子，她就死在他過完十歲生辰不久的某一日。

可是，這輩子是不一樣的。這輩子他們不必為了生計四處奔波，她的小石頭不用餓肚子，甚至他還養成了挑食的壞毛病。他長得更高、更壯實，性子也更活潑。

看著陽光下那張滴著汗的小臉，她的視線竟有了幾分朦朧。

她知道，這輩子無論她有多少孩子，再沒有哪一個能及得上小石頭在她心中的地位，也再沒有哪一個能似小石頭這般，凝聚了她兩輩子的愧疚與愛。

「夫人，馮侍衛回來了。」茯苓走過來稟道。

凌玉連忙別過臉去，掩飾眼中隱隱的水光，好一會兒才吩咐道：「快請他進來。」

馮侍衛便是當年程紹禟出征前，留給她打探明菊母子下落的。自當年齊王帶著唐晉源等人趁亂逃出京城後，明菊母子也下落不明，這幾年凌玉一直暗中命馮侍衛打探他們母子的下落，可始終沒有消息。

「屬下四處打探，探得唐夫人母子曾經在梁州城出現過，只可惜待屬下趕到梁州城時，卻已經尋不到他們的蹤跡。」

凌玉滿心以為這一回總能尋到人了，可聽他這般一說，不禁有些失望。

「那你可知他們母子在梁州城時以何為生？」她追問。

「聽說唐夫人靠替人幫傭掙幾個錢，母子二人生活過得甚為艱難，尤其是前些年四處戰亂，只怕吃了不少苦頭。只如今天下太平，唐夫人想必也會想著尋個地方安定下來才是。」

「言之有理，若是如此，尋到他們的機會便又大了些。還煩請馮侍衛再帶人四處打聽打聽，務必尋到他們母子的下落。」

「夫人放心，屬下必定全力尋找！」

「妳要找的可是晉源娘子？」王氏突然問。

凌玉點頭，問：「娘認得？」

王氏嘆了口氣。「晉源我是認得的。當初與紹禟同一家鏢局，和宋超那幾個好得跟親兄弟似的，卻沒想到事隔幾年，他們倒是一個個先去了，留下孤兒寡母的可如何是好？好歹也與咱們家有那麼段因緣，不管如何都要想方設法把他們母子找著。雖說如今沒有打仗了，只一個婦道人家，身邊又帶著孩子，這日子苦啊！」

「娘放心，紹禟早就安排人去找了，相信過不了多久便能找著他們母子的下落。」凌玉見她神情鬱鬱，忙安慰道。

其實當年從青河縣回來後，程紹禟便已經私底下著人去找明菊母子，只是那個時候他剛因為放走齊王而遭到朝臣彈劾，趙贇也冷著他，故而不敢張揚。

如今卻不同，趙贇下了赦免的旨意，連齊王妃與齊王側妃都得到赦免，自不必說如明菊這些追隨者的家眷，原也與他們無關才是。

「但願如此吧！」王氏如何不知她不過是安慰自己？茫茫人海中，想要找出一個人來談何容易？若是容易的話，便不會直到如今都還沒有找到人。

程紹禟回來的時候，帶回一個消息，那便是太常寺少卿曾大人有意將庶女許配給程紹安。

這幾年，程紹安的親事一直定不下來，王氏心中越是著急便越發挑不到一個合意的，偏程紹安又是撒手不理、放之任之的模樣。

「曾大人找上了我，可見這門親事確實具有誠意，妳找個適合的機會與娘去曾府見一見那曾姑娘。若是個好的，便應下吧，紹安這年紀可不能再拖了。」程紹禟皺眉道。

他也是沒有想到，當年領兵出征前便已經在準備給程紹安說親之事，一說竟說了這麼多年卻仍未有個定數。

「也好，這親事總不能再拖下去。」凌玉頷首。

「還有一事。前些日我與褚大哥小聚，席間他竟問起了柱子嫂。妳那年在村裡頭，可曾聽聞柱子嫂說過什麼？」

他口中的柱子嫂，自是指的當年程家村的俏寡婦蕭杏屏。

凌玉眼神微閃，卻是一臉坦然。「並不曾聽她說過什麼。」

程紹禟狐疑地凝望著她片刻，終是沒有再說什麼。

見他並沒有追問，凌玉暗地鬆了口氣，想到日前楊素問對自己抱怨的那些話，一時有些頭疼。

當年蕭杏屏讓自己尋找的劍穗主人，明明就是褚良，這兩人必是曾經發生過什麼，只可惜楊素問偏無法從褚良口中探出一絲半點消息來，只知道過了不久褚良便領旨到外地辦了一回差事，辦差回來後不久，便升任禁衛軍統領兼負責教授皇長子等孩子武藝。

只可惜山長水遠，路上不便，否則她必定會想法子從蕭杏屏處問出個緣由來。

一向表現出對親事放之、任之的程紹安，在聽到兄長有意為他聘下太常寺少卿的庶女時，沈默片刻後竟道：「這門親事我不能答應。」

「這卻是為何？」程紹禟沒想到他拒絕得這般乾脆，一時有些意外。

程紹安有些遲疑，神情瞧來也有幾分掙扎，最終一咬牙，「撲通」一下跪下來。

「有話好好說，你這是做什麼？」程紹禟皺眉，伸手便要去拉他，卻被他掙脫開來。

程紹安懇求道：「大哥，我心裡已經另有屬意之人，還請大哥成全。」

此話一出，不論是程紹禟還是王氏，均是一臉驚訝。

「你這孩子，有了屬意之人怎也不早說？卻不知是哪家的姑娘？」王氏喜不自勝地問。

早說了心裡有人，也不必她這幾年一直為此事頭疼。

凌玉若有所思地望著他，心中隱隱有個猜測。

程紹禟不由得皺起了眉，緩緩地坐下來，沈聲問：「是哪家的姑娘？」

程紹安的神情略有幾分猶豫，可還是一咬牙回答道：「是蘇凝珊蘇姑娘。」

果然不出所料……凌玉心中了然，對這個結果也不怎麼意外。

姓蘇？程紹禟的眉頭擰得更緊了，不會是他知道的那個蘇家姑娘吧？

「蘇姑娘？當年那位狀告伯父的蘇姑娘？」王氏吃了一驚。

「是，正是那位蘇姑娘。」程紹安豁了出去，一五一十地將他與蘇凝珊合夥生意之事道來。末了，望著程紹禟，深深地道：「我知道大哥並非那等人云亦云之人，當年不同意與蘇家的親事，也是因為不願與蘇家長房，還有宮裡的蓉貴嬪有瓜葛。只如今蘇家早就不是當年的蘇家，蘇姑娘一個女流之輩，撫養幼弟，獨力支撐門庭，日子雖苦，卻仍然堅持著心中一片淨土，不為名利所迷惑，行事處處講求良心，著實為可敬可佩之女子。」由敬生愛實在是再順理成章不過之事，待他發現心中存了那道纖細的身影時，已經無法回頭了。「至於宮裡的蓉貴嬪……她乃天子妃嬪，與我一介庶民又有什麼干係？」他平靜又道。

時間是最好的傷藥，這麼多年來，再是怎樣的傷痛，也早就被撫平了。更何況離了自己，那個人過得更好，榮華一生，得償所願，便是將來摔跟頭，也只是她的事，與自己再無干係。

程紹禟深深地望著他，沒有錯過他臉上每一分表情。良久，他緩緩地道：「此事我還要再斟酌斟酌，容後再議。」

「大哥！」程紹安還想再說，可程紹禟卻已起身，抱起了撲進來的小泥巴，邁著大步從他身邊走出去。

「還能斟酌便是留有餘地，此時你若是不依不饒，只怕便要把路給堵死了。」凌玉見他不死心地要追上去再說，搖搖頭提醒道。

程紹安怔了怔，很快便明白了。「多謝大嫂！」

王氏卻仍有些糊塗。「紹安看上了那蘇家姑娘我倒是知道了，可宮裡的蓉貴嬪是怎麼回事，為何好端端的提起她？與咱們家有什麼關係嗎？」

凌玉心裡「咯噔」一下，下意識地望向程紹安，此時方想起，王氏並不知道蓉貴嬪便是從前的金巧蓉。

「我不過隨口這般一說，拿來舉個例子而已，並沒有其他什麼意思。」程紹安眼眸微閃，含含糊糊地回答。

王氏狐疑地望著他，分明不相信他此番話。

凌玉怕她再問，連忙轉移話題。「上回小石頭說後廚烙的餅子沒有阿奶烙的好吃，難得今日有空，娘不如便露兩手，也好讓——」

「是不是巧蓉？那蓉貴嬪是不是巧蓉？」王氏打斷她的話，緊緊地盯著程紹安問。

「怎、怎麼會是她呢？娘您想太多了。」程紹安勉強笑道。

王氏冷笑。「你莫要騙我了！我險些便要忘記，她生母本家便是姓蘇，難怪你大哥會不同意蘇姑娘與你的親事，原來這當中還有這個緣故。」

凌玉沒有料到她一下子便想到了金巧蓉頭上，一時也不知該如何反應？

「原來她竟成了宮裡頭的貴人，怪道這些年來一直音訊全無，連撫養她長大的養母竟也不管了，以致你金家表姑死不瞑目。」

凌玉還是頭一回聽她提到此事，有些詫異地望向她。「死不瞑目？」

「可不是？妳金家表姑當年病重，縱是病得糊裡糊塗，只嘴裡卻是一直喊著她的名字，臨終前也惦記著她，一遍又一遍地問『巧蓉可回來了』，我只能騙她說『已經在回來的路上了』，可一直到她死，卻始終沒有等到那人出現，連半點消息都沒有回來。縱然不是親生母親，可這麼多年來的真心愛護便是假的嗎？養育之恩便可以不管不顧，全然拋之腦後嗎！」

饒得王氏向來便是個好性子，只一提到當年孫氏的死，也是氣得不行。

凌玉說不出話來，好半晌才硬著頭皮安慰道：「她這些年來過得也不容易，娘且瞧那前蘇家大伯的為人便可知，那也是沒安好心的，當年這般千辛萬苦地把外甥女尋回來，也不過是想要藉她重新攀上寧家。只是她本家寧家那些所謂的親人，也只是把她當棋子般利用，當年把她送到太子府，也是打著借腹生子的主意，以便鞏固寧家長女、彼時的太子側妃的地位。」

程紹安吃驚地抬眸望過去，也是頭一回聽聞蓉貴嬪當年離開程家村後之事。

「我並非要替她開脫，只是覺得既然彼此已經形同陌路，過去的種種便讓它徹底過去，何苦再想來平添氣惱？」凌玉好言勸道。

王氏自然也明白這個道理，只是心裡一時放不下，聞言恨恨地瞪了程紹安一眼。「便是你大哥同意你與那蘇家姑娘的親事，我也不會同意！咱們家再不會與姓蘇的有半點關係！」

「娘！」程紹安一聲哀嚎，不敢相信王氏竟然把怒火發作到自己身上，眼睜睜地看著王氏拂袖而去，一時連連跺腳。「我這都是招誰惹誰了！」

凌玉好笑地瞥了他一眼，忙追著去哄王氏了。

因為親事始終得不到生母與兄長的同意，接下來的數日，程紹安乾脆便放了自己的假，哪兒也不去，就留在家中，不是磨著王氏軟語相求，便是圍著程紹禟一副欲言又止的模樣。

王氏本就是個軟性子，雖然心疼孫氏當年之死，心裡對與蓉貴嬪相關之人都記恨上了，可到底抵不住程紹安的軟語懇求，不出三日便已經敗下陣來。

反倒是程紹禟，卻始終沒有鬆口，但也不曾明確拒絕，急得程紹安直撓頭，卻又不敢多言，唯恐徹底惹惱兄長，以致親事打了水漂，遂將懇求的視線投向凌玉。

凌玉也不明白程紹禟心中所想，趁著這日他在府裡，遂旁敲側擊地打探他的意思。

「我這幾日讓人去查探那蘇家姊弟的情況，看那女子是否確實是好的？若是與她宮裡那個表姊是一路貨色，便是拚著讓紹安一輩子惱了我，我也絕對不會同意這門親事。」程紹禟倒也沒有瞞她，逕自道。

「那你查探了這些日，可有結果了？」凌玉追問。

程紹禟沈默良久，終是嘆了口氣。「此女性子倔強，頗有主見，而紹安性子軟，二人若是結合，恐女強男弱，實非什麼好事。」

凌玉聽罷倒是笑了。「瞧你說的！若是如此，這二人性子互補，豈非更容易相處了？只要彼此心裡都裝著對方，自然是你敬我、我敬你，相互扶持，又有何不好？最重要的還是要情投意合。若是兩人行事與目標均是一致，齊心協力，日子不是更能紅紅火火的？他二人已經合作了這些年，對彼此性子想來都有所了解，若是答應這門親事，日後磨合得豈不是更容易？」

程紹禟細一想，確實是這個道理，只又聽她處處維護那兩人，不禁挑眉問：「那姑娘名聲可不怎麼好聽，再加上行事也是雷厲風行的，不是什麼好惹之人，妳便不怕她進門後……」

凌玉輕笑道：「與她過一輩子的是紹安，又不是我，紹安都不介意了，我又介意什麼？況且，妯娌之間只要凡事講求個理字，又懂得退讓三分，許多不必要的矛盾便也能免了，哪裡會有那麼多不必要的爭執？至於她為何會沾上這不好聽的名聲，此事我也算是從頭到尾關注過的，確實是她那個大伯狼心狗肺、欺人太甚，她能奮起反擊，還一擊即中，這心性比尋常男子倒還要強上幾分。」

程紹禟頷首。「言之有理。」

一見他這模樣，凌玉便知道這門親事便是沒有十分准，也有七、八分了。

「只若是有機會，我倒是想見一見她，看看到底是怎樣特別的姑娘，也能撩動紹安的心。」她若有所思地道。

「不就是一雙眼睛、一個鼻子、一張嘴，能有什麼特別的？」程紹禟不以為然。

很快地，程紹安便從凌玉口中得知兄長的態度，總算鬆了口氣。「大嫂放心，她雖是脾氣硬了些，卻不是個無理取鬧之人，相反地，她事事講理，從來不會胡攪蠻纏。」

凌玉笑道：「果真如此倒是好了。」

叔嫂二人正說著話，那廂小石頭便高高興興地跑進來。「娘、小叔叔，爹爹成了鎮國公了！」

「什麼國公？」凌玉怔住了。

「鎮國公！陛下下了旨意，晉封爹爹為鎮國公。小叔叔，你打造好的『平南侯府』可又要換下來了。」小石頭笑嘻嘻地道。

程紹安聽罷，哈哈一笑。「換得好、換得好！」

隨即，闔府的下人聞訊趕來，一聽主子又晉了爵位，當下便齊聲道喜。

凌玉喜不自勝。上一回聽聞程紹禟在金殿上觸怒了啟元帝，惹得對方盛怒而去，辛苦攢下的功勞一朝沒了不說，只怕連如今的侯爵也保不住，不想如今卻峰迴路轉。

在被啟元帝晾了三個月後，平南侯程紹禟終於憑藉赫赫戰功榮封鎮國公，也是本朝自開國以來年紀最輕的國公爺。

朝臣們對此並不意外，甚至有種「聖旨終於下來了」的釋然。畢竟他們也還記得當日庚太傅那番可惜的話，如今雖是晚了三個月，可那早就寫好的聖旨也還是頒下來了。

凌玉換上國公夫人的儀服，又替王氏整了整身上的錦袍，見她一臉緊張，不禁安慰道：「娘不用擔心，皇后娘娘是最和善不過的，咱們只要禮節上不出錯便好。」

王氏拍了拍胸口，苦惱地道：「雖是這般說，那可是皇后娘娘，戲文裡高不可攀的皇后娘娘，我一個鄉下老婦人，也沒見過什麼世面，若是衝撞了貴人可如何是好？」

「娘只要按陳嬤嬤教您的那些行禮便是，其餘的有我在。況且……」凌玉微微一笑，替她扶了扶頭上的鳳釵。「娘也不是什麼鄉下老婦人，而是鎮國公太夫人，這滿京城的夫人，能越得過妳的，也沒幾個了。」

王氏還有些懵，只是聽她這一通安慰，心裡多少也踏實了些。

今日皇后娘娘召見鎮國公府女眷，婆媳二人帶著小泥巴，在新任鎮國公程紹禟的護送下進宮。

王氏本是十分忐忑的心，在看到皇后溫和的笑容時便定了幾分，又見她言行十分親近，更是直接摟了小泥巴在懷裡，認真聽著小姑娘奶聲奶氣地向她說些稚氣的話，終是放下心來。她陪著皇后說了會兒話，忽覺得腹中脹脹，遂求救地望向凌玉。

凌玉一見便明白了，起身告了聲罪。

皇后身邊的宮女都是玲瓏剔透的，當即便有新提拔上來的宮女過來，引著王氏下去了。待王氏淨過手，重整了儀容，便又在那宮女的引領下往正殿而去。

哪想到才走出一段距離，忽見一名打扮精緻、娉娉婷婷的宮裝女子迎面而來。她定睛一看，隨即瞳孔微縮，猛地就朝對方衝了過去，揪著她便打，一邊打一邊哭罵道：「是妳！是妳這個天殺沒良心的！可憐金家表妹含辛茹苦把妳養得這般大，到頭來便是死了也得不到妳看顧一眼！妳這是擇了高枝攀上，便要不顧養育之恩，妳這沒良心的……」

蓉貴嬪是想來向皇后請安的，哪想到被一個突然衝出來的瘋婆子給抓住就是一頓打，打得她整個人都有些懵了，更是嚇得花容失色，連聲喊著救命，只再一聽那瘋婦口中所言，整個人卻如遭雷劈。「妳說什麼？誰死了？誰死了?!」她瘋了一般握著王氏的肩，尖聲叫道。

「妳娘死了！病死了，死不瞑目！我倒要瞧瞧妳這輩子良心可安！」

「妳胡說！她身子一向極好，哪會一病便沒了？」

「我胡說？我胡說什麼！再好的身子被妳那麼一氣也垮掉了，掙扎了大半年才去，也是盼著妳這沒良心的會不會回來瞧她一眼！」

「妳胡說、妳胡說……」

圍觀的宮女見這兩人突然便打鬧起來，當下便嚇了一跳，畢竟哪一個都是得罪不起的，連忙上前去又是勸、又是拉，好不容易才將兩人給分開來。

「妳說清楚，妳是不是在騙我?!」向來最重儀容的蓉貴嬪此刻鬢髮凌亂，精緻的妝容也有些糊了，見王氏被宮女拉走，瘋了一般便要撲過去。「妳是不是在騙我？我娘怎會沒有了?!」蓉貴嬪用力掙開拉著她的宮女，再一次朝王氏撲過去。

王氏被她緊緊地抓著手腕，惱道：「我騙妳做什麼？她死了，早就死了！在妳離開不到一年的時候便已經臥病在床，又掙扎了半年便去了。」

「不可能的、不可能的……她身子一向極好，怎會一病便沒了……」蓉貴嬪身子一晃，鬆開了抓著她的手，慘白著臉，不敢相信地喃喃道。那是這輩子對她最好的人，也是這世上唯一真心待她的人，可竟然在她不知道的時候便已經死了……

早有見狀不好的宮女飛快前去稟報皇后，待聽到消息的凌玉率先趕出來時，一見此情景便知道不好。

她怎麼也沒有想到，竟讓王氏與蓉貴嬪撞了個正著，更沒有想到王氏竟然不管不顧地嚷出了孫氏已經過世之事，以致使得蓉貴嬪方寸大亂。

當看到已經快步走出來的皇后，見她的臉色沈了下來，凌玉只覺得頭更疼了。

「來人，侍候蓉貴嬪整理儀容！」皇后寒著臉，沈聲吩咐道。

凌玉嘆了口氣，拉著已經意識到自己許是闖禍的王氏，柔聲道：「娘，我替您重新綰個髮髻吧！」說完，扶著她進殿，在彩雲的幫助下，重新替王氏整理儀容。

「說吧，這到底是怎麼回事？」正殿上，皇后端坐寶座，沈著臉問已經收拾妥當，正跪在地上的蓉貴嬪。

此時此刻，蓉貴嬪也已經冷靜下來，腦子飛快運轉，只想著怎樣把當前的難關應付過去？卻絕望地發現，除了坦白，她卻是再也想不出什麼行之有效的理由。

「說！」皇后厲喝一聲，也讓帶著王氏欲出來的凌玉縮回了腳步。

她還是頭一回看到向來溫和的皇后如此疾言厲色的模樣，可這一切的始作俑者便是身邊的婆母。

王氏也被皇后這一聲厲喝嚇得一記哆嗦，越發往凌玉身後縮了。

「夫人與太夫人還是在裡頭再坐會兒吧？大姑娘此刻與二皇子在東殿處，有明月與幾位嬤嬤在旁邊照應，夫人莫要擔心。」彩雲也知道此刻她們並不適宜出去，又怕她們放心不下小泥巴，遂柔聲道。

「如此也好。」凌玉哪有不允之理？王氏亦然。

正殿處，蓉貴嬪最終還是坦白了一切，說完最後一個字後，她整個人一鬆，癱軟在地上。

事到如今，一切早已到了無可挽回之地步。也許從一開始便錯了，自己當年便不該被舅舅口中的富貴日子給迷了心，拋夫棄母，最終連這唯一真心疼愛自己的人的最後一面也見不到，讓她含恨而終。

皇后臉色大變，怎麼也沒有想到她竟然與程紹禟一家有這樣一段過去！只因當年寧蓉是以陪伴長姊寧側妃的名義進府，雖然府中眾人多少猜得出寧側妃打的主意，只是表面上也不好說什麼，自然也不會驗身，到後面彼時的太子直接便將她抬成了侍妾，更加無人想到這一事上來。

她揉了揉額角，著實沒想到一時的疏忽竟招致了這般大的婁子，這簡直成了笑話！

「妾身曾經嫁過人此事，當年便已經如實向陛下稟報過。」蓉貴嬪想了想，還是決定垂死掙扎一番。

「妳曾向陛下稟報過此事？」皇后這下倒有些意外了。

蓉貴嬪察言觀色，自然發現她的變化，心思當下一定，頭一回慶幸當年凌玉逼著自己向趙贇坦白，否則今日只怕再無轉圜的餘地。

「是，妾身不敢隱瞞娘娘，娘娘若是不信，大可去問陛下。」

皇后臉色凝重，若有所思地望著她。

若是陛下早已得知此事，這些年來卻任由她身居高位，可見並不在意她的那段過往。陛下會如此待她，要不便是對她喜歡至極，要不便是另有打算。而這些年來，啟元帝待蓉貴嬪如何，皇后自是再清楚不過。

若是陛下都不在意，而這當中又牽扯了鎮國公府，自然不該鬧將出來，免得到時君臣面上都不好看。

好在今日是在她的眼皮子底下鬧開，想要捂住並不是什麼難事。

「老大家的，我是不是給你們惹禍了？」裡頭，王氏白著臉問。

凌玉安慰地拍拍她的手背。「不是什麼要緊之事，娘不必擔心。」

「都怪我，我怎地便忍不住了呢？明明說過，過去便讓它過去，不必再多理會的，可為什麼我就是忍不住，還是嚷了出來呢？」王氏悔得腸子都快要斷了，若是因此給兒子、兒媳招禍，她便是死也難贖其罪了。

「真的不是什麼要緊之事，當真不要緊的。」凌玉好言相勸。

「娘！阿奶！」

小泥巴清脆軟糯的聲音傳進來，凌玉抬頭，便見她如同一陣風似地撲進來。

凌玉下意識地摟住她，抬眸便又看見二皇子小小的身影，連忙牽著女兒的手起身行禮。

王氏亦學著她的模樣見禮。

「二殿下！」

二皇子撲閃撲閃著眼睛，肖似趙贇的小臉上小大人似的板著，聞言一本正經地道：「夫人免禮。」話音剛落，便「咻」地跑過去，拉著小泥巴的手脆聲道：「小泥巴，咱們去看小皇妹吧？」

他口中的小皇妹，便是姚嬪不久前生下的小公主，也是趙贇的頭一個女兒。宮裡有了比自己還要小的孩子，二皇子覺得有趣，不時便鬧著要去看皇妹。

只是姚嬪自生產後身子一直不好，又失望於生的只是個女兒，越發鬱鬱寡歡，整個人都是陰陰沈沈的，皇后自然不會讓兒子往她那裡去。

小泥巴甩開他的手。「又不是我的妹妹，有什麼好看的？我要跟娘和阿奶一塊兒。」

二皇子見她不肯，有些不高興地噘起了嘴，突然伸出手去，用力往她綁得整齊漂亮的花苞頭扯了一把，隨即靈活地「咚咚咚」跑開了。

小丫頭「哎呀」一聲驚叫，隨即揚起手，便要追著去打那個又扯亂自己頭髮的壞蛋。

凌玉早有準備，眼明手快地拉住她，戳戳她氣鼓鼓的臉蛋，親自替她又綁了個漂亮的花苞頭，這才低聲道：「不許沒大沒小的。」

小泥巴鼓著腮幫子，哼哼唧唧一會兒，彩雲便走進來，請她們進殿。

被二皇子與小泥巴這般一鬧，王氏的心也安定了幾分，只一聽皇后又請，下意識地便揪著凌玉的袖口。

凌玉拍拍她的手背，無聲地安慰著。

婆媳二人帶著小泥巴進殿，殿內已經不見蓉貴嬪的身影，只有寶座上神色依然溫和的皇后，二皇子正依偎在她的身邊，瞧見她們進來，便朝小泥巴扮了個鬼臉。

小泥巴哼了一聲，同樣還了他一個鬼臉。

凌玉自然察覺兩個小傢伙稚氣的舉動，有些哭笑不得，再一看上首的皇后，見她臉上也揚起了一個有些無奈的笑容，心中頓時一定。

正如她所想的，接下來皇后彷彿什麼事也沒有發生過，依然語氣溫和地與她們閒話家常，不時還斷一斷二皇子與小泥巴間的公案。

待祖孫三人坐上回府的馬車時，王氏才徹底鬆了口氣，抬手拭了拭額上的汗漬。

「皇后娘娘到底是皇后娘娘，就跟天上的仙女似的，人美心也善。」

凌玉微微一笑，摟緊已經昏昏欲睡的小泥巴。「便是這般。我就說娘不必擔心，不是什麼要緊之事。」若她沒有記錯的話，蓉貴嬪此事早已在陛下那裡交了底，只要不鬧得太難看，皇后想來也不希望失去蓉貴嬪這麼一個得力助手。

此時的正明殿，趙贇高坐在龍椅上，俯視著跪在地上請罪的蓉貴嬪，手指一下又一下地輕敲著御案，緩緩道：「這當真是出乎朕之意料，妳的前夫主竟然是程紹禟一母同胞的兄弟。」

「妾身實非有意隱瞞，著實是、著實是難以開口。」蓉貴嬪知道這是自己最後的機會，遂將姿態擺得更低，伏在地上顫聲道。

趙贇起身，緩步行至她的跟前，居高臨下地道：「寧蓉，念在當年妳的護駕之功上，朕便再給妳一次機會，妳若是覺得後悔了，朕便准妳離開宮中，再嫁與否盡由己身。」

蓉貴嬪臉色一白，當下將身子俯得更低，聲音也越發地抖了。「哪有、哪有妃嬪離宮再嫁之理？妾身、妾身既為陛下妃嬪，縱然是死，也要死在宮裡頭。」離開皇宮？離開了此處，她又能去哪裡？天下之大，哪裡還有她的容身之處？

「這是朕給妳的最後一次機會，妳可要想清楚了。朕不怕實話告訴妳，妳若留在宮中，除了尊位，朕什麼也給不了妳。畢竟，朕乃天子，要什麼樣的女子沒有，著實沒有必要要一個再嫁婦人。」

蓉貴嬪難堪得用力咬一咬唇瓣，不讓眼中滾動的淚水滑落。「妾身知道，陛下能容妾身在宮中，賜予高位，已是天大之恩典，妾身不敢再有妄想。」

「妳抬起頭來。」

她胡亂抹去眼中淚意，垂下眼簾緩緩抬起了頭。

事隔多年，趙贇再一次認真望向眼前這張容顏。芙蓉面，柳葉眉，膚白如凝脂，倒也是個容貌不俗的佳人。他忽地伸出手去，輕輕捏著她的下頷，強迫她抬眸望向自己，沒有錯過她眼中那破釜沈舟般的倔強。「倒是個有野心的女子。」

蓉貴嬪心尖一顫，連忙伏下身子。

「蓉貴嬪聽封！」

蓉貴嬪猛地抬頭，不敢相信地望向他，見他薄唇微啟，不疾不徐地道——

「貴嬪寧氏，謙恭有禮，進退有度，特晉為德妃。」

蓉貴嬪不可思議地瞪大眼睛，還是夏公公提醒道——

「德妃娘娘，還不趕緊謝恩？」

她當即回過神來。「妾身寧氏領旨謝恩，陛下萬歲萬歲萬萬歲！」

趙贇輕拂了拂袖口，不緊不慢又道：「皇后心慈賢良，只後宮人多了，難免會有些骯髒之事，朕不欲污了皇后之手，更不願髒了她的眼睛。寧德妃乃是有手段之人，這幾年輔助皇后處理後宮之事也是事事周全，朕相信，妳必會有法子替朕護全皇后之賢名。」

暴君又如何？暴君身邊依然可以有一位千古賢后！而有如此賢后的，又豈會當真便是暴君？

蓉貴嬪瞳孔微縮，總算明白自己這突然受封是為了什麼。陛下這是打算讓自己成為後宮中一把最鋒利的劍，替他、替皇后掃清所有障礙。

她深深地吸了口氣，再次拜倒在地。「妾身必不負陛下所望！」

沒有恩寵、沒有子嗣？不要緊，從今以後，她便是後宮中一人之下、萬人之上的寧德妃，不用擔心失寵，更不用擔心生的孩子不得他的父皇看重。

蓉貴嬪的突然封妃引發後宮一片譁然。宮中人盡皆知，這位蓉貴嬪並不受寵，不過是入了皇后的眼，故而這位分晉得比任何人都要快，可是一下子升到妃位，也著實讓人意外不已。

唯有皇后，聽了夏公公的話後，久久說不出話來。

陛下不在乎身上的暴君之名，卻偏偏要自己成為一代賢后，甚至還替自己選中寧德妃這把劍，讓她替自己去做所有的陰私之事。

她心裡說不出是什麼感覺，只覺得很複雜，似怨似嗔、似惱似喜，最終只化作一聲長長的嘆息。

「陛下還說，娘娘若是覺得這劍不好用了，大可換一把。」夏公公斟酌著又道。

皇后垂眸片刻，緩緩地回答：「不必了，本宮覺得很好。」

「既如此，奴才這便回去覆命了。」得了準話，夏公公躬身告退。

鎮國公府中的凌玉同樣很快便得知宮中多了位寧德妃，半晌反應不過來。

她原以為帝后不追究便已經是極好的了，不承想這蓉貴嬪……不，寧德妃竟然還有此等好運。

「也罷，如此看來，她與紹安當真是八字不合。」王氏道。

這兩人分開後，紹安開始懂事了，生意也做得越來越好；而那一位呢，步步高升，如今還成了德妃娘娘，可見當初這兩人的結合便是錯的。

凌玉沒想到她竟是這般看得開，一時有些好笑，拍拍她的手背道：「還是娘說得對，那這會兒紹安與蘇姑娘的親事，卻是要好好合一合才是。」

「放心吧！前幾日我在街上瞧見了咱們青河縣的賽半仙，打算請他來，親自替紹安與蘇姑娘合一合八字。」王氏隨即喜孜孜地道。

賽半仙？又是那個神棍？凌玉笑容僵了僵，有心勸她另請位德高望重的大師合八字，只是見她歡喜的模樣便又作罷。

罷了，賽半仙便賽半仙吧，說不定他還真的有幾分本事，畢竟這輩子的程紹禟也勉強稱得上是「有福之人」了。

鎮國公府的二老爺娶親那一日，寧德妃站在宮中最高的玉星樓，遙望著鎮國公府的方向，想像著那裡的熱鬧，想像著今日的新郎官。

一別多年，他成了鎮國公府的二老爺，如今又迎娶嬌妻，只怕再也不記曾經的舊人。

如此也好，她也不必再對他心存愧疚了。

「娘娘，此處風大，還是先回宮吧？」貼身宮女見她怔怔地站著，想了想，上前柔聲勸道。

娘娘？寧德妃愣了愣，隨即點點頭，攏了攏身上的披風。「走吧！」

是啊，她是宮裡的德妃娘娘了，一人之下，萬人之上，宮裡那些妃嬪哪個對她不是又怕又恨，可偏偏奈何她不得。

這輩子，她想要的都得到了，便是孑然一身又有什麼要緊的？

人活一世，生不帶來，死不帶去，曾經風風光光地活過便已足夠。

她，絕對不會後悔！

第三十九章

這日，程紹禟從外頭回來後，喚了程紹安與蘇凝珊過來，待那對新婚夫婦行過禮後，逕自道：「蘇貫章死了。」

作婦人打扮的蘇凝珊猛地抬頭，眸中盡是不可置信。死了？那個人竟然死了？

程紹安輕輕握了握她的手，沈聲問道：「可知道是怎樣死的嗎？」

「與人發生爭執，被人亂刀砍死。」程紹禟皺著眉回答。

「與人發生爭執？他乃是服刑之人，一舉一動都在官差的眼皮子底下，如何能與人發生爭執？」程紹安只覺得荒唐極了。

當日蘇貫章被判了抄家流放，這幾年一直在邊疆苦寒之地服刑，又非自由之身，如何會惹來這般殺身之禍？

蘇凝珊也忍不住道：「不瞞大哥，蘇貫章此人，最是欺軟怕硬，明知自己的處境，必會夾起尾巴做人，輕易不敢得罪人，故而若說他與人發生爭執才招來這殺身之禍，著實令人難以相信。」

程紹禟聞言，眉頭皺得更緊了。「那便是有人容不得他再活在世上。」

蘇凝珊心中一凜。「大哥難不成是懷疑我？」

「不可能是她的！大哥，你可不能隨便冤枉人！凝珊若是要他死，早就已經動手了，何苦要留至如今？」程紹安急了，生怕他誤會娘子，連忙道。

程紹禟好笑。「我何時說過懷疑她了？」

程紹安總算鬆了口氣，也笑道：「大哥，你又不是不知道自己不笑的時候，瞧來有多嚴肅。」

程紹禟板著臉。「那可真是抱歉了。」爹娘就把他生這副模樣，他也沒有辦法啊！

蘇凝珊看看這個，又瞧瞧那個，沒忍住，「噗哧」一聲笑了出來。

原來民間百姓口中那個「煞神將軍」私底下竟是這樣的性子，雖是瞧著嚴肅了些，可並不是那等難以相處之人，尤其是在小女兒跟前，與尋常人家疼愛兒女的慈父並無什麼不同。

她想，若是曾經經歷的種種磨難是為了今日的幸福，那也是值得的。

到底是無關緊要之人，又是那樣不堪的人物，死便死了，程紹禟也沒有太過放在心上，畢竟那種連謀害親弟妹，以霸占胞弟家產這種事都做得出來的人，私底下不定做了多少見不得人之事，被人伺機報仇取了性命也沒有什麼好奇怪的。

程紹禟晉了鎮國公，過不了多久，啟元帝再度下旨，著他代掌刑部。

凌玉聽罷倒是笑了。「程捕頭這是要做回老本行了嗎？」

程紹禟聽罷，哈哈一笑，語氣聽著倒是有幾分懷念。「看來確實如此。」

若細論起來，當年在青河縣衙當捕頭的那段日子，算給彼時的他打開了一扇新的大門，便是如今，有許多關於朝廷法度之事，他還是從郭騏郭大人處學來的。

「早前你不是上了摺子要立小石頭為世子的嗎？如今大半個月過去了，竟還不曾有回應？」凌玉忽地想起此事，遂問道。

「想來陛下近來政事繁忙，一時抽不得工夫理會這些。如今戰亂雖平，可是百廢待興，百姓的日子仍是困苦，為著此事，陛下倒是頭疼得很。」程紹禟皺眉道。

凌玉也不禁想到上輩子戰亂平息後，先帝留下來的那一大爛攤子。

當時的新帝短短半年就接連下了四道休養生息的政令，花費了好幾年工夫才逐漸恢復生產，百姓的日子也漸漸好起來，不說過得有多富足，至少能保證溫飽。

這輩子的啟元帝呢？他能否度過當前的難關？若是百姓連溫飽都無法保證，早晚會再出亂子。

「陛下他……可有什麼法子？」她遲疑著問。

「陛下早前下了一道政令，重新丈量因戰亂失主的田地，以及免去受戰亂最嚴重的平江以南宜州等五城的三年稅賦，如今流落他鄉的百姓都陸陸續續返鄉了。」

「田地關乎百姓命脈，若是官府中有人中飽私囊，貪了……豈不是違背了陛下本意？」凌玉憂慮地道。

「此事陛下也早有預防，如今正暗中派出欽差前往各地查探，看各地官府是否奉公守法？」程紹禟道。

「這倒也不失為一個好辦法。」凌玉覺得自己著實想太多了，她能想得到之事，難道龍椅上的那一位會想不到嗎？想必早就有了萬全之策。

程紹禟卻有幾分怔忡，想到了晏離踏上流放之路前曾交給自己的那本冊子，上面記載著他許多一針見血的見解，也有就戰後如何恢復生產提出不少法子，他只大略翻看一遍便覺得受益良多，若是將它呈給陛下，想必又會是另一番光景。

可他更覺得，如此能臣，若是能為陛下所用，那才是百姓之福。

隔得數日，便是小石頭滿十歲的生辰，凌玉望著興奮得小臉脹紅、正拉著他那幫朋友逐一向人介紹的兒子，不知不覺間，臉上綻開了笑容。

「小石頭都這般大、這般懂事了，真懷念當年他追著我叫壞蛋的時候。」楊素問忽地長嘆一聲道。

凌玉聽罷，沒好氣地瞪了她一眼。「倒還好意思說，多大的人了，還總愛逗小孩子。」

楊素問輕笑，隨即又是一聲長嘆。「誰讓妳家小石頭那般有趣，若是如我家這位一般，讓我見了便頭疼，我遠他還來不及呢！」

「妳家那位？妳家哪位？是大春哥還是小灼兒？」凌玉一時不明白。

「自然是小灼兒！喏，妳瞧，爹如今最喜歡他，每每見了他都得意得直捋鬍子，只道後繼有人了。」

凌玉順著她所指的方向望過去，便看到小灼兒正板著小臉教訓小泥巴。

「道德仁義，非禮不成；教訓正俗，非禮不備……」

凌玉目瞪口呆。「他、他懂得這些？」

楊素問又是一聲長長的嘆息。「大概是一知半解吧，背倒是背得挺順溜。」

凌玉望著小灼兒那一本正經的小臉，不知為何，便想到了幼年每每被凌秀才教訓的時候，不由得打了個寒顫，一把抓住正從身邊走過的凌大春。「大春哥！好大哥！你不會希望將來被老子和兒子一左一右唸聖人云、君子曰吧？」

凌大春一時不明白，再一望那邊正追著一臉不耐煩的小泥巴還要教育的兒子，立即打了個哆嗦，堅決地搖頭，擲地有聲地保證道：「我會好好教育這小子的！」

楊素問「噗哧」一聲笑了出來。「得了吧，憑你？爹只瞪你一眼，你便什麼話也不敢說了。如今在爹心裡頭只有小灼兒，你這個當兒子的早被退到不知哪個角落去了。」

凌大春一臉訕訕的。

如今凌秀才是有孫萬事足，再加上這個孫兒聰明伶俐，尤其於讀書識字更有天賦，更是讓他如獲至寶，只恨不得將平生所學傾囊相授。

那廂，小灼兒已經被蘇凝珊摟到身邊，正餵他吃著精緻香甜的點心，小傢伙吃得眉眼彎彎，總算一掃方才那「小古板」的形象。

「那孩子便是凝珊的弟弟？姊弟倆長得倒是極像。」楊素問的視線落在正跟著程紹安的、一個十四、五歲少年身上。

「是他。別瞧他如今還只是個半大少年，精明能幹卻是遠勝於妳。」凌玉望了望那少年，笑著在她額上戳了戳。

楊素問嘀咕道：「身邊這般多能幹之人，我為什麼還要費那個腦筋？」

凌玉啞然失笑。

正在此時，突然有侍女過來稟報，只道宮裡有聖旨下來。

眾人不敢怠慢，連忙擺上香案，準備迎接聖旨，卻沒有想到，傳旨的竟是十歲的皇長子趙洵。

只當凌玉聽畢聖旨上的內容時，不禁笑了。

原來是立小石頭為鎮國公世子的旨意，怪道陛下會同意讓皇長子當這個傳旨官呢！

「小石頭今日可算是雙喜臨門了！」看著被一幫半大孩子圍在一起叫著「世子」的小石頭，蘇凝珊笑道。

「說不定陛下就是在等著他生辰這日才下旨，也好給他湊一下雙喜。」程紹安也笑著對兄長道。

程紹禟好笑。「陛下政務繁忙，哪有這般心思想這些？許就是個巧合。」

不管是不是巧合，小石頭今年卻是過了一個最驚喜、最滿足的生辰。

日子就這樣平靜而幸福地過去，當小木頭終於姍姍來遲時，已經是半年之後的事了。

此刻，凌玉唇瓣含笑，溫柔地撫著腹部，看著一臉驚喜的兒子，聽著女兒稚氣的問話。

「娘，小木頭怎地跑到您肚子裡去了？您讓他快出來，我帶他玩！」

眾人聽罷直笑，王氏摟著孫女在懷裡，疼到不行。

待程紹禟回來後聽到這個喜訊，本是沈著的臉不禁綻開笑容。「皇天不負苦心人！」

眾人一聽，戲謔的眼神便直往凌玉身上瞄，瞬間讓凌玉鬧了個大紅臉。

凌玉沒好氣地啐道：「瞎說什麼呢！」

待眾人散去，小石頭也抱著小泥巴離開後，程紹禟坐到她的身邊，握著她的手柔聲道：「辛苦夫人了。」

凌玉抿嘴笑了笑，敏感地察覺他神色間的惱怒，問：「可是在外頭有什麼不順心之事？」

程紹禟本不欲說來讓她擔心，只是想到此事她早晚也會知道，與其從他人口中得知，倒不如讓自己來說，故而便深吸了口氣，勉強壓著怒火道：「早前我曾與妳說過，陛下私底下派出欽差前往各地監查官府丈量土地一事，妳可記得？」

「這個自然記得，難不成果真出了岔子？」凌玉臉色一凜，忙追問。

「不錯，前往通州城的欽差果真在蓬淮縣發現了問題。當地縣令……」程紹禟氣得臉色鐵青，額上青筋也隱隱跳動。

凌玉嚇了一跳。「蓬淮縣？是大姊夫任職的那個蓬淮縣？」

「除了那個，還能有幾個蓬淮縣？當真是糊塗如極！我瞧他就是讀書讀壞了腦子，竟被手下一個小小師爺矇騙至斯，以致如今大禍臨頭，就地被摘了烏紗帽，不日便要押解回京。眾所周知，陛下如今對丈量土地之事甚為重視，前不久才就地處斬了一個昧下數百畝良田的縣令，還抄沒了家產，一旦沾上此事，陛下必要從重、從嚴處置，他此番撞到刀口上，雖說是受人矇騙，只真相到底如何卻不得而知，最後縱然是失察之罪，也絕不會被輕饒。」

凌玉大驚失色，正要再問，忽見小石頭高高興興地進來。

「娘，姨母和表姊、表弟來了！」

「倒是來得挺快。」程紹禟冷笑一聲。

凌玉輕推他一把。「心裡惱歸惱，可不許遷怒我姊姊。她一個婦道人家，又是那樣的性子，姊夫所做之事，她如何得知？」

凌玉本以為凌碧此番帶著兒女回京，是打算四處打點、為夫開罪的，不承想她進來便開門見山地對程紹禟道——

「我只希望他能留下一條狗命，官職、功名盡數捋去也不要緊！」

狗命？凌玉倒是意外，不禁打量起她來。

凌碧是個從骨子裡透著溫柔的女子，可此刻在她眼前的凌碧，往日柔美平和的氣質悉數褪去，甚至眉宇間還隱隱透著一股戾氣。

凌玉嚇了一跳。「姊姊，妳……」這兩年到底經歷了什麼，才使姊姊變化如此大？

「該如何發落，陛下自有定論，還輪不到我來定奪。」程紹禟同樣發現了她的轉變，心中也有些詫異，只還是平靜地回答。

「好，那一切秉公處理便是。你也著實沒必要為了這等過河拆橋的小人白費心思，沒地這頭你幫了他，轉身他卻怨你污了他在天下讀書人裡頭的清名。」凌碧冷冷地道。

凌玉從她話裡聽出了些味道，瞧見程紹禟神情不豫，連忙轉移話題。「你不是還有事嗎？先忙去吧！」

程紹禟也無心再留，「嗯」了一聲，順便把小石頭也叫走了。

小石頭想了想，又折返回來，強行拉著棠丫與小虎子走出去。

「妳與姊夫之間到底發生了什麼事？為何會鬧至今日這般田地？」凌玉拉著凌碧在身邊坐下，蹙眉問。

「也沒什麼，只是認清了事實，明白在這世間，把一切都繫在男人身上是多麼愚蠢之事。女子若是不能立起來，腰板挺不直，也只有任人爬到頭上作威作福的分。」凌碧勉強平復心中怒氣，扯了個僵硬的笑容道。不等凌玉再問，又拉著她的手道：「方才彷彿聽說妳又有了身孕，可有此事？」

「確實有此事，已經兩個月了。」凌玉輕撫著腹部，臉上不知不覺便漾起了溫柔的笑容。

凌碧瞧得有幾分失神，半晌，才輕輕握著她的手道：「見妳日子過得這般好，我也算是放心了，可見當年妳的選擇是對的，妹夫確實是位頂天立地的錚錚男兒，更是位好相公、好父親。」

相由心生，能有這般溫和幸福的笑容，可見日子過得舒心。不似她，這短短兩年光景，便已經讓她變得面目全非。

正在此時，茯苓有些遲疑地進來稟道：「方才，外頭來了位小娘子，說是……說是梁大人的如夫人。」

「梁大人的如夫人？」凌玉狐疑地望向凌碧。

卻見凌碧冷笑道：「妳沒猜錯，確實是梁淮升新納的妾室，娘家姓杜。也只有他心尖上的人，才會覺得姨娘兩字玷辱了她，必要下人們稱什麼如夫人。若不是對妹夫到底有些忌憚，只怕我這夫人之位也得讓賢了。」

凌玉大怒。「他竟敢如此待妳?!」

「妳可知道坑了他的那位師爺是誰？正是這位如夫人的兄長！他們兄妹二人，一個在內，一個在外，梁淮升對他們是言聽計從。這倒也罷了，這樣的男人我也瞧不上，誰要便要去。可他千不該、萬不該，默許那對兄妹把主意打到棠丫身上，真當我是死了不成！」

「這是怎麼回事？他們打的什麼主意？」凌玉臉色一變，追問道。

「蓬淮縣有位員外，乃是個偽君子，素來青睞十來歲的小姑娘，聽聞不知折磨死了多少十歲出頭的小丫頭。偏他恰好與那欽差大人是遠親，他們知道事敗，便想著走那員外的路子，也好請他向欽差大人求情。那日若不是我臨時折返回家，棠丫便要被他們送去讓人白白糟蹋了！如此畜生，不配為人父，我只恨不得生啖其肉！」凌碧眼中泛著淚光，臉上盡是恨意。

凌玉勃然大怒。「畜生！」

「如今她找上門來，想來也是盼著妹夫能出手救她兄長與梁淮升一命。我如今不想見她，妳讓人把她趕走吧。」凌碧冷漠地道。

「姊姊放心，此處可不是她想來便來的！」凌玉寒著臉，又轉過身去吩咐茯苓幾句。

茯苓應下便出去辦了。

「說句不好聽的，這樣毫無人倫的畜生，死了倒是更乾脆，姊姊何苦還說什麼要留他一條狗命。」凌玉又恨恨地道。

「我是怕他死了連累棠丫說親，又耽誤虎子的學業。」夫妻間再多的感情，在看到他對女兒的漠視時也耗盡了，如今便是聽到凌玉這話，凌碧臉色也不變一下，平靜地道。

「姊姊說笑了，出了年，棠丫也不過十三，縱是守三年孝，出了孝也不過十六，說親並不算晚，況且有我在，必然不會叫人輕辱了她。」凌玉的臉色更加冷漠。「至於虎子就更不必擔心了，再不濟，也還有爹能親自教導他學業。」

「我知道妳待他們好，也罷，一切還是由著朝廷如何判決吧！我管不了那般多，也不願再管。」凌碧握著她的手道。

「只是此事若是讓爹娘知道了，怕又有一場風波。」凌玉難免有些憂心。

「瞞不住的，他們早晚會知道。」凌碧苦澀地道。這種事哪裡能瞞得過去？早晚都是會知道的。「也罷，稍後我便回去，將事情原原本本地告訴爹娘，也免得到時候他們在外頭聽了些似是而非的話胡亂擔心。」凌碧又道。

「我陪妳一起回去。」凌玉欲起身，卻被她按住了。

「不必，妳初有身孕，還是不適宜亂走動，免得我擔心。只棠丫與虎子便先留在妳這兒，改日我再來接他們。」

「如此也好。」見她一臉堅決，凌玉便作罷，但還是堅持要派侍衛護送她回去。

凌碧這一回倒是沒有拒絕。

雖說凌碧明顯一副已經對梁淮升死心的模樣，但到底是親戚，程紹禟自然無法做到置之不理。後又不知為何，他又聽聞梁淮升之所以能得到蓬淮縣令這份好差事，也是因為自己的緣故，否則這樣的好差如何會落到梁淮升這麼一個排名靠後的同進士頭上？

如此一來，不管有心還是無意，竟有人將梁淮升一案與鎮國公府牽連起來，甚至傳出梁淮升不過是為了替鎮國公府搜刮產業，才會做出這樣的事。

對這樣的話，程紹禟只當不知，他行得正、坐得直，從來不怕什麼流言蜚語。所幸在背後傳話之人對鎮國公府也是有所忌憚，故而也只是小範圍地傳著，並不敢大肆傳開。

再過得半個月，梁淮升及他那位杜姓師爺便被押解回京，啟元帝直接命人把他們打入大牢，著刑部徹查，對犯案一干人等從嚴、從重處置，絕不輕饒。

立即有朝臣提出程紹禟與犯人梁淮升之間的關係，認為程紹禟並不適合主審此案。

趙贇似笑非笑地望向程紹禟。「鎮國公可有什麼話要說？」

「臣必將秉公處理，絕不徇私枉法！」程紹禟沈聲保證。

「既如此，那便退朝吧！」趙贇乾脆地道。

朝臣們見狀，便明白陛下並無意更換主審，這也是對鎮國公的信任，故而誰也沒有再多說什麼，畢竟滿朝文武都在盯著此案，鎮國公便是想要徇私也不可能。

「大哥，此案你應該避嫌才是，除非最終判了斬首，否則不管你如何判決，都會有人認為你有心偏袒。」才一下朝，小穆便急急地趕過來，有些不贊同地道。

「不，若是判了斬首，只怕更加落實你冷酷無情、殺人如麻的惡名。」一旁的褚良不緊不慢地道。

「左右都不是人，所以這案子實在不能沾手。」和泰也道。

「無妨，只要我問心無愧便好，旁人愛怎麼說便怎麼說，悠悠之口，哪是能輕易堵上的？」程紹禟不置可否。

「看來如今你是視名聲如無物了。」褚良若有所思地道。

「並非我視名聲如無物，只是名聲之事，著實虛無縹緲，若是太過執著於此，行事束手束腳的，哪能幹什麼大事？」程紹禟搖頭道。

「你既如此看得開，倒顯得我們白操心了。也罷，事到如今，你縱然想要反悔也來不及了。」褚良拂了拂衣袍道。

凌玉也沒想到梁淮升此案竟然交到程紹禟手上，一時訝然。

便是凌秀才等人也是感到意外。

「此番是到了兩難境地……」凌秀才嘆了口氣。一個是大女婿，一個是小女婿，如今大女婿犯事落到小女婿手上，他便是想要求情也不能了。

「何至於兩難？紹禟只須秉公處理便是。」凌大春冷笑。

在聽聞了凌碧這兩年的經歷後，他連持刀捅了梁淮升的心都有了，哪裡還會想著什麼求情不求情？如今正好，撞到了程紹禟手上，什麼也別想，該怎麼處決便怎麼處決。

周氏只是在一旁直抹眼淚，為著長女的遇人不淑，更是心疼一對外孫。

「大春說得對，何至於兩難？自是該秉公處理，也好還蓬淮縣百姓一個公道。」凌碧冷漠地道。

「妳給我住口！縱然心裡再怎樣恨，也不能在兩個孩子面前表現出來！生身之母痛恨生身之父，恨到恨不得他去死，妳讓他們姊弟日後如何自處！」凌秀才厲聲喝住她。

凌碧被他罵得眼眶一紅，低著頭，再不敢多話。

周氏見狀，連忙抹了抹眼淚，勸道：「她也不過是在氣頭上，說的也不過是氣話，哪裡便能當真了？」

「這樣的話，便是在氣頭上也不能說！」凌秀才瞪了她一眼，隨即捂著胸口順氣。

最看重的大女婿做出這樣的事，他心中的恨並不比任何人少，只是最恨的還是自己當年有眼無珠，怎地就選了這麼一個畜生！

接下此案的程紹禟，之後便直接搬到刑部衙門去住，除了涉案的一干人等，誰也不見、誰也不理，讓一直盯著此案的朝臣們說不出二話來。

梁淮升那個杜姓如夫人倒是又上門求見了幾回，可每一回凌玉都直接把人給轟走，那女子被逼急了，當下便在大門外呼天搶地起來，只道鎮國公要逼死自家親戚。

一時間，有不明真相的百姓出於同情弱者的心理，也開始幫著指責鎮國公府的冷漠。但當凌玉派了位能說會道的婆子出來，指著那女子一頓唾罵，把他們兄妹做的那些事全都嚷出來，圍觀的百姓方如夢初醒，立即掉轉了槍頭。

朝廷丈量田地重新分配，事關百姓生存命脈，誰不重視？對昧下良田虛報數目的官員更是恨得要死，簡直到了人人喊打的地步。

那杜姓女子見討不到好處，連忙灰溜溜地逃走了。

半個月後，刑部便將此案給審理清楚了。

「怎麼判？」一直關注著的凌玉急急忙忙便問。

「……斬立決。」凌大春略有幾分遲疑地回答。

凌碧臉色一白，隨即無力地癱坐在長榻上，喃喃道：「斬立決？也好，也是罪有應得了。」

雖然也曾想過會是這樣的結局，可當這一幕果真發生時，凌玉心裡還是有一股說不出的滋味。

凌秀才白著臉，整個人瞧著瞬間便蒼老了好幾歲，喃喃道：「家門不幸、家門不幸啊！」

周氏摟著凌碧直抹眼淚。

反倒是凌碧很快便平靜下來，問道：「能否讓我見他最後一面？」

凌大春回答道：「論理應該是可以的，我代妳前去刑部問一問。」

「也好，那便麻煩你了。」

道。

「一家人說這些做什麼？」

窗外，棠丫眼中的淚珠不停打轉，終於還是沒有忍住，滑落下來。

「姊姊，他們說的是爹爹嗎？」小虎子輕扯了扯她的袖口，帶著哭腔問。

「沒有爹爹，咱們早就沒有爹爹了，只有娘。」棠丫輕輕拭去小虎子眼中的淚水，啞聲道。

「嗯。」小虎子隨手抹了一把眼睛。「我知道，沒有爹爹，只有娘。」

凌玉從屋裡出來時，便看到這對淚眼相對的姊弟，腳步一頓。

那日凌碧雖然沒有提及梁淮升這兩年對一雙兒女如何，但棠丫與小虎子自到了鎮國公府後，她從來不曾聽過他們姊弟提及爹爹，由此便可知道，只怕這兩年他們也沒有得到多少來自父親的關愛。

凌碧到底還是到了大牢探望不日便要被處斬的梁淮升，一看到她的出現，梁淮升便撲過來，死死地抓著她的衣袖道：「妳快去找程紹禟，求他救救我！我不想死、我不想死……」

凌碧任由他搖晃自己，臉上卻是半分表情也沒有。「判決已下，任誰都無力回天。」

「不，程紹禟可以的！他是鎮國公，是陛下的心腹重臣，只要他肯，必定可以說服陛下改變旨意的！」梁淮升披頭散髮，眼中、臉上盡是瘋狂之色。

「別說君無戲言，妹夫也要遵從聖意，便是他當真有此本事，我也不會讓他為了你之事而觸怒陛下，白白誤了前程。」凌碧面無表情地回答。

「妳胡說什麼？我若死了，棠丫與小虎子怎麼辦？沒有親爹，僅憑妳一個婦道人家，將來的日子該如何過！」梁淮升瘋了一般吼道。

「棠丫與小虎子？你還有臉提他們。當日你縱容杜氏兄妹對棠丫不利時，怎地沒想過她是你的親生女兒？當你一回又一回聽信杜氏讒言處罰小虎子時，可曾想過他是你的親生兒子！」一聽他提到一雙兒女，凌碧臉上瞬間便溢滿了恨意。

「那是、那是杜氏那賤人的錯，是她！還有她那個兄長！若不是他們兄妹，咱們一家子還會同以前那般幸福和美……對，都是他們的錯，是他們的錯！」梁淮升瘋狂地道。

「是，錯的都是別人，你沒有錯，你無論何時都是那個光風霽月的梁大人，都是他們逼著你昧下百姓的田地，是他們逼著你貪贓枉法，所有罪孽都是別人逼著你犯下的。」凌碧嘲諷地道。不待他再說，她又壓低聲音道：「當年那位外地皮商一家四口是怎樣死的，你書房暗櫃處的那箱財寶又是怎樣得來的，你當我不知道嗎？你的心早就已經黑透了！你不怕得報應，可我怕，我更怕你的報應會落到兒女身上！」說到此處，她在梁淮升震驚的眼神中，用力拂開他抓著自己的手，冷漠地道：「今日我是來給你送最後一頓飯的，也算是全了咱們夫妻一場情分，不教你在黃泉路上當了餓死鬼。」

「妳說什麼?!什麼黃泉路上！」

凌碧沒有理他，把手上的酒菜一一擺好，隔著牢門推進裡頭。

「是妳！是妳從中作梗，一心想讓程紹禟置我於死地是不是？妳這個毒婦！」梁淮升一腳踢開地上的酒菜，陡然抓著凌碧的手腕，咬牙切齒地道。

凌碧被他抓痛，極力掙扎著。「放手！放手！」

「毒婦！必是妳從中作梗，毒婦！」

「放開我，放手！」

兩人正推搡著，便聽到異響的獄卒走進來。

「吵什麼、吵什麼！這裡也是你們能吵的地方嗎？」

凌碧乘機掙脫他的手，拿著空籃子連連退了幾步，直躲到安全處，才道：「這一切都是你咎由自取，怨不得旁人。你放心，我必定會好好撫養小虎子長大成人，教會他做人的道理，讓他做個頂天立地的男子漢；不必有多大出息，只要一輩子堂堂正正已足夠，不用像他爹一般，落到一個萬民唾罵的下場！」說到此處，她最後一次深深地望了他一眼，終於轉身大步離開。

「毒婦，妳給我回來！妳這個毒婦，毒婦——」

梁淮升撕心裂肺的叫喊從她背後傳來，她卻恍若未聞，步伐越來越快，到後來直接小跑起來，將那叫聲徹底拋到了身後。

程紹禟是在梁淮升伏法之後才回府的，彼時凌碧已經前去法場收殮了梁淮升的屍骨，準備擇日帶著孩子回鄉將其安葬。

「姊姊定了三日後的日子回鄉，爹、娘與大春哥也會與他們母子三人一起回去。」凌玉的聲音有幾分悶悶的。

程紹禟「嗯」了一聲，抬手輕撫著她微隆的腹部，柔聲問：「今日小木頭可有鬧妳？」

「今日大多數時候都是挺乖的，只是在小石頭與小泥巴來的時候活潑些，許是也知道哥哥、姊姊與他玩呢！」凌玉神情柔和地回答。

「可見他們兄妹二人將來必會是好哥哥、好姊姊。」程紹禟微微一笑。

凌玉也不禁笑了，可不知不覺又想起了自己的姊姊，不禁嘆了口氣。「也不知姊姊日後有什麼打算？」

程紹禟倒不好接她這話，只是拂了拂袍角。

所幸凌玉也沒有太過糾結此事，畢竟事已至此，不管怎樣總是要面對的，就是有些心疼棠丫與小虎子兩個孩子，小小年紀便沒了父親，還不知梁母那邊會不會把兒子的死怪在程紹禟頭上，甚至牽連姊姊與他們兩個孩子。

「難道妳不覺得此番我有些不講情面嗎？」

片刻之後，她忽地聽程紹禟這般問自己。

她怔了怔，隨即道：「陛下既然說了要從重、從嚴處置，原本的八分罪怕也要成了十分。況且，陛下恐怕還有殺雞儆猴的意思在，又怎會輕易饒過。」

程紹禟沒想到她會說出這樣一番話來，倒有幾分刮目相看了。

「妳說得沒錯，原本我只是判了他抄家流放之罪，只是陛下卻親自過問此案，改判為斬立決。這當中，確實有殺雞儆猴之意。」

凌玉吃了一驚。「所以斬立決是陛下御筆親批的？」

程紹禟點點頭。

梁淮升所犯之罪，若依法度，並非一定到了要斬首的地步，只是他運氣不好，撞到刀口上，啟元帝正為著丈量田地一事推展不怎麼順利而煩心，他這樣撞了上來，自然不會有什麼好結果。

凌玉一時也不知該說什麼才好了，她怎麼也沒想到這個判決竟是出自趙贇之手。

「別多想，以他犯下的那些事，斬了也不冤。早前黃大人跟我說他是受了那杜師爺蒙蔽，其實事實並非如此，那兩人不過是狼狽為奸。當日黃大人那般說，不過是顧忌梁淮升與我的關係，這才含糊其詞。」

「我自是相信你。若是他罪不致死，縱然陛下不肯輕饒，你也會據理力爭，好歹保下他一命的。」凌玉輕聲道。

程紹禟只覺得心裡有一股暖流緩緩地流淌著。

他雖然不在乎外人怎麼看自己，怎樣說自己心狠手辣、殺人如麻，可對家人的看法卻是重視的，尤其是來自他的枕邊人。若是她不能明白自己，他不確定自己日後是否還能堅持走下去？所幸，她明白。

他低低地嘆息一聲，在她額角落下一記輕柔的親吻。「知道妳放心不下爹娘，待他們啟程那日，我與妳去送他們一程。」

「若是那日得空，咱們或許可以改道去一趟相國寺，聽聞如今齊王妃……不，趙夫人住在榮惠大長公主的慈恩堂裡，說不定還能遇著。」凌玉想了想便道。只話音剛落，她又有些不確定地問：「若是咱們去見了趙夫人，會不會對你有什麼不好的影響？」

程紹禟不置可否。「妳也太小瞧了陛下，小瞧了皇室中人。若沒有陛下的默許，大長公主便是有天大的膽子，也不敢收留趙夫人他們。」

齊王雖然已經被貶為庶人，可他留下來的那兩個孩子身上卻流著趙氏皇家的血脈，尤其是趙潤，還是個男孩子，再沒有什麼比養在眼皮子底下更好的法子了。

想來趙夫人也是明白這道理，故而當日才會同意帶著側夫人母子三人吧！

凌玉如夢初醒，好一會兒才遲疑著問：「陛下這是放心不下那兩個孩子嗎？」

「倒不是說陛下放心不下，只是陛下其人，習慣了萬事都掌握在手中。先帝留下來的那些皇子，再過不久，陛下便會陸陸續續讓他們出宮居住，尤其是安王，已經到了可以選妃的年紀。」

其實這幾年啟元帝對那些異母弟弟已經不再那般防備，畢竟他明確了自己的身分，這世間便再也沒有什麼可以威脅到他，自然對那些皇弟們網開一面。

聽他這般說，凌玉便明白趙贇這是真的徹底放下了身世的枷鎖，行事自然再無顧忌。只是不知這到底是好事還是壞事？

待凌秀才一家與凌碧母子三人正式啟程返鄉那日，凌玉起了個大早，在程紹禟的護送下，親自把他們送出城外好長一段距離，這才依依不捨地道別。

「好好照顧自己，妳如今是雙身子之人，禁不得累，還是早些回去吧！」周氏拉著她的手，不放心地叮囑來叮囑去。

「我明白，你們也要好生保重，早去早回。」

周氏笑笑，並沒有回答她此話。此番返鄉，只怕未必會再到京城來了。有了年紀，更是覺得家裡才最適合自己，落葉歸根，大抵便是如此了。

那邊的凌秀才與凌大春父子也對程紹禟多方囑咐，誰也沒有再提梁淮升一案，更沒有半句指責的話。

程紹禟心中有些觸動。其實他本已經做好了會被岳家人怨怪的準備，不承想事情發展至今，並沒有一個人說過他半句不是，甚至連質問都沒有。

看著載著家人的馬車漸漸遠去，直到化作一個墨點，再也瞧不見，凌玉才嘆息一聲，與程紹禟改道去了相國寺。

夫妻二人從相國寺大雄寶殿出來後，因記掛著曹婧苒如今的情況，凌玉便有意無意地往與相國寺相隔一牆的慈恩堂走去。片刻之後，凌玉便看見前方不遠處，映柳正蹲在一個四、五歲模樣的男童跟前，溫柔地替他整理衣裳。

雖是隔著一段距離，可凌玉還是認得出那個孩子正是前齊王趙奕的兒子，也就是上輩子趙奕登基後冊立的太子。

映柳替兒子擦了擦小手，柔聲道：「好了，回去吧，莫讓母親與妹妹久等了。」

趙潤乖巧地點點頭，小手拉著她。「娘，咱們一起走。」

映柳含笑應下，一轉身，便看到不遠處兩道熟悉的身影。

遠遠地，她看著那對璧人，神情有些恍惚，良久，朝著他們盈盈福了福，這才牽著兒子的小手，走進慈恩堂大門。

「可還要去瞧瞧趙夫人？」程紹禟收回視線，問道。

「不必了，我瞧他們如今過得挺好的，何必再打擾他們的平靜？」凌玉搖搖頭。

混沌兩世，各歸其位。或許，這才是真正的結局。

小石頭自從升為世子後，深感自己已經長大，故而再不准人喚他的小名，必要正正經經地喚「磊哥兒」或是「世子」。

看著他一本正經地向眾人宣佈這個決定，凌玉忍俊不禁，只不過還是點點頭道：「好，娘知道了，日後必不會再喊小石頭。」

程紹禟亦正色道：「如此甚好，你畢竟已經長大，該承擔起一府世子的責任，不能再像小時候一般，事事均要爹娘為你操心。」

「是，孩兒謹遵爹爹教誨！」小石頭挺直腰板，聲音響亮地回答。

小泥巴依偎著娘親，撲閃撲閃著眼睛，奶聲奶氣地道：「為什麼不能喚小石頭？小石頭是小泥巴和小木頭的哥哥呀！」

「因為哥哥長大了呀！」凌玉輕輕捏了捏她的鼻子，笑著回答。

「小泥巴也長大了，為什麼大家還要喚我小泥巴？」小泥巴不解地又問。

「小泥巴若是長大了，便要像哥哥這般，每日早早地起來，讀書、寫字、習武，也要像茯苓姊姊她們一般，幫娘料理家事到很晚很晚……」凌玉摟著她含笑道。

小泥巴眼珠子骨碌碌地轉了轉。「那我還是晚些再長大好了。」

眾人一聽，均忍不住笑起來。

小泥巴被笑得有些害羞，一頭便要扎入凌玉懷裡，嚇得青黛、茯苓等人連忙伸手要去拉，還是程紹禟眼明手快，一把將小丫頭抱起來。

「娘肚子裡還懷著小木頭呢，可不許亂撞、亂動的。」

小泥巴被爹爹抱在懷裡，探出半邊身子，肉肉的小手摸著凌玉高高隆起的肚子，軟糯糯地道：「不疼不疼，姊姊不會撞疼小木頭的。」

凌玉輕輕握著她的小手搖了搖，笑著問：「都叫小木頭、小木頭的，若生的是妹妹，那可如何是好？」

「是弟弟！小木頭是弟弟！」小泥巴大聲道。

「為什麼就一定會是弟弟？」王氏好奇地問。

「因為二殿下有了妹妹，所以我的一定是弟弟！我跟他不一樣！」小丫頭得意地道。

眾人又是一陣好笑。

小丫頭被大家笑得再次害羞起來，一轉身便把臉藏到程紹禟頸窩處，倒是讓眾人笑得越發厲害了。

程紹禟笑著拍拍女兒的背脊，柔聲哄了她幾句。

凌玉掩嘴輕笑，笑著笑著，忽地笑容一僵。

一直注意著她的蘇凝珊忙問：「大嫂，妳怎樣了？是不是、是不是要發動了？」

一聽她這話，屋內眾人的視線齊刷刷地落到凌玉的身上。

程紹禟忙把女兒放下來，在王氏驚訝的「確實發動了，快請穩婆」的叫聲中，二話不說就抱起了凌玉往早已準備好的產房而去。

天色漸漸暗沈下來，府裡各處也陸陸續續點起了燈，程紹禟只覺得雙腿站得快要沒了知覺，才終於聽到屋內傳出嬰孩落地的哭聲。

緊接著，穩婆歡喜的叫聲也傳了出來。「是位小公子、是位小公子！」

程紹禟終於鬆了口氣。

「哎喲，倒真讓小泥巴給說中了，果真是個弟弟。」程紹安不禁笑了。

「夫人怎樣了？怎地沒了聲音？」程紹禟臉上的笑容還來不及揚起，又連忙追問。

「母子平安。大嫂此刻有些脫力，這會兒正歇息呢，大哥不必擔心。」從屋裡出來的蘇凝珊聽到這話，含笑回答道。

「小木頭……是小木頭嗎？」得到消息的小石頭抱著小泥巴急匆匆地過來，遠遠聽到蘇凝珊這話，迫不及待地問。

「是，是小木頭，小泥巴的弟弟小木頭。」蘇凝珊又笑道。

「我就知道必是弟弟！」小泥巴一聽便得意了，掙扎著要從哥哥的懷裡下來，想要衝進門去看看新得的弟弟。王氏已經笑得合不攏嘴，抱著小孫兒出現了。

程紹禟一馬當先便衝過去。「娘，小玉怎樣了？」

「好好好，都好著呢！快來瞧瞧咱們的小木頭。」王氏笑呵呵地道。

「我要瞧瞧小木頭、我要瞧瞧小木頭！」程紹禟的視線正落在那小小的襁褓上，小泥巴已經迫不及待地踮起腳尖，大聲叫著要看弟弟。

小石頭表面瞧來倒是沈穩些，只眼睛閃閃發光，分明也是充滿期待。

王氏立即微微伏低身子，也好讓小兄妹倆能看看新得的小弟弟。

程紹禟則邁著大步進屋，瞬間便對上了凌玉雖然疲憊卻漾滿笑容的臉龐。

「可見到小木頭了？」她含笑問。

「見到了。」程紹禟快步過去，坐到床沿上，握著她的手柔聲道：「辛苦妳了。」

婦人生產是這般痛苦之事，她每一聲痛呼，都似往他心上扎一刀。

但他更清楚，這世間永遠沒有什麼感同身受，她受到的痛苦，必然比自己能感受到的更嚴重。

凌玉微微一笑，倒也沒有矯情地說什麼「不辛苦」，而是很乾脆地點點頭。「是啊，辛苦死了，這小子不似生他姊姊那般輕鬆。」

程紹禟聽得越發心疼。

凌玉見他臉上的愧疚之色越發濃了，終於沒忍住，笑出聲來，而後才道：「我有些累，先睡一會兒。」

程紹禟在她額上親了親。「好，妳先睡會兒，我來看著他們幾個。」

第四十章

鎮國公再得一子的喜訊很快便傳開了，小傢伙滿月那日，上門道賀的賓客絡繹不絕，比之當年小泥巴的更甚。

「這孩子生來便是享福命。」王氏抱著已經慢慢長開的小孫兒，感嘆地道。

小石頭生在家裡最困難的時候；小泥巴倒是好一些，出生時程紹禟已經是朝廷舉足輕重的大將；唯有小木頭，出生在程家最富貴顯赫之時。

四歲的小泥巴已經相當有小姊姊的模樣，一聽她這般說，便小大人似地道：「阿奶說得對，小木頭就是要享福的。」

蘇凝珊笑著摟過她，捏捏她紅撲撲的圓臉蛋。「咱們的小泥巴也是有福之人。」

小泥巴得意地搖頭晃腦，機靈地道：「嬸嬸也是有福之人。」

「是啊，嬸嬸也是有福之人。」蘇凝珊輕撫了撫腹部，感受裡面正孕育著的小生命，臉上揚著幸福的笑容。

突然，外間傳來一陣騷動。

凌玉正要讓人前去看個究竟，便見青黛笑著進來稟道：「夫人，大殿下、二殿下駕臨！」

凌玉一聽便笑了。

而小石頭已經高興地迎出去，倒是小泥巴還是坐在椅上晃著雙腿。

除了皇長子趙洵、皇次子趙瑞外，一起來的還有小石頭那幾位同窗，不過片刻間，正堂裡便響著孩子們吱吱喳喳的說話聲，尤其以四歲二皇子的聲音最響亮。

「小泥巴和小泥巴的弟弟呢？」

「我們在這兒呢！」

隨即，小泥巴清脆卻又有幾分得意的聲音從門外傳進來，孩子們回頭一看，便見凌玉抱著一個襁褓，身後跟著蹦蹦跳跳的小泥巴走進來。

大夥兒「呼啦」一下便圍了上去，往日瞧來已是學有幾分大人沈穩的半大孩子，這會兒七嘴八舌地說著。

「磊哥兒，這是你弟弟嗎？長得可真像你啊！」

「我瞧著像國公爺多些。」

「廢話，磊哥兒和國公爺像，他弟弟像他不也是等同於像國公爺了嗎？」

「這小娃娃叫什麼名字？不會叫石頭他弟吧？」

「石頭他弟不就是石子嗎？」

「讓我瞧瞧、讓我瞧瞧！」個子最矮的二皇子踮著腳尖也瞧不見，急得直跳腳。

趙洵見狀，乾脆把他抱起來。

見小傢伙在兄長懷裡伸著脖子，凌玉噙笑著把小木頭送到他跟前，讓他能看得更清楚些。

「沒有小泥巴好看！」小傢伙皺著小眉頭看了好一會兒後，終於下了結論。

凌玉啞然失笑，倒是邁步進來的程紹禟聽罷皺了皺眉，望望抱著皇弟的趙洵，看看他懷裡的趙瑞，又在小石頭與小泥巴臉上掃了一眼，再想到今早朝堂上那番關於立儲的言論，若有所思。

皇長子雖非嫡子，但這些年卻一直養於皇后膝下，與嫡子無異，便是陛下對他也是相當重視，否則也不會親自選了人教導他讀書習武。

而皇長子也沒有讓他失望，勤懇好學，認真刻苦，讓負責教導他的庚太傅讚不絕口。旁人倒也罷了，庚太傅乃是陛下的嫡親母舅，他的話陛下總是能聽幾分的。再者，這幾年陪伴皇長子一起唸書習武的，還有不少朝廷重臣家的嫡子，這些孩子自幼相處，關係瞧著也相當和睦。

他自然也看得出，今早朝堂上那番立儲言論，大抵是有人存心試探陛下的態度。但不管有意無意，皇長子身邊的助力不知不覺間已經積蓄了不少。

不見連原本被陛下厭棄的皇長子母族謝府，門可羅雀多年，如今也漸漸有了幾分熱鬧？而一直被禁足的謝嬪，宮裡也無人敢慢待她。

他也算是看著皇長子長大的，對這個乖巧的孩子也是心存憐惜，但他更清楚，同樣是嫡子出身的陛下，對嫡庶卻是相當看重的。有了元配皇后所出的嫡子，且這個嫡子同樣聰明伶俐，雖然如今年紀尚幼，可陛下正值壯年，自然可以慢慢看著他長成，何須急於一時？

他什麼都不怕，就怕如今心思純淨的皇長子，不知什麼時候便沾染上對權勢的渴望，若因此走了彎道，只怕……

「小石子是男娃，男娃哪用在意相貌如何？」昌哥兒道。

「他不是小石子，是小木頭！」小泥巴聽了一會兒，忽地大聲糾正道。

「小木頭？小木頭?!」半大的孩子們瞪大眼睛，齊刷刷地望向小石頭。

小石頭學著他爹的模樣，清了清嗓子。「是這樣沒錯，他不叫小石子，叫小木頭。」

「小木頭？」趙洵也不禁笑了。

「名字也沒有小泥巴好聽！」二皇子又脆聲叫道。

「小木頭也好聽！」小泥巴雖然喜歡人家誇她，不過這會兒她最喜歡的是弟弟小木頭，自然是要幫著他的。

凌玉忍笑聽著孩子們的童言童語，好一會兒才把小木頭交給奶嬤嬤抱下去，又吩咐下人端來精緻的點心招呼他們吃。

趙洵與趙瑞畢竟是宮裡的皇子，只在鎮國公府逗留小半個時辰，便有宮中內侍過來提醒他們該回宮了。

二皇子正玩得興起，聞言不高興地噘起了嘴，拉著趙洵的手撒嬌地搖了搖。「皇兄，再玩一會兒嘛！」

趙洵有些遲疑，可還是堅定地搖搖頭。「不行，出宮前你答應過母后什麼？男子漢一言九鼎，說過的話便要做到。」

二皇子皺了皺小臉，嘟囔著道：「好吧，回宮便回宮。」

兩位殿下起駕回宮，程紹禟看著趙洵牽著二皇子的小手，又親自把他抱上回宮的車駕，這才跟著坐上去。

他想，雖說天家無情，只是這對小兄弟們若是能一輩子似如今這般，兄友弟恭、互相扶持，也算是不負了陛下與皇后一番心血。

「皇兄，什麼時候我才能有個弟弟呢？」踏在往鳳藻宮的宮道上，二皇子蹦蹦跳跳地問。

「這個麼……嗯，估計要看父皇與母后的意思。」趙洵想了片刻後，認認真真地回答道。

「那我讓母后再給我生個弟弟，就跟小泥巴的一樣。」二皇子稚氣地道。

「好，讓母后再給咱們生個弟弟，比小木頭還要可愛的弟弟。」趙洵笑著點頭。

兄弟倆說說笑笑地走出好長一段距離，迎面便看到御駕正朝這邊而來，趙洵臉上的笑意當下便凝住了，倒是二皇子眼睛一亮，掙開他的手，高高興興地迎上去。

「父皇！」

趙贇此時也發現了他們，看著撒歡似地跑過來的次子，眸中飛快地閃過一絲笑意，只很快便又斂了下去。

「兒臣參見父皇。」趙洵緩步上前，恭恭敬敬地行禮問安。

趙贇點點頭。「從鎮國公府回來？」

「是。」

趙贇又「嗯」了一聲，父子二人再無話。

二皇子咬著手指頭，歪著腦袋瓜子，一會兒看看父皇，一會兒又瞧瞧皇兄，眼睛撲閃撲閃的。

「又咬手指頭！可是嫌上回罰得太輕？」趙贇眼角餘光掃到他的模樣，當即便沈下臉，喝道。

二皇子「嗖」的一下，把雙手縮到身後，一臉無辜地望著他。

趙贇瞪了他一眼，看著他討好地衝自己直笑，無奈地搖搖頭，吩咐長子。「你們母后在宮裡等著你們呢，快回去吧！」

「是，兒臣先告退。」趙洵再度行禮，這才牽著二皇子的小手，繼續往鳳藻宮而去。

「你覺得大殿下如何？」站在原地看著那對兄弟的身影漸漸遠去，趙贇皺眉沈思著，忽地問身後的夏公公。

「大殿下性情溫和，尊長愛幼，小小年紀便已有君子之風。」夏公公斟酌片刻，緩緩地道。

「君子之風……」趙贇玩味地道。正是因為他小小年紀便已有了君子之風，倒是讓某些人起了不必要的心思。不過，如此也好……

饒是跟在他身邊多年，可夏公公卻猜不透他的心思，故而更加恭敬地垂著頭。

兩位皇子畢竟年幼，離長大成人還有些時候，群臣們在朝堂上提了幾回後，見趙贇毫不理會，自然也不敢再提，畢竟誰都怕不知什麼時候觸怒了他。

過得幾日，未滿五歲的二皇子便被啟元帝扔給了庚太傅，讓他跟著皇長子等一幫比他年長好幾歲的半大孩子讀書習武。

凌玉聽後滿是詫異。「陛下難道沒有從朝廷大臣府中，挑選幾個年紀相仿的孩子陪伴二殿下嗎？」

「陛下顯然並無此意。」程紹禟隨口回答，皺眉望著衝他流著哈喇子的小木頭，父子二人大眼瞪小眼。

「……如此也好，小孩子跟著大孩子，大殿下又是那樣的性子，想來二殿下能學得更好。」凌玉略思忖片刻說道。

「嗯，如今二殿下每日除了讀書習武，還要到御書房應付陛下不時的抽考。」程紹禟又道。

凌玉聽罷便笑了。「看來二殿下近來的日子不好過，怪道好幾回進宮沒有見到他。」

程紹禟微微一笑，並沒有告訴她，小傢伙雖然跟著兄長等大孩子一起學習，但庚太傅私底下教授給他的，卻是帝王之術。

陛下的心思已經很明白，皇長子為賢王，皇次子為儲君。朝中的聰明人或多或少也猜出來了，故而這段日子關於立儲的呼聲漸漸地平息下來，原本與謝府走得比較近的人家也漸漸開始疏遠了。

至於將來是否會有變數，程紹禟並不能肯定，但他也不願再花費心思多想這些。
「方才我聽小石頭說，褚大人告了半年假？」凌玉摟著小兒子逗樂了一會兒，忽又想起此事，遂問道。
「確有其事。」程紹禟意味深長地回答。
凌玉見他的笑容有幾分古怪，不禁起了好奇心。「你是不是知道了些什麼？難不成此番他告假另有緣故？」
「確實有些緣故，只如今我也不便多言，咱們且等著看熱鬧便是。」程紹禟道。
凌玉雖然好奇，但聽他這般說，便也沒再多問。
小木頭未滿週歲時，程紹禟便開始準備給他取名，也是巧了，小傢伙五行果真是缺金的。
一聽到這個，小石頭便拍掌笑了。「弟弟叫程三金！」
「程三金？」程紹禟詫異，又看到王氏及凌玉等人只摀著嘴笑，更覺不解。
程紹安扶著大腹便便的蘇凝珊坐下，笑著將當日凌玉給女兒取名時的戲言，向他一一道來，末了還道：「大哥若是覺得三金不好聽，不如便依了當日大嫂所言，小木頭便叫程咬金吧！」
蘇凝珊沒好氣地瞋了相公一眼。「盡瞎說！」
程紹禟啞然失笑，仔細思量片刻後，一拍大腿道：「既如此，還是叫程鑫吧，正好全了五行，又與他們兄妹的姓名相配，一聽便是一家子兄弟姊妹。」

「那日後生的孩子再是五行缺金或缺水的，該如何取名？」王氏笑問。

「這還不容易？程又鑫、程又淼便可以了。」凌玉不以為然地道。

王氏無語了。「……有妳這樣當娘的嗎？」

凌玉滿臉無辜，讓眾人看得哈哈大笑。

小木頭咿呀咿呀地踢著小手小腳，彷彿也在笑著娘親的不著調一般。

又隔半年不到，告假的褚良便歸來了，身邊還帶著他的新婚妻子。

當凌玉看清楚那女子的容貌時，嚇得險些下巴都掉了。「杏屏姊?!」

蕭杏屏有些羞澀地應道：「是我。」

「這是怎麼回事？妳與褚大人……」凌玉早前雖然有想過這兩人之間或許有些什麼，卻沒有想到褚良告假半年便完成了終身大事。

「其實我與他許多年前便已經認識，那時候我也還不曾嫁到程家村去，他是我娘家附近村子的獵戶之子，曾經也幫過我幾回，只是後來他父親過世，他便離開了村子，而後一直音訊全無。」蕭杏屏緩緩地說著那些過往。

十四、五歲的美貌姑娘，自然對三番四次救過自己的少年心生幾分好感，只是這好感還來不及化作情絲，少年家逢巨變，被迫離鄉奔前程，姑娘亦另嫁他人。

一別經年，少年長成了頂天立地的男子漢，前程似錦；姑娘卻是夫死寡居，獨自掙扎求生。

後來發生了什麼，蕭杏屏沒有多說，凌玉也沒有再問，只知道她能選擇另嫁，心中必然經過一番掙扎，只不管過程如何，結果總是好的。

「素問嫂嫂必定高興極了。」凌玉笑嘆一聲道。

義兄終於肯娶親，娶的還是她的屏姊姊，這讓楊素問該有多高興啊！

「說起她，妳許是不知，她又懷上了，算一算，估計三個月後便會生產了。」蕭杏屏笑道。

凌玉大喜。「那可真是太好了！」

凌大春把京城的生意交託程紹安代為看管後，便帶著家人護送凌碧母子三人回鄉，一直沒有再回京，只是其間來信，只道離家太久，暫且多住些日子。

可凌玉也猜得到，他必是放心不下凌碧母子，不欲教她身邊沒有娘家人支持，故而才會有此決定。

「妳可知道，妳大春哥那親家上門找過他幾回，涎著臉讓他關照一下親生弟弟？」蕭杏屏又道。

「那大春哥怎樣做的？」凌玉追問。

「自然是關照啊，只不過大春乾脆把全村人都關照了，出錢建了學堂，還修繕了祠堂，如今他們村裡哪個見了他不誇？他那親爹後娘再來想占便宜，不用他多說，村民們便把他們罵走了。」蕭杏屏說得直笑，只覺得凌大春果真不愧是奸商，滿肚子鬼主意。

凌玉也不禁直笑。「當真是個好法子！」

凌大春此舉，占據了道德制高點，再加上當年凌老六話說得太滿、太狠，做事也太絕，本就沒了退路，如今不過是厚著臉皮黏上來。只不管如何，到底是生父，凌大春若是做得太過，必然會引來非議；如今這樣倒好，要關照可以，乾脆把全村人都關照了。吃人的嘴軟，拿人的手短，得了他的好處，加上當年他的遭遇確實也是讓人同情，村民自然會幫著他。

褚良夫婦只在鎮國公府逗留半個時辰便離開了，看著褚良體貼地虛扶著娘子而行，凌玉的嘴角微微揚起來。

不知不覺間，她又想到了上輩子的逃亡路上，乾糧盡失，小石頭餓得直哭，她求爺爺告奶奶地懇求路上災民施捨點乾糧，可得到的卻只是搖頭拒絕，那一刻的絕望，縱然此時想起，心也還是擰痛著。

最後，是名聲不好、與她更無半點交情的蕭杏屏出手相助。

後來呢？逃難路上太混亂，他們與蕭杏屏很快便失了聯繫，一直到她死，她也不曾再聽過蕭杏屏的消息。

只是，一個美貌弱質婦人獨自求生，又正處亂世，她會遭遇什麼樣的命運，著實難以預料。

所幸這一切都只是上輩子，那如同噩夢一般的上輩子。

如今噩夢醒來，幸福已至。

程紹安與蘇凝珊的長子出生後，小木頭已經可以搖搖擺擺地走路了，小泥巴也開始越發有小姊姊的模樣，很主動地幫著娘親照顧弟弟。

至於小石頭，嗓子開始由從前的清脆變得沙啞低沈，個子也猛地往上竄，大有追上他爹程紹禟的架勢。

明菊母子的消息再度傳來時，因離京城不算遠，凌玉便決定親自前去瞧瞧。

恰好程紹禟剛破了一樁大案，啟元帝龍顏大悅，准了他半個月假期，他便陪著她而去。

夫妻二人把三個孩子悉數拋下，輕車簡從便出發了。

馬車一路前行，許是想到了唐晉源，夫妻倆一時無話。

馬車一直行駛了大半日，離目的地越來越近，忽見天色暗沈，頃刻間雷聲大作，豆大的雨點砸了下來。

待這場突如其來的大雨散去，天邊竟然掛起一道長虹，五顏六色，美不勝收。

「沒想到一場大雨竟讓咱們瞧著了這般美景。」凌玉笑道。

程紹禟輕笑。「聽妳這般說，倒讓人以為妳是頭一回瞧見似的。」

「以前在村裡倒是常見，只這些年在京城裡卻一直沒有機會瞧上，事隔多年，也與頭一回見差不多了。」

「既如此，咱們便徒步走一陣子再趕路，也好讓妳再感受感受此番美景。」程紹禟笑道。

「如此也好。」凌玉哪有不許之理？坐了大半日馬車，她也覺得乏得很。

夫妻二人攜手而行，侍衛駕著馬車遠遠地跟著。

經歷一番雨水的沖洗，路邊的青草倒是顯得越發青翠，葉子上甚至還攏著水珠，在陽光的照射下發出一陣奪目的光。

「此時此刻，倒真有些像是回到當年在村裡一般，只不過那時候行色匆匆，忙於生計，縱是路邊有再好的景致，只怕也沒有心思欣賞。」凌玉道。

「可見景致依然，變的不過是人的心境。」程紹禟握著她的手，笑著應了一句。

「正是這個道理！」

突然，一陣孩子的怒吼聲隱隱傳過來——

「放開，你放開我娘！混蛋，你這混蛋！啊！」

依稀間還有婦人的尖叫。「畜生！你對他做了什麼？畜生！啊！放開我！放開、放開……」

凌玉臉色一變，程紹禟當下也沈下臉，吩咐身後的兩名侍衛保護夫人，自己則前去看個究竟。

「放開！畜生，放開我……」那婦人的哭喊越來越淒厲。

凌玉的臉色也越來越白，突然越過程紹禟，瘋了一般往叫聲響起處跑去。

「小玉！」程紹禟大驚失色，想要抓住她，可指尖卻只觸及到她的衣袖。他低咒一聲，急忙追上去。

「畜生，你這畜生！我殺了你、殺了你！」

當他追到時，卻看到凌玉手中持著一根小孩手臂粗的棍子，瘋了似地往一名衣衫襤褸的男子身上打去，直打得那男子嗷嗷叫。一名婦人瑟瑟發抖地抱著一個昏迷的七、八歲孩童縮在角落處，身上的衣裳已經被撕裂多處，當他認出那婦人的容貌時，臉色倏地大變。

這分明是唐晉源的妻子明菊！

他不及細想，一把抓住凌玉手中的棍子，制止了她的動作，隨即猛地往那男子身上踹出一腳，一個箭步上前，狠狠往那男子的一腿踩去，只聽得一陣骨頭斷裂的聲音，伴隨著男子的慘叫響徹整間破廟。

「沒事了、沒事了，孩子只是昏迷過去，不要緊的。」凌玉紅著眼，儘量讓聲音放得溫柔些，安慰著明菊。

明菊臉上驚魂未定，片刻，忽地把兒子放在地上，猛地朝地上慘叫連連的男子衝過去，狠狠往他臉上連甩了好幾記耳光，一邊打，一邊罵。「畜生！枉我相公生前視你如兄弟，你卻對他的妻子做出如此獸行！畜生，你枉為人！」

「什麼狗屁兄弟？若不是他當年從中作梗，映柳早就成了我的娘子！他讓我失去最喜歡的人，我也不會讓他好過！」

凌玉猛地抬頭，不敢相信地望向已經被打得腫如豬頭的昆子！

「她貪圖榮華富貴要給齊王當侍妾，與我們夫妻何干？你要恨便只恨她！」明菊又是接連幾個耳光甩過去。

凌玉白著臉，腦子裡不知不覺地浮現出上輩子那驚魂的一夜。

這輩子，同樣的畜生，可受害人卻不是她，而是成了明菊。

她望向地上衣裳破舊、瘦弱得一如上輩子她的小石頭的那孩子，想到剛衝來時看到他如同暴怒的小老虎般對那昆子又打又踢，以自己微弱的力量保護娘親，亦如她的小石頭上輩子一般。

她深深地吸了口氣，猛地拔出一旁侍衛腰間的長劍，在程紹禟震驚的眼神中，手起劍落，用力往昆子心口處刺去！

只聽一聲利刃入肉的悶響聲，昆子的瞳孔劇縮，頭一歪，終於沒了氣息。

程紹禟不敢相信地望向手持長劍的妻子，見她臉上是一片滔天的恨意，眼中殺氣四溢。長劍上的鮮血一點一點滴落在地，迅速融入泥土中。

明菊也被她這突然的一劍給嚇住了，好一會兒才愣愣地望向地上早已氣絕身亡的昆子，雙腿一軟，徹底地癱坐在地上。

「小玉……」程紹禟上前，握著凌玉持劍的手，將那把仍在滴血的劍奪過來。

一旁的侍衛連忙接過，擦去血跡後又插回劍鞘。

感受身邊人微微顫抖著的身子，程紹禟輕柔地把她摟進懷裡無聲安慰著，再以眼神示意侍衛們處理屍體。

片刻之後，凌玉推開他，跌跌撞撞地走過去，把地上的明菊給扶起來，啞著嗓子安慰道：「不要怕，已經沒事了，再不會有任何人膽敢欺負你們。」

明菊呆呆地望著她，少頃，眼睛湧上了淚水。

凌玉顫著手替她擦去眼淚。「不要怕，沒事了……」

明菊再也忍不住地哭出聲來，猛地撲到她的懷裡，悲憤難抑地道：「嫂子，我恨他，我恨他！他為了別人出生入死，為了別人耗盡一生，只顧著盡他的忠、全他的義，命都給了別人，卻把自己造的孽全留給我們母子來承受！我恨他、我恨他……」淚珠不停地從她眼中掉落，她放聲痛哭，將積壓心底多年的怨恨悉數發洩出來。

破敗的小廟裡，回響著女子悲慟的哭聲。那一陣陣的哭聲裡，有恨、有怨、有悔，也有說不清、道不明的愛。

凌玉輕柔地拍著她的背脊，視線早已變得朦朧，她微微仰著頭，想要將眼中的淚意逼回去，可下一刻，豆大的淚珠卻從她眼眶滑落。

「我明白，我都明白，都明白……」她嗚咽著道，說不清是在安慰明菊，還是在安慰上輩子的自己。

在數不清多少個逃亡的夜晚，她提心吊膽不敢睡去時，心裡也是恨的，恨那個人早早便拋下他們母子去了；在小石頭餓得直哭，她卻束手無策時，她恨自己的無能，同樣也恨著那個人；在被街邊流氓地痞調戲攻擊，身邊只有一個瘦弱的小石頭拚了命保護自己時，她更是恨得心都在滴血。

故而，此時此刻，再沒有別人能比她更明白明菊心裡的恨了。

可是，每一回聽著小石頭提及過世的爹爹時，那眼中根本掩飾不住的光芒與崇拜，對那個人的恨意便奇蹟般地褪去。

那個人縱有千萬個不好，只一條，他給兒子樹立了一個頂天立地的男子漢形象。

他生前，以他的正直、忠厚、善良、寬和影響著兒子，縱然在他死後，這種正面、積極的影響仍然牢牢地刻在那小小孩童的心裡，使得他即便是小小年紀就隨著娘親經歷了數不清多少的苦難，可心裡依然充滿陽光，充滿了對美好日子的嚮往。

每每看著那個雖然瘦弱，但每一日都在努力生活的孩子，她便覺得，其實日子也不是那樣難熬。至少，她不能倒下，應該一如那個人生前般，以身作則，將自己所有美好的一面都留給兒子。

她做到了嗎？回顧上輩子後半生種種，她想，也應該算是做到了。

程紹禟腦子一片空白，只怔怔地望著眼前抱頭痛哭的兩名女子，耳邊響著的是那控訴的痛哭聲，不知不覺間，他想到了宋超，想到了唐晉源，也想到了數不清多少回出生入死，幾度命懸一線的自己。

最後，腦海裡閃過唐晉源自刎殉主的那一幕，而後是明菊險被強暴，凌玉憤而殺死昆子，一直到那一聲聲的「我恨他」……

以死全了忠義之名的晉源，可曾想過會有這樣的一日？

雖是尋著了明菊母子，可因天色漸暗，程紹禟便只能在最近的小城裡尋了間客棧，暫且留宿，待次日一早再返回京城。

此刻，明菊已經重新梳洗過，換上了凌玉臨時請人買回來的新衣，牽著同樣洗得乾乾淨淨的小栓子，「撲通」一下跪在他們夫妻跟前。

「你們這是做什麼?快起來！」凌玉急忙伸手去扶。

可明菊避開她，堅持帶著兒子給她磕了幾個頭。

「救命之恩，無以為報。今日若不是你們二位，我們母子只怕再難活命。」明菊感激地道。

「妳我之間，何苦說這些?地上涼，快起來吧！」凌玉一手去扶她，一手把小栓子也拉起來。

程紹禟眼神複雜地望了望明菊，最後將視線落到小栓子身上，見他面黃肌瘦，個子比之同齡的孩子卻要矮上不少，只一雙眼睛卻顯得尤其明亮，望著自己的眼神有著好奇。

他喉嚨一哽，朝他招招手，示意他上前來。

小栓子遲疑地望向娘親，見娘親朝自己點點頭，這才走過去，恭敬地喚：「老爺。」

「老爺?」程紹禟一愣，隨即苦笑道：「我與你爹爹乃是生死之交，你應該喊我程伯父。」

小栓子驚訝地張著小嘴。

程紹禟又道：「你爹爹生前曾託伯父照顧你們，只是伯父沒用，一直尋不著你們母子蹤跡，讓小栓子受了不少苦。」

小栓子下意識地又望向娘親，見娘親並沒有反駁程紹禟的話，便知道這位「老爺」所言非虛。「爹爹?」他喃喃地道。

「是，你爹爹是世間上最好的爹爹，是位頂天立地的男子漢大丈夫，他一直放心不下你與你娘親，卻又沒有辦法親自前來找你們，便託了伯父來。」程紹禟緩緩道。

明菊緊緊抿著雙唇，眼中隱隱有些淚光，卻是一言不發。

小栓子自有記憶起，身邊便一直只有娘親，爹爹在他心裡的形象是模糊的，而娘親也從來不會與他提及爹爹，只道爹爹已經死了。每每提到爹爹時，娘親的臉色都不怎麼好看，久而久之，他也再不想了。

如今，這位很英武的「老爺」卻跟他說，他的爹爹是世間最好的爹爹，是位頂天立地的男子漢大丈夫呢……

夜色漸深，客棧的上等廂房處，凌玉身上帶著沐浴過後的清新氣息，從屏風後轉出來時，卻發現程紹禟背著手，站立在窗前，眺望著遠處，久久出神。

「你在想什麼？」她披著長髮行至他的身邊，輕聲問。

「沒什麼。夜深了，咱們先睡吧，明日一早要趕路呢！」程紹禟回過神來，勉強衝她笑了笑。

見他不願說，凌玉也不勉強，又道：「明菊不願跟咱們回京。」

「那怎能行。」程紹禟皺眉。

「我想過了，她既不願，咱們也不能勉強，只也不能任由他們母子流落他鄉。恰好青河縣的留芳堂缺了個掌事之人，而青河縣也算是晉源兄弟的半個家鄉，我想著便讓明菊母子到青河縣去，接替屏姊姊。方才我與她說了這個建議，她也同意了。」凌玉將她的打算道來。

程紹禟沈默良久，終於沈聲道：「如此也好。明日我便安排人手護送他們到青河縣去，把該打點的都打點了，必然不教任何人欺負到他們母子頭上。」

見他同意了，凌玉鬆了口氣。「其實也不必這般急，她既不願回京城那個傷心地，咱們也不急著回去，不如便在此處多留幾日，也好讓我與明菊敘敘舊。」

「一切聽妳的便是。」程紹禟自然不會反對。

遠處傳來的更聲一下又一下，夫妻二人躺在床上，也許是尋著了明菊母子，又或許是心裡真正對上輩子釋然了，凌玉很快便墜入夢鄉。

倒是程紹禟，睜著眼睛怔怔地望著帳頂出神，腦子裡也是一片混亂，也不知過了多久，他才緩緩合上眼睛，迷迷糊糊地睡過去。

朦朦朧朧間，他彷彿置身於一個白茫茫的世界，眼前盡是迷霧，待一道強光射來，白霧散去，他聽到一個熟悉的聲音——

「嫂子，對不住，我沒有保護好大哥……」

他循聲望去，驚訝地發現說話這人是小穆，而站在小穆跟前那名臉色蒼白、搖搖欲墜的女子，赫然是凌玉！

「小穆，你胡說什麼?!我明明好好地在此處！」他怒聲道，快步上前正要扶著站立不穩的凌玉，卻震驚地發現他的雙手從凌玉身上穿了過去！

「這、這是怎麼回事？」他臉色大變，不可思議地望著自己的雙手，眼睜睜地看著凌玉抱著「他的骨灰」痛哭失聲。

又是一道強光射來，他反射性地伸手去擋，待他再度睜開眼時，卻發現眼前的畫面已經變了。

在他眼前的，是數不清多少拖兒帶女的災民，四處逃竄著，不時大叫著「快跑快跑，魯王亂兵殺來了」。

叫聲、哭聲、罵聲、詛咒聲、混亂的腳步聲，伴隨著隱隱可聞的馬匹奔跑「噠噠」聲，一整座城都瀰漫在驚恐與混亂中。

他只覺得頭暈目眩，直到不遠處一張熟悉的面孔出現在眼前，更是大驚。

不遠處，凌玉揹著小石頭，程紹安半扶半抱著王氏，金巧蓉抱著包袱，正與所有逃命的災民一般，拚了命似地往前跑。

畫面不停變幻，他眼睜睜地看著在自己「過世後」的日子裡，凌玉艱難地帶著兒子求生，程紹安、金巧蓉，這些親人一個又一個地背叛她，一次又一次地把她打落深淵，但她很快又咬著牙關，爬了起來。

不知不覺間，他淚流滿面……

「紹禟！紹禟，醒醒，快醒醒……」

一陣帶著焦急的女子聲把他從混沌中拉扯回來，他緩緩地睜開眼睛，便對上了凌玉關切的臉龐。

「你是怎麼了？作噩夢了嗎？」凌玉見他終於醒過來，吁了口氣，用袖口替他拭去額上汗漬，關心地問。

程紹禟的臉色仍有些發白，眼睛貪婪地盯著她，感受到她觸及自己肌膚時的溫熱，一種失而復得的喜悅油然而生。

他猛地伸出手去，在凌玉的驚呼聲中把她拉入懷中，緊緊地抱著她，再不願放手。

「你怎麼了？作什麼噩夢了？」凌玉被他抱得快要喘不過氣，但也能感覺得到他莫名的驚恐，本是有幾分微惱的，此刻也被憐惜所代替。

「是啊，是作了一個噩夢，所幸一切不過是噩夢，而如今夢已經醒了……」

也不知過了多久，她才聽到程紹禟如同夢囈般道。

凌玉在他懷裡掙了掙，待察覺環著腰間的力道稍稍鬆下幾分，這才掙扎著想要抬頭看看他，卻忽覺眼前一黑，雙眸被溫厚的大掌覆住，擋去了月光。隨即，她便聽到那個人在她耳邊啞聲道——

「小玉，我很慶幸，從來沒有似如今這般慶幸，慶幸自己還活著，慶幸自己可以竭盡全力，給予你們母子庇護。」

凌玉愣住了，不明白他為何會這般說？只是很快地，她微微一笑，柔聲道：「是啊，咱們都應該慶幸，慶幸咱們還活著。這世間上，再沒有什麼比能活著更重要了。」

「是，再沒什麼比能活著更重要了。」

頭一回得到他的認同，凌玉心中訝然，戲謔道：「可真是難得，你竟也是這般認為，我原以為你會說，大丈夫何懼於死？」

程紹禟終於緩緩地鬆開她，望入她眼眸深處，低低地道：「在國家大義、百姓蒼生跟前，自應無懼於死。可人生在世，除了大義，還有責任，為人子、為人夫、為人父之責任，自是應當惜命。」

藉著月光，凌玉終於看到他的表情，同時也看清了他臉上的淚痕。

「你……」她只覺得心裡有些異樣，迎著他越發溫柔的眼神，卻不知該說些什麼才好？

次日一早，程紹禟便吩咐一名侍衛，回京準備護送明菊母子前往青河縣的一切事宜，閒暇之時便喚來小栓子，親自過問他的學業。

小栓子雖已八歲，但是明菊這幾年一直居無定所，連溫飽尚且不能解決，自然也沒有能力送他到學堂去，唯有自己親自教他識字。

只她本也不過奴婢出身，在齊王府時，憑著聰明識得幾個字，再多的便沒有了，故而又哪能教兒子多少？以致如今小栓子也只是會寫自己的名字、能認得十來個常見的字罷了。

至於習武的基礎，那更是相當於無。

程紹禟看著他一臉羞愧的小臉，微不可聞地嘆息一聲，輕拍他的肩膀。「不要緊，你如今年紀尚小，只要勤加學習，將來必定不會遜色於任何人。」

「真的可以嗎？」小栓子眼睛一亮，充滿期盼地望著他。

「自然可以，只要勤懇刻苦，這世上便沒有什麼是成不了的。待你到了青河縣，伯父會給你請最好的先生，教導你讀書習武。」程紹禟正色道。

小栓子激動得小臉脹紅，好一會兒才紅著眼睛問：「伯父說我爹爹是世上最好的爹爹，他若在世，會如您這般待我好嗎？」

程紹禟喉嚨又是一哽，輕輕拉著他的小手，低沈的嗓音充滿肯定與懷念。「不，他會待你更好。當年你還在你娘肚子裡時，你爹爹便給你做了小木馬、小車子等許多好玩的東西，他把自己的期望全然寄託在你身上，便是臨終前，最放不下的也是你們母子。」

「那他為什麼要拋下我和娘？」小栓子帶著哭音問。

「他……」程紹禟哽咽了一下。「他並非有意拋下你們，只是心裡有了執念。人活一世，總是會有些堅持，這堅持是對還是錯，只能待你長大了，以自己的見解親自去評判。」

小栓子胡亂地抹了抹眼淚，用力點點頭。「我會好好唸書，讓自己變得很有學問。只要變得很有學問、很有見解，他就會知道爹爹為何要拋下自己與娘親了。」

「好。你爹不在了，你便是家裡唯一的男子漢，要好好孝順娘親。」

「嗯！」小栓子再度用力點頭，嗚咽著應下。

門外的凌玉望著含淚的明菊，輕輕握著她的手無聲安慰著。

「多謝……」

少頃，她聽到明菊低低地道。

一行人在小城鎮裡逗留三日，一切都準備妥當後，凌玉又將一封信交由護送明菊母子的府中侍衛，著他轉交凌大春，這才與程紹禟親自送他們母子出城。

郊外清風徐徐，明菊帶著兒子，再次鄭重地給他們夫婦磕了幾個頭，終是抹了一把淚，轉身上了南下的馬車。

凌玉遙望著馬車漸漸遠去，心裡竟是前所未有的輕鬆。

「當年妳給小石頭講的那個忠義之士的故事，再與我講一遍。」

突然，她聽到身邊男人低聲道。她驚訝地側過頭去，迎上了他溫柔卻又堅定的眼神，半晌，展顏一笑，柔聲道：「從前有位忠義之士，他正直、寬厚、以善待人，後來他富貴了，在權勢中起伏翻滾，卻始終不失本心。一直到最後，他的媳婦和兒女，都以他為榮……」

程紹禟愣住了，良久，露出一個如釋重負的笑容。

——全書完

番外一　齊王妃

御書房內，啟元帝趙贇把手中摺子扔到一邊，眸光銳利地盯著下首的程紹禟。「你是說，這幾年你給朕提的那些建議，全部是出自那晏離之手？」

「是。當年晏離先生被流放前，曾將他畢生所學詳細記載在一本小冊子上，並將此冊子交給臣。臣觀冊子上有許多見解均是一針見血、高瞻遠矚，不少法子亦是相當實用，故而便斗膽依此向陛下進言。」

趙贇有一下、沒一下地輕敲著御案，好一會兒才冷笑道：「晏離那廝，最是陰險狡猾不過，朕當年便在他手上栽過跟頭，受盡了屈辱，朕能網開一面，饒他一條性命，已是格外開恩，如今你難不成還想讓朕啟用他？」

「晏先生之才華世間罕有，若能得到他扶持，於陛下、於朝廷、於百姓都是百利而無一害。況且，陛下能啟用庶人趙奕舊屬，也是向天下人展示陛下的寬宏大量、任人為賢。」程紹禟不答反道。

趙贇又是一聲冷笑。「不過才幾年工夫，鎮國公倒是越發伶牙俐齒了。」

「臣不過是據實而言，當不得陛下此話。」

數年前趙贇為恢復生產所頒發的一連串政令，雖然取得了一定的成效，可幾年下來，已經再難有突破，程紹禟思前想後，覺得不若將晏離請回來為朝廷盡力，說不定會有些驚喜。

趙鑽冷哼一聲，道：「此事朕自有主意，你不必再多言。」

程紹禟明白欲速則不達的道理，自然不敢再多說，恭聲應下，正要告退時，又聽趙贇問——

「朕聽聞那曹氏有意改嫁，可有此事？」

程紹禟微怔，回答道：「臣也聽聞過此事，只是不知真假？」略遲疑一會兒又道：「寡婦再嫁本為常理，曹氏雖曾貴為王妃，可如今卻只是一名尋常的喪夫婦人，再嫁並無不可。」

趙贇似笑非笑地望著他。「如此謹慎，你是怕朕會阻止？」

「臣並無此意。」程紹禟忙道。

「曹氏意欲改嫁，已有御史臺的老匹夫就此事上了摺子，認為其到底曾為王妃，縱然如今只為庶人，可再嫁……一來仍是相當於給皇室蒙羞；二來，趙奕有子嗣留下，她乃趙奕正妻，理應一心一意撫育夫君血脈，盡人妻、人母之責。」

「啟稟陛下，本朝何曾有過規定，夫家有子的婦人不能改嫁？御史大人此番言論，不過還是因為曹氏從前的王妃身分。」程紹禟惱道。

趙贇點點頭。「言之有理。那依你之見，應當如何？」

「此不過一件雞毛蒜皮的小事，根本不值得呈到御前。曹氏乃是尋常百姓之家的喪夫婦人，她願意繼續留在夫家撫養孩兒也罷，或帶、或留下孩兒改嫁也罷，全不過她個人意願，與他人無關。陛下日理萬機，著實無須為此等小事浪費時間。」程紹禟臉上帶著惱意，沈聲稟道。

趙贇別有深意地望了他一眼。「鎮國公這是為天下喪夫女子抱不平，還是僅替曹氏不忿？」

「臣認為，再嫁由己身，天底下所有喪夫女子，均應該有決定日後去向的權利，旁人無權指責。」程紹禟平靜地道。

就如五年前那場意外的噩夢，夢裡那喪夫的小玉，即使身邊還有小石頭，但也依然有改嫁的權利，只要她願意，便沒有任何人能干涉。

趙贇有些意外地望著他，好一會兒才道：「朕都明白了。」

程紹禟再次朝他躬身行禮，這才告退。

翌日在朝堂上，啟元帝痛斥御史閒來無事，全作那長舌婦之行，連家長裡短、雞毛蒜皮此等小事亦呈到御前，著實可惱可恨！

他沒有明指是何事，但朝臣們或多或少總是有些了解，再望向被罵得狗血淋頭的御史們，一時間深表同情。

經此一罵，前齊王妃曹婧苒改嫁之事再無人置喙。

喜訊傳來的時候，凌玉也有些意外，但心裡也為她感到高興。

齊王已經死了那般久，而趙夫人還那樣年輕，難不成真要守一輩子？既然覓得了合心意之人，為何不能過新的生活？

「趙夫人要改嫁的那范家老爺，雖只是布衣，卻是積善之家，在當地素有名望，膝下唯有前妻留下的一個十歲女兒，這麼多年一直未曾續娶。也是合該他與趙夫人有緣，三年前到相國寺上香時偶然遇到趙夫人，從此便念念不忘，一直到前年三月，才終於鼓起勇氣提親。榮惠大長公主聽聞後命人把他轟出去，道他是癡心妄想。只他也不放棄，竟是生生堅持了一年有餘，才讓大長公主鬆口。」陳嬤嬤將她得到的消息向凌玉稟道。

凌玉聽罷便笑了。「倒真是個執著的，怪道能讓大長公主與趙夫人鬆口。」

「細說起來，大長公主殿下待趙夫人也是盡了心，沒有殿下支持，那范老爺再是執著，趙夫人縱然有意，只怕這親也是結不成的。」陳嬤嬤嘆息道。

凌玉如何不知這個道理？

映柳白著臉，不敢想像曹婧苒竟然真的同意了婚事，更沒有想到所有人，包括宮裡對她的改嫁也不曾置喙半句。

「妳、妳是王爺的元配王妃，他如今不、不在了，妳、妳怎、怎能、怎能——」

「怎能另嫁他人？」曹婧苒打斷她的話，慢條斯理地疊著自己的衣裳。「他在時，我嚴守婦道，除了不曾為他生兒育女之外，一府主母該擔之責，我樣樣都擔起來了。他死了，我也替他守了幾年，全了夫妻情分。如今我要另嫁，過屬於自己的新生活，難不成倒還要擔心他九泉之下不得安寧？」

映柳還想再說，卻發現自己什麼話也說不出來。「可、可是，妳若是走了，我們母子三人該怎麼辦？」最終，她還是喃喃地道。

曹婧苒停下手上動作，緩步行至她跟前，望入她眼底深處，沒有錯過裡面的迷茫及不知所措。

「映柳，妳要認清一件事，我沒有必要負責你們母子三人的餘生。日後該何去何從，全然看妳的決定。慈恩堂你們可以一直住下去，大長公主殿下不是那等絕情之人，縱然我不在了，也不會把你們母子三人趕出去。妳的主心骨不該是我，相反地，妳應該成為妳兩個孩子的主心骨，擔起為人母的責任。我，言盡於此。」

映柳臉上更是一片茫然，只是也知道事已至此，再沒有轉圜的餘地。再過一個月，眼前的女子便會成為另一座府邸的主母、另一名男子的夫人。

曹婧苒出嫁那日，凌玉並沒有出現，只是提前送了賀禮。

事隔多年再次穿上嫁衣，曹婧苒的心境卻是截然不同。

上一回，是不甘不願，卻也有認命之意；這一回，卻是心甘情願，帶著對新生活的嚮往坐上喜轎。

她深深拜別榮惠大長公主，而後將目光落到眸中含淚的映柳身上，略頓了頓，又望向映柳身邊那兩個孩子——趙潤與趙涵，她名義上的兒女。

「日後好好聽你娘的話。」看著那兩個孩子臉上的不捨，她遲疑片刻，還是走過去，把手輕輕搭在趙潤肩上，柔聲叮囑道。

趙潤張了張嘴，似是想要說什麼，可最後卻只是點點頭。

「夫人，時辰到了，該上轎了。」有喜娘上前輕聲提醒。

曹婧苒最後望了眾人一眼，終於微微彎下身子，讓榮惠大長公主替她蓋上紅蓋頭。

「去吧，前塵往事皆已散去，去過屬於妳自己的新生活吧！」

榮惠大長公主和藹的聲音在她耳邊響起時，她終於落淚。

——全篇完

番外二　小泥巴

這日是皇后娘娘千秋。

雖是被冊封為太子，但到底年紀小，故而趙瑞只是搬到東宮，並沒有出宮建太子府。

此刻，他正寫完庚太傅佈置的一篇策論，聽到貼身小太監涎著笑臉，向他形容今日鳳藻宮的熱鬧，右手托著腮幫子，只覺得百無聊賴。忽地，他問道：「鎮國公夫人可進宮了？」

「進宮了、進宮了！方才奴才到外頭，遠遠便瞧見鎮國公夫人與府上大姑娘一同往鳳藻宮的方向去了。」小太監機靈地回答。

趙瑞的眼珠子轉了轉，拍了拍身上錦袍，一本正經地道：「孤也該去向母后問安了。」說完，步履輕快地出了殿門，逕自往鳳藻宮而去。

王氏因為前一晚感染風寒不便進宮，蘇凝珊自覺不過布衣婦人，也不願往那等富貴之處而去，如此一來，便只得凌玉帶著女兒去了。

再過幾個月便要滿十一歲的小泥巴，個子已經及至凌玉肩膀處，如今正慢慢學著幫娘親管事，照顧兩個弟弟也是細心體貼，頗有小姊姊的風範。

對這個女兒，程紹禟更是視如掌上明珠，簡直到了有求必應的地步。

小泥巴貴為國公之女，其父又是深得啟元帝信任的心腹重臣，不管有意無意，往日她所到之處，身邊總是圍著一幫貴女。

只今日卻又有些不同，她看著被眾人簇擁著的、那名身著海棠紅衣裙的陌生小姑娘，一時有些奇怪。

京城中年紀相仿的名門貴女，她基本上都認得，記憶裡卻對眼前這一位沒有半點印象。

「那是承恩公府上的六姑娘，這些年一直隨父在任上，前日才回京。」身邊有貴女為她解惑。

小泥巴恍然大悟。原來是皇后娘娘的姪女。

替她解惑的那名貴女又勉強與她說了幾句，便也急急地迎著那孟六姑娘而去，好歹也要在對方跟前混個臉熟。

小泥巴倒也不在意，趁著沒人留意，挑了處幽靜的亭子坐下，一邊品著石桌上的香茶、糕點，一邊欣賞滿園子的奇花異草。

直到突然聽到不遠處一陣騷動聲，她好奇地望過去，只看到滿園子行禮問安之人，當中唯一站得筆直的，不是別個，正是不久前才被冊封為太子的趙瑞。

隨即，她又看到那孟六姑娘似乎和趙瑞說了句什麼話，使得趙瑞的腳步停下來，周圍的人也不敢插話，就只是這樣看著他們。

她還是頭一回見趙瑞這般有耐心地和姑娘家說話，一時覺得，到底是親戚，縱是頭一回見，只這親近的程度也不是旁人所能相提並論的。

她只看了片刻便又轉過頭，繼續品著茶點，觀賞著美景。

「原來妳竟一個人躲在此處偷吃。」

趙瑞的聲音突然在身邊響起來，嚇得她險些把手上的茶都灑了。

「竟嚇成這般，可見必是做了虧心事。」趙瑞抱臂道。

小泥巴偷偷瞪了他一眼，這才恭恭敬敬給他行禮。「見過太子殿下。」

「此刻又沒旁人，妳裝模作樣給誰看？」趙瑞嗤笑。

小泥巴不理他，堅持給他全了禮，末了才道：「你如今貴為太子，便是日後的一國之君，我還盼著將來你好歹瞧在相識一場的分上，凡事多替我撐腰，讓我能在京城裡橫著走，自然得先討了你的好再說。」

她說得如此直白，倒讓趙瑞一時無話，好一會兒才恨恨道：「姑娘家家的，臉皮怎地這般厚！」

忽地想起曾經某一日，看到小泥巴涎著甜得過分的笑臉，衝那凌灼喚「好表哥」，他話音一轉，又加了句。「妳替我倒杯茶，喊我三聲好哥哥，我便考慮考慮妳的要求。」

小泥巴當即便板下臉，啐了他一口。「想得美！」

眼角餘光看到那孟六姑娘正朝這邊走來，她努了努嘴。「喏，想聽人喊你哥哥找她去，雖然多了一個表字，但也算是你的正經妹妹。」

話音剛落，那孟六姑娘便已經走到兩人跟前，笑著問：「太子表哥原來在此處，不知這位是……」最後一句卻是望著小泥巴說的。

趙瑞有些不自在地皺了皺鼻子，也不知為何，聽著「太子表哥」這聲稱呼總是覺得怪怪的。

「家父鎮國公。」

「原來是鎮國公府的大姑娘。」

趙瑞看著她們客客氣氣的模樣，尤其是小泥巴得體而疏離的舉止，便連臉上的笑容也是無懈可擊。他突然生出一種在看父皇那些妃嬪相處時暗藏刀鋒，表面卻一片風平浪靜時的詭異感覺。

小泥巴是個人精，如何會感覺不到孟六姑娘隱隱的敵意？對她有意無意地表示出與趙瑞的親近更是心知肚明，當即有些嫌棄地瞥了明顯在一旁看熱鬧的趙瑞一眼，乾脆道：「我還有事，不奉陪了。」說完，朝趙瑞行了禮就要離開，卻被他一把揪住袖口。

「上回小木頭跟我要的那套小銅人，我讓工部重新給他打造了一套，這會兒忘了使人拿來，回頭妳出宮前過來取。」

「改日你得了空使人送到府裡給他，我便不去取了，讓娘知道了必是一頓數落。」小泥巴拂開他的手。宮裡人來人往，又不是自己的地盤，她傻了才在眾目睽睽之下往東宮去，便是使人去也不行。

趙瑞只一想便明白她的顧慮，嘀咕了聲「真麻煩」，倒也沒有堅持，任憑她離開了。

「太子表哥與程姑娘相識挺久了吧？」看著小泥巴離開的背影，孟淑瑩試探著問。

「確實挺久了。」光屁股的時候便認識了，聽聞頭一回見面時還打了一架。趙瑞輕撫著下巴，忽地笑了。「算是青梅竹馬吧！」

「怎不繼續賞花了？」見女兒獨自一人回來，凌玉隨口問。

「覺得怪沒意思的，就乾脆回來陪娘坐坐，說說話。」小泥巴抱著她的臂膀，撒嬌地道。

凌玉愛憐地在她鼻端上點了點。「那便好生坐著，不許亂走動。宮裡頭人多，若是衝撞了什麼倒不好了。」

「知道了。」小泥巴甜甜地應下。

母女倆相視而笑。有注意到她們動靜的誥命夫人主動上前來搭話，凌玉游刃有餘地應付著，小泥巴則作乖巧狀，引來不少稱讚。

「淼丫頭到本宮這兒來。」皇后溫柔的聲音從上首傳來，也讓殿內眾人的視線齊刷刷地落在小泥巴身上。

小泥巴大大方方地上前去，行禮喚道：「皇后娘娘。」

皇后一手拉著她，一手拉著多年未見的姪女，含笑問道：「淼丫頭可曾見過了瑩兒？」

小泥巴抿嘴笑了笑。「方才在園子裡見過的。」

孟淑瑩雖早就聽母親提過，鎮國公之女素來在皇后跟前有些體面，只是也沒想到皇后待她竟是這般親近，故而臉上頓現幾分驚訝。

「本宮也是才想起來，妳們倆的年紀只相差一個月。」皇后又笑道。

「我是九月生的。」孟淑瑩忙道。

「那我比孟姑娘虛長一個月。」
「程姊姊。」孟淑瑩主動喚。
「孟妹妹。」人家這般主動地表示親近，小泥巴便也大大方方地叫起了妹妹，反正她又不吃虧。
看著兩個小姑娘已經姊姊妹妹地稱呼起來，皇后臉上帶著滿意的笑容。
姪女離京太久，要想融入京中貴女圈子，還是得靠淼丫頭才是。
在場的各府夫人個個都是人精，自然也看得出皇后的打算。
承恩公膝下五子三女，長子、三子及長女均為嫡出，眼前這位孟六姑娘，其父便是皇后一母同胞的弟弟，承恩公府上的三老爺。
這位三老爺一直外放，直到日前才回京，如無意外，未來便會留任京中。甚至有人猜測，這位孟六姑娘與太子殿下年紀相仿，皇后不會想要親上加親，再提攜提攜胞弟吧？
凌玉面容帶笑地看著這一幕，心裡卻暗暗下了個決定。
不管皇后有沒有親上加親的意思，只是她和程紹禟都無意將女兒嫁入皇室，雖說如今太子殿下年紀尚小，小泥巴亦未長成，不過如今都有人想到太子與孟家這小姑娘的「親事」，難免也不會誤會她的女兒。既是無心，還是要懂得避嫌，以免生出什麼誤會才是。
待夜裡她將這個意思向程紹禟道來時，程紹禟哪有不應之理？「確實應該如此，咱們家無須再貪圖那等皇室富貴，女兒將來的夫婿亦不必出身高門，只要人品、才學過關即可。皇室……」他搖搖頭，低聲道：「咱們的女兒縱然有手段能讓自己過得好，我也不願她受那等累。」

「我也是這般想的。」凌玉道。

況且，月滿則虧，水滿則溢的道理她還是懂的，盛極必衰。鎮國公府已經夠顯赫了，著實無須再以小泥巴的親事來錦上添花。

夫妻二人達成共識後，便有意無意地控制著趙瑞與小泥巴見面的機會，也儘量減少她與那孟六姑娘的接觸，更是嚴肅地教訓了小木頭，不准他再纏著趙瑞要這個、要那個。

時光荏苒，不過眨眼間，小泥巴到了及笄的年紀。

鎮國公嫡長女及笄後，這親事便可以提上日程了，一時間，國公府的門檻都快要被各府請的媒人踩破了。

鎮國公程紹禟執掌刑部，乃是朝廷重臣；其子程磊如今為昭明司副使，直接替天子辦事，深得陛下看重。鎮國公府早已成為京城炙手可熱的高門大戶。

承恩公府六姑娘孟淑瑩及笄禮這日，程淼也受邀觀禮。

不知從什麼時候開始，程淼與孟淑瑩便成了京城中貴女的代表，容貌、才學、家世均是不相上下。只不過打弟弟小稻穀出生後，程淼便擔起了照顧弟弟之責，同時也跟著凌玉學掌家，還要跟著陳嬤嬤學各式禮儀，故而這幾年並不怎麼參加貴女們的這個宴、那個會，漸漸地，便成了孟淑瑩一枝獨秀。

只因有她珠玉在前，承恩公府便是施展渾身解數，也無法為孟淑瑩請來比榮惠大長公主更有身分地位的正賓，雖然同樣有皇后娘娘和寧德妃的賞賜，但正賓差了一頭，賓客們自然還是覺得孟家姑娘的及笄禮比不上程家姑娘。

故而，此刻不時往程淼身上投來的視線並不少，只看得她既不自在又無奈。

好不容易禮成宴畢，她正要告辭歸家，忽地見一名侍女過來道：「我家姑娘請程姑娘一聚。」

她認出對方確實是孟淑瑩身邊的侍女，雖不知孟淑瑩要見自己做什麼，但主人家邀請，她自不會拒絕，故而便道：「煩請姊姊前面帶路。」

跟著那侍女走了好片刻，她便覺得有些奇怪，承恩公府她也是來過的，記得這條路並不是去往孟淑瑩院裡的。

正想問，卻見那侍女一個箭步，竟是瞬間不見了身影。

她大驚，下意識便追出去，哪想到手腕突然被人一把抓住，嚇得她臉色大變，想也不想便回身往對方臉上揮出一拳。

「妳做什麼?!」

哪想到拳頭卻一下子就被對方抓住，隨即聽到一個熟悉的低喝聲。

此時此刻，她也終於看清了眼前少年的臉，氣不過地踢了他一腳，這才撫了撫鬢髮，盈盈見禮。「臣女見過太子殿下。」

趙瑞一時不察被她踢中小腿，疼得他齜牙咧嘴，好不容易待痛楚稍緩，恨恨地瞪了她一眼。「凶丫頭果然是凶丫頭，哪家的姑娘像妳這般凶巴巴的，力氣還如此大？孤的腿都快要被妳踢斷了！」

「哪家的公子也不似你這般，在別人府裡把人騙來！」程淼毫不客氣地反擊。

趙瑞一聽便笑了。「這有什麼，但凡孤想做，便沒有什麼是不可以的。」

程淼啐了他一口。「真該讓朝臣們都來瞧瞧，看他們讚不絕口的英明太子到底是怎樣的恣意妄為。」

「還不是聽說妳要說親了，擔心妳所嫁非人，特來問問。妳若瞧上了哪家的公子，孤便替妳去考察一番，看看對方是個怎樣的人物？」

「我的事自有爹娘操心，不勞太子殿下您了。」程淼輕哼一聲。

「好歹也是相識一場，這點事孤還是願意代勞的。」

「你可有其他的事？若沒有我便走了，讓人瞧見了不好。」程淼不再跟他扯些有的沒的。

「倒沒什麼要緊事，只是想告訴妳，大理寺吳大人的三公子是個極會憐香惜玉的，他屋裡的丫頭個個待他都是體貼入微；工部侍郎許大人的大公子極為上進，滿心滿眼除了研究各種機關暗器，其他都不放在心上；京兆尹董大人長子最重信諾，聽說已經啟程去追回曾寄住府上的表姑娘……」趙瑞清清嗓子，意味深長地道。

程淼奇怪地望著他。「這關我什麼事？」

趙瑞怔了怔，隨即便笑了。「這倒也是。」

程淼更覺得他莫名其妙了。

一直到坐上回府的馬車，她才終於醒悟。吳三公子、許大公子、董大公子，不正是娘親那日問她意見的那三人嗎？她無奈地扶額。

敢情趙瑞那廝真的是為自己仔細打探過啊？倒也難為他了，百忙中還抽得出這樣的時間。

「太子表哥果真讓妳把程淼騙去？」承恩公府內，孟淑瑩絞著帕子，心裡卻是堵得厲害。前一刻還在為太子表哥的到來暗喜，下一刻卻得知對方的到來不過是為了別人，而她這個今日的正主，卻是見都不曾見到他！

「鎮國公夫人如今把心思都花在世子與國子監祭酒譚家長女的親事上，一時倒是顧不上程大姑娘這邊了。」

東宮書房裡，趙瑞聽著心腹下屬的稟報，滿意地點點頭。

「只不過，太子既然對程大姑娘有意，何不稟明皇后娘娘？娘娘自來便疼愛程大姑娘，而以鎮國公府的門第，程大姑娘足以堪配太子妃之位。」那下屬遲疑片刻，還是忍不住問出了心中疑問。

趙瑞臉色微微一變，揉了揉額角。

那下屬見他不說話，知道自己逾矩了，連忙躬身請罪。

趙瑞不在意地揮揮手，讓他退了出去。

為何不稟明母后？趙瑞眸色幽深。那丫頭自幼看慣了父母僅屬彼此的恩愛，如何會允許自己嫁給注定會三妻四妾的皇室男兒？而他如今尚未有足夠的能力，可以挺直胸膛告訴父皇——他，不需要以後宮來平衡朝堂！

今年的秋獮，啟元帝難得地帶上了皇后，自然也允許各府女眷參加。凌玉因為忙著再過幾個月的長子親事，便不打算去，只讓程淼跟著去瞧瞧熱鬧。

這樣的機會甚是難得，趁著如今還是無憂無慮的姑娘家，不去見識見識倒是可惜了。

凌玉雖然沒有前去，但是也拜託了蕭杏屏代為照顧女兒。

蕭杏屏身為禁衛軍統領褚良的夫人，這一回的秋獮自然是要跟著他的。

褚、程兩家素來走得近，程淼對這個伯母也是親近得很，故而路上也是與蕭杏屏同坐一車，親親熱熱地說著話，倒也不覺得悶。

這一回跟著前來的各府夫人、小姐並不少，程淼也看到了不少熟人，譬如承恩公府的孟淑瑩。

孟淑瑩自然也看到了她，遠遠地朝她點頭致意，便算是彼此見過了。

程淼與相熟的小姊妹們敘舊一會兒，便各自散去了。難得有機會出來一趟，眾人自是要尋個機會四下看看，反正只要不走出有侍衛把守的安全區域便好。

「小泥巴！」

程淼正行至一處草地，忽地聽身後有人喚自己的小名，回頭一看，便見趙瑞不知什麼時候出現在眼前。

她有些不高興地噘起嘴，但還記得先行禮，而後才道：「不許再喊這個名字！」

趙瑞笑了笑，隨手把他獵到的野兔扔到地上。「孤袖口裂了一道口子，妳幫孤縫補縫補。」

程淼輕哼一聲。「太子殿下身邊這麼多人侍候著，何須我動手？」

「不肯便罷了，也不是什麼大不了的。」見她不願意，趙瑞也不在意。

他這般好說話，程淼倒是有些過意不去了。「裂成怎樣了？過來讓我瞧瞧。」

小時候他每每淘氣弄壞了衣裳，都是她笨拙地替他補好的，雖說補得不好看，但也聊勝於無。

趙瑞露出一個得逞的笑容，順從地走到她身邊，扯了扯左邊那裂出一道口子的袖口。「妳瞧，就是這兒。」

「哎哎，你別亂扯啊，再扯便裂得更厲害了！」程淼拿出隨身帶著的針線包，細心替他縫補起來。

趙瑞垂眸，望著近在咫尺的俏麗容顏，長而鬈的眼睫撲閃撲閃著；挺俏的鼻子，微微噘著的粉嫩雙唇，再襯以那溫柔認真的表情，不知不覺間，他便看得有些失神。

「好了！不是我誇口，這回補得雖稱不上『天衣無縫』，但瞧起來也是相當不錯的。」程淼滿意地看著自己的「傑作」，語氣中難掩得意。

趙瑞一看，見她把那道裂口縫成了青竹模樣，與他身上這身衣裳竟是相當般配，那一針一線也不再似小時候那般歪歪扭扭，像條毛蟲般，遂輕笑道：「確實進步了許多，這一回孤縱然是繼續穿，也不怕別人看到了會取笑孤身上帶了條毛蟲。」

程淼啐了他一口。「早知道就不管你了，好心好意幫你縫好，還要被你取笑一通。」「這回說是好心好意倒是真的，小時候那些，只怕是剛學了針線，手癢癢，拿孤的衣裳來練練手的吧？」事隔多年，趙瑞終於戳穿了她的小心思。小丫頭當年初學針線，看到什麼都想要補一針，乍一看到他衣裳上的口子，還不雙眼放光、主動請纓？

程淼俏臉一紅，不服氣地反駁道：「當年你就跟隻皮猴似的，整日上躥下跳，把衣裳弄得亂糟糟，若不是我好心，只怕人家瞧見了還以為是哪裡跑來的小乞丐呢！」

趙瑞啞然失笑。他什麼時候上躥下跳、把衣裳弄得亂糟糟了？不過有幾回練武時不小心弄壞了衣裳，偏又讓她給撞了個正著而已。

程淼被他笑得更不自在，沒好氣地瞋了他一眼。「你不去跟他們一起射獵，跑這兒來做什麼？」

「孤又不在乎『名』，也不在乎父皇的那點賞賜，何苦與他們爭這些？何況，孤的本事如何，他們也早就領教過了，難不成這回還會因為孤獵的東西少了，便以為孤是那等手無縛雞之力的空架子？」趙瑞不以為然地道。

程淼無奈，也不理他，隨手折了根枯枝，有一下、沒一下地劃著地面。

趙瑞也沒有再說話，只是目不轉睛地望著她。

最近這兩年來，他已經開始插手政事，趙鑽有意鍛鍊他，安排給他的事一樁接著一樁，讓他根本連喘口氣的時間都沒有；所幸他從來便是不服輸的性子，硬是頂著壓力，把每件差事都辦得漂漂亮亮，越發讓朝臣們對他刮目相看。

但是他知道，僅是如此還是遠遠不夠的，他必須更加證明自己的能力。

誠如晏太傅所言，為君者，御下當恩威並重，賞罰分明，以德服人，以能服人，不偏不倚，斷事以公。

可是……想到日前趙鑽提及的選妃一事，再想到眼前的姑娘已經滿十六歲，親事不可能再拖，待鎮國公夫人回過頭來便會為她訂親，他便有些急了。

再多的謀算，也敵不過時間緊迫，甚至有那麼一刻，他險些便要採取手下的建議——想法子先讓她成為無人敢娶的姑娘。

可是這個念頭很快便被他壓下去了。他如何捨得讓自己放在心中多年的姑娘，遭遇那等閒言碎語？縱然日後他可以給她無比風光尊榮，也無法抹去她因為名聲受損所遭受過的委屈。

「你眼巴巴地這般瞧著我做什麼？」

程淼清脆的聲音在耳畔響著，也讓他從那些焦躁中回過神來。

他怔怔地望著眼前這如花般美好的臉龐，忽地腦子一熱，衝口而出。「小泥巴，我娶妳當太子妃吧？」

程淼一下子便愣住了，俏臉脹得通紅，只還努力板著臉啐道：「你胡說什麼呢！這也是能開玩笑的嗎？」
積壓在心裡的話終於說出口，趙瑞頓時覺得輕鬆不少，聞言正色道：「這些自然是不能拿來開玩笑的，孤也不會胡說。」他努力讓急促跳動的心房平靜下來，望入她眼眸深處，認認真真地道：「孤想很久了，這世間再沒有比孤更懂妳、更適合妳的男子，也沒有比妳更適合、更讓孤放不下的女子，既如此，為何我們不能長長久久地在一起？」見她驚訝地微張著嘴，他清清嗓子，又道：「成了孤的太子妃，妳便是把孤的衣裳全繡上毛蟲，也無人敢說妳半句，妳要不要認真考慮一下？」
程淼的驚訝頓時被哭笑不得所取代，紅著臉瞪他。「又胡說！好好的我給你繡毛蟲做什麼？」
趙瑞只是望著她，眼中盡是根本無法掩飾的柔情，不知不覺間，她便覺得心有些亂了。
「我不知道，我要先考慮考慮，考慮考慮……」她胡亂地說著，已經不敢再對上他灼熱的眼神。
趙瑞並不打算逼她，聞言也只是道了聲「好」。
「我先回去了。」程淼低著頭，胡亂給他行了禮，一轉身便急急忙忙地跑掉了。
趙瑞定定地望著她的背影，良久，才對身邊突然出現的暗衛道：「趙潤怎麼說？」
「他說，願為太子殿下效犬馬之勞。」
趙瑞點點頭。「既如此，這一回便讓他與你們一起去吧！」
那暗衛領命而去，很快便消失在眼前。

「太子果真是啟用了趙潤？」御帳裡，趙贇靠坐在寶座上，問下首的褚良。

「是。」

「這小子……也罷，便隨他去吧！」當真把人給用好了也是他的本事，他這個當父皇的，自然也沒什麼好說的。何況連晏離他都能起用了，區區一個趙潤，難不成他的兒子還用不得了？

凌玉得知趙瑞的意思後，僅是有些驚訝，很快便平靜下來。

防了這麼多年都防不住，她還能說什麼呢？太子既然說出那樣的話，可見已是志在必得。

「娘，您、您是怎樣想的？」程淼猜不透她的心意，遲疑片刻，還是忍不住問。

「娘是怎樣想的不重要，重要的是，妳是怎樣想的？妳要知道，皇室有許多身不由己，我與妳爹爹也不能干涉。若是嫁入尋常人家，憑著妳爹爹的身分，無論誰也不敢讓妳受委屈。」凌玉輕撫著女兒的長髮，嘆息道。

「我明白。可是，娘，怎樣才算是不受委屈？出嫁的女兒，父母縱然時時牽掛，但也不可能事事干涉，夫家若是有心讓妳日子難過，便有一百種、一千種方法讓妳啞巴吃黃蓮，有苦說不出。我確實嚮往如爹娘這般唯有彼此的生活，也盼著將來的夫君能待我一心一意。只是，人心易變，便是初時瞧著好的，日後若真的變了心、要納新人，難不成岳家真的能阻止？若是低嫁了也不能保證能得一心人，我為何不選個門第最尊貴的？如此還能給咱們家再添一層保障。」程淼冷靜地道。

凌玉驚訝地望著她，有些不敢相信自己的耳朵。她忽地覺得，或許自己真的小瞧了這個女兒。她自己是小門小戶出身，縱然後來慢慢融入京中貴婦圈，一言一行亦是高門貴夫人的作派，讓人挑不出半點錯處，可她本質上，卻仍是那個秀才家的姑娘，有些想法、有些見解，仍是跳不出這樣的束縛。再加上得遇良人，又沒有什麼煩心事，日子過得順心幸福，便也希望女兒將來能如自己一般。可是她忘了，她的女兒有著更高貴的出身，她的眼界更廣闊，心胸更闊達，縱然她與程紹禟只希望淼兒能無憂無慮地過屬於自己的簡單生活，可出身在這樣的顯赫家庭，受過了最精緻全面的教導，不知不覺中，淼兒也將家族視為自己一份不可推卸的責任。良久，凌玉才輕聲問：「那妳對太子可有情？」

程淼輕咬著唇瓣，俏臉泛紅，先是點點頭，而後又搖搖頭，倒讓凌玉糊塗了。

「妳這又是點頭、又是搖頭的，到底是什麼意思？」

「他心裡有我，我自然也有他。若是有朝一日他心裡有了別人，我也會把他從心裡趕出去。」

凌玉恍然，認真地打量起女兒，見她一張芙蓉臉脹得通紅，只那雙眼睛卻尤其明亮，明明是羞得很，可還是倔強地說出自己心裡的話。

也不知過了多久，她微不可聞地嘆息一聲，執著她的手低聲道：「既然妳都想明白，娘也沒什麼好說的了。只是妳要記住，榮華富貴、權勢地位，在爹娘心裡，都及不上兒女的幸福。還有一條，妳也要牢牢記住——人待妳以誠、以真、以純，妳必要同等待之。人心雖是難測，但它也是最脆弱的，一旦被辜負、被傷害，再無修復之可能。而妳，也要學會保護自己，當斷則斷，及時止損，儘早回頭，切莫沈溺過往，迷失本心。」

程淼怔怔地望著她，把她這番話在心裡默唸幾遍後，鄭重地點頭。「娘的話，我都記住了。」

「妳爹爹那裡，便由我去說。」凌玉愛憐地輕撫著她的臉頰，柔聲道。

程淼環著她的腰肢，如同小時候那般依偎著她，低低地「嗯」了一聲。

自秋獮過後，趙瑞便漂亮地完成了趙贇交給他的兩樁差事，所掌握的勢力亦是大增，但他仍牢牢記得自己的身分，記得這天下還是誰在作主，故而當差所動用的一切力量，都在趙贇的掌控下，便連重用的那些人，也是趙贇撥到他身邊的。

趙贇如何不知他的心思？又是氣惱、又是欣慰。

氣惱的是，他此番行為，雖說是對自己坦誠，但其實何嘗沒有怕自己會對他心生忌憚之意？

欣慰的是，自己親手培養出來的兒子，青出於藍。

父子君臣，確乃世間最矛盾的結合體。他們是最親近的父子，也是最疏遠的君臣。

趙贇眼神複雜地望著已經長得如自己一般高，卻比自己更年輕、更有魄力和手段，又更懂得進退、更懂得謀算人心的兒子。

接連兩樁差事，這當中都離不得一個人，那便是趙潤。

「你為何獨獨挑上趙潤，而不是魯王那幾個兒子？」他問。

「那幾人被囚禁多年，早已失去一切鬥志，放出來也不過是酒囊飯袋，根本毫無用處。唯有趙潤，經歷過人生起伏，心中有所牽掛，肩上也擔負著責任，卻困於身世，難以施展拳腳，兒臣只需給他一個機會，他必然會牢牢抓住不放手，更視兒臣為他唯一的救命稻草。這種具有強烈責任感，心中有莫大牽掛，能力、手段亦不乏之人，才是最值得用的。」趙瑞坦然道。

趙贇微眯著雙眸，片刻，才不緊不慢地問：「那你對程紹禟之女所動用的那些手段，可是為了牽制鎮國公府？」

趙瑞臉色一變，「撲通」一下跪在地上。「父皇恕罪！」

「你何罪之有？」

「兒臣不該假公濟私。」

「僅是如此？」

趙瑞抿了抿薄唇，把心一橫，乾脆抬眸，迎著他複雜難辨的神情，坦承道：「父皇說錯了，兒臣對程淼，是情有獨鍾，情之所繫。縱然她不是鎮國公之女，兒臣對她的心意也不會改變。」

「情有獨鍾，情之所繫？」趙贇似笑非笑。「那丫頭雖說性子凶了些，但憑她的出身，你又對她有意，太子妃之位便是給了她亦無不可，你又何必再花這等心思和手段，豈不是多此一舉？」

「兒臣、兒臣……」趙瑞縱是再能言善辯，此刻也不知該如何回答？

「讓朕猜一猜，你不但打算娶她為正妃，還打算這輩子只要她一個？」

趙瑞的臉色徹底變了。

「朕不知自己竟是生了這麼一個癡情種，當真是始料未及啊！」趙贇卻沒有理會他，似是自言自語般嘆息道。

趙瑞神情幾經變化，終是緩緩地道：「父皇這些年為何取消了選秀？若是憑藉著宮中女子果真能平衡朝堂、牽制朝堂，父皇為何不繼續從各府中挑選適合的女子進宮？」

趙贇沈下了臉，卻沒有打斷他的話。

「因為父皇已經有足夠的魄力、十足的手段可以掌控朝堂，您無須以高官厚祿為誘，更不必以弱女子為盾，您只需從百姓蒼生所願施行朝政，任人唯賢，不必在意任何人的看法，也沒有任何人膽敢對您的決定置喙。兒臣不才，也願日後能與父皇這般。」趙瑞將身子伏得更低。

趙贇神情更是複雜，許久，才又道：「鎮國公已是位極人臣，他日程氏女入主中宮，晢必又會將鎮國公府推向另一個高度，難不成你不怕他們會滋生不臣之心？」

「父皇若果真這般想，為何還要重用鎮國公世子程磊？」

趙贇難得地被他給噎住了。

「鎮國公戰功赫赫，可當年還朝便主動歸還兵權，這些年在刑部兢兢業業，從不結黨營私，行事更是光明磊落。他是父皇一手提拔上來的，父皇英明，對他的為人只怕是瞭如指掌。」

趙贇冷笑著，沒再說什麼話便讓他離開了。

從御書房走出來的那一刻，趙瑞微微鬆了口氣。

御書房裡，趙贇高坐寶座，看著下首處已生華髮，卻依然身姿挺拔的男子。

歲月又給他添了幾分沈穩氣度，在權力中心浸潤多年，身上又多了些屬於掌權者的威嚴，可不變的卻仍是那堅韌的性情。

「當年朕挾持你們一家三口上京，想必那時你對朕必是怨極、惱極的吧？」

程紹禟有些詫異，沒想到他竟會提及當年之事。「陛下言重了，若無陛下，便不會有微臣的今日。」他猜不透他的心思，唯有斟酌著回答。可是，當他不經意地對上趙贇那平靜的神情時，心中突然一鬆，終是道：「拙荊不過弱質女流，犬子又正是稚齡，卻要經歷那等刀光劍影，親眼目睹殺戮的殘忍，微臣那時，確實怨極、惱極。」

趙贇聽罷，不惱反笑。不錯，還是當年的程紹禟。不論經過多少年，數度沈浮起落，這個人的本性，仍是沒有改變。

這一生，他經歷過的兩度重創，均是來自信任之人的背叛。

可兩度化險為夷，卻又是他信任之人拚死相護。

太子趙瑞剛過十七歲生辰，啟元帝便下了賜婚的旨意，鎮國公嫡長女程淼為太子正妃。

朝臣們對這個結果倒也不算意外，畢竟近些日子以來，太子對鎮國公嫡長女的心思已經是昭然若揭了。

除了正妃，太子還有兩個側妃之位，一個估計是皇后娘娘的姪女，另一個卻是不知花落誰家？

朝臣們等著的，便是另兩道旨意，只是沒有想到，這側妃的旨意遲遲不來，承恩公府卻突然為孟六姑娘定了親事！

「我比妳差的，不過是與太子表哥相處的時間，若是當年我不曾跟著父親外任，太子妃之位未必會落到妳的頭上。」引起各府夫人、小姐議論了整整一年有餘的孟六姑娘，此刻正盯著程淼，心有不甘地道。她並不是輸給程淼，只是輸給了「青梅竹馬」四字。

「也許吧，沒有發生過的事，誰又能猜得到結局呢？」程淼不置可否。「不過有一事我卻很清楚，孟妹妹若是帶著這樣不甘願的心態嫁人，將來妳失去的絕不會僅僅是一個太子妃之位。」

孟淑瑩呼吸一窒，隨即冷笑。「妳以為我會是那等不守婦道、三心二意的女子？」既嫁了人，她自然不會允許自己還將心思放在夫君之外的男子身上。

「孟妹妹從來便是聰明人。」程淼微微笑道。

孟淑瑩覺得心裡更堵了，再不願對著她，胡亂行了禮便告辭。

程淼也不在意，直到腰間被有力的臂膀環住，臉蛋被人不輕不重地咬了一口，當即驚得她又羞又惱地瞪著身後之人。

趙瑞卻將她摟得更緊，不悅地道：「什麼叫失去的不僅僅是一個太子妃之位？太子妃之位何曾是她的？還有，妳當孤是什麼人了，隨隨便便什麼青梅也會摘的嗎？」

程淼終於知道他是聽到自己方才那番話，有些好笑，只還是討好地哄了他幾句，不過一會兒的工夫便讓他的臉色緩和下來。

小倆口甜甜蜜蜜，氣氛美好而融洽。

——全篇完

兩情若是久長時　又豈在朝朝暮暮／暮月

2018年11月出版

誰說世子紈袴啊

他是京城中有名的紈袴世子，一輩子一事無成，
她嫁得不甘不願，自然也沒在他身上多花心思，
可是，就是這個男人，無論她犯了什麼錯，始終都維護著她，
臨死前她想的最多的不是她又愛又怨又恨的兒子，而是他……

文創風 693 1

一個是害她受盡奚落的紈袴夫君，一個是帶給她榮耀體面的聰慧兒子，
於是，沈昕顏與丈夫相敬如賓，夫死後更把所有的希望全繫於獨子身上，
她一度以為兒子的淡漠是天性，便是對著他們這些至親也甚少有個笑容，
直到那國色天香的姑娘出現，她才明白他也能笑得溫柔、彎下高傲的背脊，
可那姑娘空有美貌，為妾是夠了，卻擔不起主母的大位，實非良妻人選，
因此，婚後婆媳問題不斷上演，而讓她再容不下媳婦的原因，是女兒的死。
他們都說女兒的死是意外，就連兒子都輕易放過凶手、為對方說話，
但她只覺得失望憤怒，誰的話都聽不進去，因為，那凶手是媳婦的親二哥！

文創風 694 2

上輩子身為英國公太夫人，沈昕顏本該過著人人欣羨、敬重的生活，
然而因為與媳婦不合，她竟落了個在家廟瘋癲而亡的淒涼下場，
雖然心中有怨，但所謂人死如燈滅，死都死了，為何又讓她重生啊？
望著銅鏡中那張年輕了十幾歲的臉，她頓時有些懵了，
前一世的苦太過痛徹心扉，她根本不想再經歷一回呀！
無奈上天偏要讓她重來，既如此，那她決定這輩子好好為自己而活，
她學會了放手，不再將視線鎖在兒子身上，竭力阻止前世的悲劇重演，
漸漸地，她發現許多從前錯過的美好，譬如……她那個「平庸」的夫君。

文創風 695 3

因為長兄病逝，英國公的世子之位這才落在次子魏雋航頭上，
可相較於文武雙全、驚才絕豔的兄長，他著實遜色許多，並無過人之處，
加上他生性好逸，平日往來的也多是各勛貴世家中無所事事的子弟們，
久而久之，京中居然給他封了個「紈袴世子」的名頭，
上輩子的沈昕顏不知惜福，覺得這樣的夫君好沒出息、讓她丟臉，
直到這世她才發現，這個溫和、好脾氣的夫君其實是世間難得的，
由於自覺虧欠他，此生她打算要對他加倍的好，用心經營夫妻關係，
然而愈與他相處，她愈發覺他似乎藏有極大秘密，她竟有些看不透他啊……

文創風 696 4 完

是誰說世子紈袴的啊？沈昕顏敢發毒誓，魏雋航絕對是故意裝的！
雖然她也想知道，他為何刻意讓世人誤以為是平庸、無能之輩，
但眼前有件更棘手的事情急需她處理——世子在外包養外室！
呵，她好不容易決定這輩子要好好跟他過，把重心放在他身上的，
結果呢，他居然來這麼一齣，狠狠打了她的臉，澆熄她滿腔情意，
好啊，反正她也還沒太過愛他，剛好就此打住，大家各過各的啊！
不過，靜下心仔細想想後，她又覺得有點奇怪，整件事透著不對勁，
夫君完全沒有對不起她的愧疚感，反倒像是被迫揹上這個黑鍋似的……

2018年12月出版

胖妞秀色可餐

文創風 697～698

前世的李何華身材窈窕，現在卻被罵大肥豬、母老虎，
身為女人怎能忍？不瘦下來，誓不罷休！
但她還要靠美食掙錢，這每天聞香，還減不減得成呀？

慢熬世上兩種情，咀嚼真摯與細膩／一筆生歌

嗚嗚，她李何華是招誰惹誰，
出身廚神世家，被視為難得一見的美食天才，
如今卻穿成一個十惡不赦的大胖妞，連小孩都唾棄！
聽說原主好吃懶做、蠻橫霸道，
不僅會欺負婆家人，還把兒子虐待成自閉症！
身上那麼多黑鍋，她揹不來啊～～
村人早想教訓她，找上門來要跟她拚命，
誰知她的夫君張鐵山人如其名，鐵面冷酷，也不幫忙，
竟說容不下她這尊大佛，扔了紙休書給她，要她滾蛋！
可她才剛穿來，身無分文，上哪去討生活呀？
她好說歹說，只差沒對天發誓，他才大發慈悲收留她一段時間，
但前婆婆和小叔冷眼對待，還把她沒做的壞事扣到她頭上，
這寄人籬下的滋味真是苦，她決定要自立自強，另謀生路，
自古「民以食為天」，靠她的絕活，還怕收服不了吃貨們的舌頭？

ROMANCE AGE

240

心繫狼情

A Game of Chance

作者◎Linda Howard 琳達．霍華
譯者◎李琴萍

他就像黑暗中的一盞明燈，點亮她孤寂的世界。
她則沒有一絲抗拒，任憑自己為他迷失沈淪。

桑妮隨時隨地都加倍警覺，因為她從小就學習到，一個疏忽都可能攸關生死，不容許有任何犯錯的空間。但班機延誤導致她的信差任務即將失敗，她不得不相信眼前這位英俊的私聘機師，可以及時把她送到西雅圖。

強斯．麥肯錫早已習慣戴著面具生活，他善於隱匿他靈魂深處的暗黑秘密，也很適應情報局的工作。為了獲取桑妮隱藏的秘密，強斯不惜設下重重圈套，使她落入必須與他獨處的困境，並漸漸對他推心置腹。桑妮已經完全落入他的掌控之中，只是她還不知道罷了。

這是他一手導演出的戲碼，角色各就定位，劇情順暢推進。強斯唯獨算漏了一點：愛情攻得他措手不及，他卻沒有準備好劇終曲散後的快樂結局。但麥肯錫家的人絕不退縮，即使他是養子也不例外，他絕對不願意生活在少了桑妮笑聲的世界裡……

果樹出版社　台北市104龍江路71巷15號　郵撥帳號：19341370
2018年11月出版　電話：(02)2776-5889　傳真：(02)2771-2568　網址：love.doghouse.com.tw

文創風
711

執手偕老不行嗎 4 完

國家圖書館出版品預行編目資料

執手偕老不行嗎 / 暮月著. --
初版. -- 臺北市 : 狗屋, 2019.01
冊 ; 公分. --(文創風)
ISBN 978-986-328-956-2(第4冊:平裝). --

857.7　　107020340

著作者　暮月
編輯　黃淑珍
校對　黃薇霓　簡郁珊
發行所　狗屋出版社有限公司
地址　台北市104中山區龍江路71巷15號1樓
電話　02-2776-5889～0
發行字號　局版台業字845號
法律顧問　蕭雄淋律師
總經銷　知遠文化事業有限公司
電話　02-2664-8800
初版　2019年1月
國際書碼　ISBN-13　978-986-328-956-2

本著作物由北京晉江原創網絡科技有限公司授權出版

定價250元
狗屋劃撥帳號：19001626
網址：love.doghouse.com.tw　E-mail：love@doghouse.com.tw